W0367941

Nouveau Cabinet Cosmopolite

(collection dirigée par Marie-Pierre Bay et André Bay)

(Extraits)

Kobo ABE	*La Femme des sables.*
Jorge AMADO	*Tereza Batista.*
	La Boutique aux miracles, etc.
Sawako ARIYOSHI	*Kaé ou les deux rivales.*
André BRINK (Prix Médicis étranger)	*Au plus noir de la nuit.*
	Une saison blanche et sèche, etc.
Pearl BUCK (Prix Nobel)	*La Mère*, etc.
Margaret DRABBLE	*L'Age d'or d'une femme.*
	Le Milieu de la vie.
Scott FITZGERALD	*Tendre est la nuit.*
Henry JAMES	*Un portrait de femme.*
	Le regard aux aguets.
	Le tour d'écrou, etc.
Elia KAZAN	*L'Arrangement.*
	America America, etc.
Ken KESEY	*Vol au-dessus d'un nid de coucou.*
Selma LAGERLÖF (Prix Nobel)	*La saga de Gostä Berling*, etc.
Pär LAGERKVIST (Prix Nobel)	*Barabbas.*
	Le Bourreau, etc.
David Herbert LAWRENCE	*Le Serpent à plumes.*
Carson McCULLERS	*La Ballade du café triste*, etc.
Thomas MANN (Prix Nobel)	*Tonio Kröger.*
Harry MARTINSON (Prix Nobel)	*Voyage sans but.*
Henry MILLER	*Tropique du Capricorne*, etc.
Anaïs NIN	*Journal*, Tomes I - II - III - IV - V - VI VII, etc.
	Etre une femme.
Joyce Carol OATES	*Le Jardin des délices.*
	Eux, etc.
Juan-Carlos ONETTI	*La vie brève*, etc.
Mervyn PEAKE	*Titus d'enfer.*
	Gormenghast, etc.
Andrei PLATONOV	*Les herbes folles de Tchevengour.*
Isaac B. SINGER (Prix Nobel)	*Ennemies, une histoire d'amour.*
	La couronne de plumes.
	Shosha.
	Le Magicien de Lublin.
	L'Esclave, etc.
Han SUYIN	*Multiple splendeur.*
	La montagne est jeune.
	Une fleur mortelle.
	L'Arbre blessé, etc.
Anne TYLER	*Toujours partir.*
	A la recherche de Caleb, etc.
Sigrid UNDSET (Prix Nobel)	*Christine Lavransdatter*, etc.
Angus WILSON	*Attitudes anglo-saxonnes.*
	Comme par magie.
	Embraser le monde.
Virginia WOOLF	*Instants de vie.*
	Les Vagues, etc.

AMOUR TARDIF

Du même auteur
aux Éditions Stock

La Corne du Bélier.
Le Dernier Démon.
L'Esclave.
Le Magicien de Lublin.
La Famille Moskat.
Le Manoir.
Le Domaine.
Le Blasphémateur.
Ennemies, une histoire d'amour.
La Couronne de plumes.
Shosha.
Passions.
Un jeune homme à la recherche de l'amour.

Pour les enfants

Une histoire de paradis et autres contes.
Un jour de plaisir.
Histoire du prince Ling Ling.

Isaac Bashevis Singer
Prix Nobel

Amour tardif

NOUVELLES
TRADUITES DE L'ANGLAIS
PAR
PAUL GINIEWSKI

Nouveau Cabinet Cosmopolite
Stock

Titre original :

OLD LOVE
(Farrar, Straus and Giroux)

© 1966, 1975, 1976, 1977, 1978, 1979 by Isaac Bashevis Singer.
© 1982, Editions Stock pour la traduction française.

Note de l'auteur

Bien que la nouvelle intitulée « Amour tardif » ait, en réalité, paru dans un précédent recueil, *Passions* (Stock, 1980), j'ai décidé d'utiliser à nouveau ce titre pour le présent livre.

L'amour chez les personnes âgées, ou en tout cas d'âge mûr, est un thème qui revient de plus en plus souvent dans mes ouvrages de fiction. La littérature a beaucoup négligé les vieux et leurs émotions. Les romanciers ne nous disent pas assez qu'en amour, comme dans bien d'autres domaines, les jeunes sont des débutants et que l'art d'aimer mûrit avec l'âge et l'expérience. De plus, alors que de nombreux jeunes croient qu'on peut rendre le monde meilleur en modifiant brutalement l'ordre social, au besoin à travers de sanglantes et épuisantes révolutions, les personnes âgées, elles, ont appris que la haine et la cruauté ne font jamais que s'engendrer elles-mêmes. Le seul espoir de l'humanité, c'est l'amour, sous ses diverses formes et manifestations — dont la source est l'amour de la vie, qui, nous le savons, croît et mûrit avec les années.

J'exprime ma gratitude à tous les lecteurs qui m'écrivent et m'encouragent dans mes efforts de création. Je n'ai ni le temps ni l'énergie nécessaires pour leur répondre personnellement, mais je lis toutes leurs lettres et tire souvent profit de leurs importantes remarques.

I. B. S.

Une nuit au Brésil

Je n'avais jamais entendu parler de lui, mais dans une longue lettre qu'il m'écrivit de Rio de Janeiro, il se présenta comme un écrivain yiddish « perdu dans le désert du Brésil et brisé par la chaleur ». Il s'appelait Paltiel Gerstendrescher. Quelques mois après la lettre, l'un de ses livres arriva. Il était publié par les éditions Moi-Même, imprimé sur du papier gris, et les coins de la couverture étaient tout abîmés d'avoir voyagé par la poste. Mélange d'autobiographie et d'essais sur Dieu, le monde, l'homme, le défaut de plan dans la création, c'était écrit dans un style trop emphatique, avec des phrases incroyablement longues. Le livre fourmillait de coquilles et quelques pages n'étaient pas à leur place. Cela s'intitulait *La Confession d'un agnostique.*

Je parcourus le livre et écrivis à l'auteur un mot de remerciements. Commença alors une correspondance consistant en trois ou quatre lettres interminables de lui et une note très brève de moi, où je m'excusais de ne pas répondre plus vite et plus en détail.

Je ne sais comment, mais Paltiel Gerstendrescher découvrit que je me préparais à aller en Argentine pour une série de conférences et il commença à m'envoyer des lettres exprès et même des télégrammes, me demandant de passer quelques jours à Rio de Janeiro. A cette époque je ne prenais pas l'avion et il se trouvait que mon bateau — argentin — devait faire une escale de deux jours à Santos, douze jours après son départ de New York.

Le bateau était presque désert, et quelqu'un me confia que c'était son dernier voyage. J'avais obtenu une cabine de luxe à un tarif réduit et, à la salle à manger, j'avais un sommelier pour moi tout seul, moi qui ne buvais qu'une gorgée de vin de temps en temps pour lui donner quelque chose à faire.

Ce printemps-là — le printemps au Brésil, l'automne à New York — un ouragan, avec pluies violentes et vent soufflant en tempête, balaya l'Atlantique. Le bateau roulait lugubrement. Sa sirène hurlait ses avertissements jour et nuit. Les vagues cognaient la coque comme à coups de masse. J'avais pendu ma cravate au miroir de ma cabine et elle exécutait des cabrioles acrobatiques. La brosse à dents faisait tinter mon verre sans arrêt. Le bateau prit du retard, et j'envoyai un radiogramme à Paltiel, annonçant notre nouvelle heure d'arrivée, mais nous la manquâmes aussi.

Quand le bateau fut enfin à quai à Santos, personne n'était là pour m'accueillir. L'escale ne devait durer que vingt-quatre heures. J'essayai de téléphoner du port, mais je ne pus obtenir de communication. Une fois, quelqu'un répondit, mais il parlait seulement le portugais, que je ne comprenais pas. Pour Dieu sait quelle raison, je ne pouvais me résoudre à décevoir Paltiel Gerstendrescher. Le ton sur lequel il m'avait écrit au sujet de cette visite signifiait qu'il y mettait tous ses espoirs. Après avoir délibéré brièvement avec moi-même, je montai dans un bus pour Rio et de là dans un taxi pour aller chez lui. Il s'avéra que c'était plutôt loin de la ville, dans une banlieue sinistre que le chauffeur eut du mal à trouver. La route étroite, coupée de crevasses et de trous, avait été inondée et disparaissait par endroits sous les flaques.

Je frappai à la porte d'une maison — d'une ruine plutôt — et une femme vint m'ouvrir. A ma grande surprise, je la reconnus — Lena Stempler, une obscure actrice de Varsovie, chanteuse et diseuse de poèmes. Elle peignait aussi. Je l'avais rencontrée au

Club des écrivains. C'était alors une jeune brunette et la bien-aimée de David Hesheles, l'écrivain connu qui périt plus tard, au temps des nazis. Lena avait disparu de notre cercle plusieurs années avant mon départ de Varsovie. On racontait toutes sortes de choses sur elle au Club des écrivains. Elle aurait divorcé d'avec quatre maris et se serait donnée à un critique théâtral en échange d'un bon article. Quelqu'un m'avait chuchoté qu'elle avait la syphilis. La regardant maintenant, je fus impressionné de voir à quel point sa silhouette était restée celle d'une jeune fille. Ses cheveux coupés court étaient encore noirs, mais de ce noir triste que donne la teinture. Des rides se voyaient à travers son maquillage. Lena avait le nez retroussé, des yeux noisette, une grande bouche avec des dents écartées. Un mégot pendait à ses lèvres. Elle portait un kimono en tissu bon marché et des pantoufles à talons.

Quand elle me vit, elle cracha le mégot, sourit d'un air entendu, comme si elle en savait plus long sur moi que j'imaginais et dit : « Je suis Mme Gerstendrescher. Imprévu, hein ? » Et elle m'embrassa. Son haleine sentait le tabac, l'alcool et quelque chose de putride.

Elle me prit par le bras et me fit entrer dans une grande pièce qui semblait être à la fois salon, salle à manger, chambre à coucher et bureau. Une table était là, mise avec des assiettes et des verres et un large divan, d'un modèle qui sert de canapé pendant le jour et de lit pour la nuit. Des toiles sans cadre pendaient aux murs. Par terre traînaient des tas de livres et des piles de *La Confession d'un agnostique*.

« Paltiel est allé à votre rencontre à Santos, dit Lena. Vous vous êtes manqués. Il m'a téléphoné. J'espère que vous vous souvenez de moi. Nous nous sommes rarement parlé, mais je vous apercevais tous les jours au Club des écrivains. A Rio, j'ai lu deux ou trois fois en public des sketches de vous. Je me suis mariée avec Paltiel au Brésil. Nous sommes ensemble depuis huit ans déjà. Enlevez votre veston. Il fait chaud ici comme en enfer. »

Lena s'empara de mon veston par une manche et me l'ôta. Après, elle défit le nœud de ma cravate. Elle s'affairait autour de moi comme autour d'un parent, mais avec une agressivité que je ne goûtais pas.

Elle mit des rafraîchissements sur une petite table, un broc de limonade, une bouteille de liqueur, une assiette de petits fours, une corbeille de fruits. Nous nous assîmes dans des fauteuils en osier, nous bûmes et mangeâmes et, de temps en temps, Lena tirait une bouffée de sa cigarette. Elle dit : « Si je vous disais que Paltiel attendait votre visite comme on attend le Messie, ce ne serait pas une exagération. Il a parlé de vous sans arrêt, pendant des années. Quand une lettre de vous arrive, il est complètement retourné. Il raffole de vous et il m'a rendue folle aussi. Ici, nous sommes tous deux enfermés dans un dilemme. Tout est contre nous — le climat, la communauté juive locale, nos nerfs. Paltiel a du génie pour se faire des ennemis. Ici, si vous vous disputez avec deux ou trois des dirigeants de la communauté, vous êtes pour ainsi dire excommunié. A cause de lui, on m'a ostracisée aussi. Nous serions en train de mourir de faim, si je ne touchais pas une petite pension de mon ex-mari. Pour connaître cette histoire en entier, il vous faudrait rester à l'écouter pendant des jours et des jours. Paltiel était un amant fantastique dans le passé. D'un seul coup, il est devenu impuissant. Quant à moi, je me suis trouvée possédée par un dybbuk.

— Un dybbuk ?

— Oui, un dybbuk. Pourquoi avez-vous l'air si effrayé ? Vous écrivez tout le temps sur les dybbuks. Apparemment, pour vous, c'est de la fiction, mais les dybbuks existent bel et bien. Tout ce que vous évoquez à leur sujet est la vérité. Vous aussi, vous avez un dybbuk en vous, mais vous ne le reconnaissez pas. Et c'est mieux ainsi. Votre dybbuk est un créateur, mais le mien veut me torturer. S'il me laisse vivre, c'est uniquement parce qu'on ne peut pas torturer un mort. Ne me regardez pas ainsi. Je ne suis pas folle.

— Qu'est-ce qu'il vous fait ?

— Il fait exactement ce que vous décrivez dans vos histoires. J'avais économisé un peu d'argent et j'ai tout dépensé chez les psychiatres et les psychanalystes. Au Brésil, ils sont d'une espèce rare — et de plus, sans doute de troisième ou de dixième ordre. Mais quand vous vous noyez, vous vous accrochez même à un fétu de paille de dixième ordre. Voici Paltiel. »

La porte s'ouvrit et entra un petit homme vêtu d'un imperméable court et d'un chapeau recouvert de plastique, un parapluie dans une main, une serviette dans l'autre. Je l'avais imaginé grand, peut-être à cause de son nom si long.

Quand il me vit, il parut abasourdi. A cette époque, ma photo paraissait rarement dans les journaux et les revues. Il resta là à m'étudier de la tête aux pieds et même de profil. Un sourire mécontent apparut sur son visage caustique. Il avait le front dégagé, les joues creuses, un menton pointu. « C'est donc *vous* », dit-il. Son ton voulait dire : « *Vous n'êtes pas tel que je vous souhaitais, mais je dois accepter les faits tels qu'ils sont.* » Il ajouta bientôt : « Lena, aujourd'hui c'est jour de fête pour nous. »

Nous eûmes un repas végétarien arrosé de jus de papaye et de café brésilien fort. Pour le dessert, Lena servit un gâteau qu'elle avait fait cuire elle-même en mon honneur.

Elle poussa la porte qui donnait sur une cour spacieuse et envahie par une végétation abondante, derrière la maison. La pluie s'était arrêtée la veille et la soirée était fraîche, chargée de parfums tropicaux et de brises venant de l'océan. Le soleil couchant était comme une braise et illuminait de rouge vif les lambeaux de nuages abandonnés par l'ouragan. Lena ouvrit la radio et suivit les nouvelles pendant un moment, et je dressai l'oreille pour écouter le chant des oiseaux venus, pour la soirée, se percher sur les branches des arbres. Certains demeuraient où ils s'étaient posés, d'autres bougeaient, volaient d'arbre en arbre avec un battement d'ailes et un bruissement. Je n'avais jamais vu d'oiseaux de cette couleur, sauf en captivité. La force de la création opérait encore, sans obstacle, en ces lieux.

Paltiel me parla de littérature et de ses propres écrits. « Un créateur devrait aussi être un critique, dit-il, mais la critique doit venir plus tard. L'ennui, chez moi, c'est qu'avant même d'écrire trois mots, je me pose déjà plein de questions sur ce que ma plume veut exprimer et je tente, à l'avance, de tout justifier et d'arrondir les angles. Vous m'avez demandé dans l'une de vos lettres pourquoi j'utilise des phrases si longues et je mets tant de commentaires entre parenthèses. C'est ma nature critique. C'est vrai, analyser est la maladie de l'homme. Quand Adam et Eve ont mangé le fruit de l'arbre de la connaissance, ils se sont transformés en critiques et en analystes et se sont aperçus qu'ils étaient nus. Tous les livres qu'on écrit en ce moment sur le sexe ont produit une épidémie d'impuissance. Les économistes se sont mêlés de l'économie mondiale jusqu'au moment où ils ont provoqué l'inflation dans chaque pays. C'est la même chose pour les sciences soi-disant exactes. Je ne crois pas à toutes ces particules d'atomes qu'ils découvrent à jet continu. Le cerveau humain a imposé sa propre démence à la nature, ou alors, la nature elle-même a mangé de l'arbre de la connaissance et est devenue folle. Qui sait ? Il se peut que Dieu se soit mis à la psychanalyse et c'est pourquoi —

— Paltiel, je connais déjà tes théories, l'interrompit Lena. J'aimerais plutôt entendre ce que notre invité a à dire. »

Je dis : « Non, continuez. C'est intéressant. »

Je jetai un coup d'œil aux fenêtres. Il y a un instant, il faisait jour ; soudain, la nuit était tombée, comme si une lumière céleste s'était éteinte. L'air de la pièce se remplit de moucherons, de mites, de cousins. De gros coléoptères sortaient des fentes des murs et du plancher.

Lena dit : « La vie est si abondante ici que vous ne pouvez rien arrêter avec des filets. On m'a enseigné au lycée que la matière ne peut traverser la matière, mais c'était vrai pour la Pologne, pas pour le Brésil. »

Je dis : « Parlez-moi de votre dybbuk. »

Lena jeta un regard interrogateur à Paltiel. « Par quoi dois-je commencer ? Si tu veux que nous soyons francs avec lui, nous devons lui dire la vérité.

— Très bien, dis-la-lui, répondit Paltiel.

— La vérité est que nous sommes tous les deux maudits ou ensorcelés — appelez cela comme vous voudrez, dit Lena après quelque hésitation. Paltiel est venu ici du Canada. A cause de moi, il a divorcé d'avec sa femme et abandonné deux enfants. Nous nous sommes rencontrés dans votre New York. Il voulait être écrivain, pas avocat. Il est venu à New York pour assister à une conférence de yiddishistes. J'ai eu la bonne fortune, si l'on peut dire, de venir ici avant l'holocauste, mais je n'avais pas été heureuse à Varsovie et je n'ai pas été heureuse ici. Vous vous souvenez de moi du temps de Varsovie. J'ai été élevée dans une maison où l'on parlait polonais, pas yiddish. J'étais venue à Varsovie pour étudier l'art dramatique dans une école polonaise, pas pour devenir un pilier du théâtre yiddish. C'est votre ami David Hesheles qui fit de moi une yiddishiste. Probablement, on racontait des choses terribles sur moi au Club des écrivains. J'y représentais un élément étranger depuis le début, et je le suis resté jusqu'au dernier jour. Les hommes me couraient tous après et leurs souillons me détestaient comme elles auraient détesté une araignée. Ce que David Hesheles m'a fait, comment il m'a tourmentée, c'est une chose qu'il vaut mieux ne pas raconter, parce qu'il est déjà dans l'autre monde, victime de la cruauté humaine. Une chose seulement — il n'acceptait d'être mon amant que si j'étais mariée. C'est insensé, n'est-ce pas ? Tout d'abord, il était attiré par l'idée de posséder la femme d'un autre. Ensuite, il avait peur qu'en restant seule, je me mette à chercher un autre homme autour de moi. Il se permettait tout, mais il se consumait de jalousie pour moi. Il manipulait les choses de telle façon que quand il me voyait m'attacher à un mari, il s'arrangeait pour me faire divorcer et m'en trouvait un autre. Comment et dans quelles circonstances je suis venue en Amérique du Sud, c'est tout un roman. Je suis arrivée physiquement et spirituellement malade et, une fois ici, je me suis mariée une nouvelle fois — cette fois-ci soi-disant de ma propre volonté, mais en réalité pour un morceau de pain et un toit sur ma tête. Mon nouveau mari était plus vieux que moi de quarante ans, et c'est alors que j'ai rencontré Paltiel et rendu une autre femme malheureuse.

— Lena, tu fais des digressions, dit Paltiel.

— Et après ? Si je fais des digressions, je fais des digressions. Toi, tu commences à écrire sur Yehupetz et tu finis à Boiberik, mais tu ne me permets pas d'en venir au fait. A cause de tes digressions sauvages, Parness a cessé de publier tes œuvres.

— Lena, ça n'a rien à voir avec Parness.

— Dans ce cas, je vais la fermer et tu peux faire ton discours.

— En fait, à force d'en parler, elle a fini par se persuader de cette chose démente à savoir que David Hesheles vient près d'elle, la chatouille, la pince, la pousse, l'étouffe. Il s'est installé à l'intérieur de son ventre. Vous savez d'après mon livre que je ne suis pas athée. Un véritable agnostique fait une place à toutes les possibilités, même à vos démons et à vos lutins. Si le XXe siècle a vu se produire un Hitler et un Staline et d'autres semblables sauvageries, alors n'importe quelle chose est possible. Mais même vous devez admettre que chaque cas d'hystérie n'est pas un dybbuk. Les nonnes qui exhibaient des stigmates pendant la semaine du supplice de Jésus n'étaient pas possédées par un dybbuk. Aujourd'hui, même le pape admettrait ce —

— Pas plus tard qu'hier tu disais que notre maison était hantée et que ce qui m'arrivait ne pouvait pas s'expliquer d'une manière naturelle, l'interrompit Lena. C'étaient tes propres mots.

— Il est impossible d'expliquer toute chose — même pourquoi une pomme tombe d'un arbre ou pourquoi un aimant attire le fer, pas le beurre.

— Tu as dit que seul notre cher invité serait capable d'exorciser ce dybbuk.

— Je l'ai dit parce que je sais que tu l'admires, tu l'aimes et tout le reste. Je l'admire moi-même et je serais au septième ciel s'il restait chez nous et jetait un coup d'œil sur mes écrits. Mais ton dybbuk, c'est de l'hystérie et rien de plus. »

Lena bondit de sa chaise. Elle faillit renverser un verre de vin et l'attrapa juste comme il allait tomber. Elle pointa un doigt avec un ongle rouge et dit : « Paltiel, à la seconde où tu es revenu, j'ai remarqué un changement complet en toi. A quoi t'attendais-tu — que notre invité se promène avec une couronne sur sa tête ? Bien sûr, j'aimerais qu'il habite chez nous, mais puisqu'il ne peut pas, c'est tant pis pour moi. Tu peux lui demander d'emporter tes manuscrits pour les lire sur le bateau. Il a encore six jours de voyage. Mais moi, il ne peut pas m'emmener. J'aurais voulu qu'il puisse. Tu sais que j'étouffe ici.

— Tu es libre de ta personne. Je te l'ai dit depuis le tout premier jour. » Et ils se mirent à parler portugais.

J'étais tombé sur un couple embourbé dans une controverse sans fin — une de ces querelles qui traînent pendant des années et rendent les couples cyniques. Les quelques heures que j'avais passées là m'avaient rendu pleinement conscient de la situation. Paltiel Gerstendrescher était un intellectuel, pas un artiste. Il lisait et parlait un yiddish correct, authentique même, mais la mentalité du yiddishiste lui faisait défaut complètement. Il était probablement venu au Canada tout enfant. Il appartenait à cette espèce de gens qui s'exilent eux-mêmes dans un environnement étranger, choisissent une profession pour laquelle ils ne sont pas faits et, assez souvent, un compagnon mal assorti par-dessus le marché. C'était vrai aussi pour Lena. Même la maison où ils vivaient — dans un quartier abandonné, non juif — ne valait rien pour eux. Ils s'étaient détournés du seul milieu où ils auraient pu gagner leur vie ; et, de plus, Paltiel s'était empêtré dans ses expériences linguistiques, se complaisant dans des jeux de mots compliqués et dans des maniérismes qui ne pouvaient espérer intéresser le lecteur yiddish et ne pourraient jamais être traduits.

Bien, mais pourquoi un mari et sa femme *voudraient-ils* saboter aussi consciencieusement leurs intérêts ? Et qu'est-ce qu'ils attendaient de moi et d'une visite qui durerait au plus une journée ? J'eus un moment envie de leur parler de leur situation, mais je sus qu'il était trop tard. Ce que Lena avait dit de son dybbuk avait éveillé ma curiosité, mais bien que l'hystérie elle-même soit exagération et mensonge, je savais que la sienne était entièrement artificielle — un dybbuk littéraire, peut-être emprunté à l'un de mes contes. Je me dis que la vraie victime, ici, c'était Paltiel. Il baissait la tête et écoutait avec un air accablé les plaintes de Lena. De temps en temps, il me lançait un regard soupçonneux. De toute évidence, depuis le moment où nous nous étions rencontrés, je l'avais déçu, mais je ne me souvenais pas avoir prononcé une seule parole qui eût pu lui déplaire. Il ne pouvait s'agir que de mon apparence. Je m'étais mis dans l'embarras supplémentaire de vouloir décider de la couleur de ses yeux. Ils n'étaient ni bleus, ni bruns, ni gris mais jaunes et très écartés. Il me vint à l'esprit que si je me trouvais dans une situation pareille en Amérique, je pourrais simplement me lever et m'en aller. Mais la fuite m'était interdite, dans un pays étranger, loin de la ville.

Paltiel se leva. « Eh bien, voilà, dit-il en yiddish. Je m'en vais. » Il avait déjà fermé la porte derrière lui.

Pendant un moment, Lena continua de parler en portugais, mais elle comprit son erreur et se mit à rire. Elle dit : « Je suis si troublée que je ne sais plus ce qui m'arrive.

— Où est-il allé au milieu de la nuit ?

— N'ayez pas peur, il ne se perdra pas. Si vous regardez mon jardin négligé, vous pourriez en garder l'impression que nous vivons dans la jungle. En réalité, nous ne sommes qu'à quelques pas de la route et à vingt kilomètres de Rio, pas plus. Ce n'est pas la première fois qu'il fait ça. Chaque fois que je lui dis la vérité, il s'enfuit. Il a une vieille veuve à Rio, qui joue pour lui le rôle de mécène. Elle est aussi son unique lecteur et il va chez elle pour se lamenter sur son sort. Il fait signe à une voiture et elle s'arrête. Ici, ce n'est pas New York. Les gens n'ont pas peur de vous ramasser, surtout une espèce de nabot comme lui.

— Il a une liaison avec elle ? demandai-je.

— Une liaison ? Non. Peut-être. Fasse Dieu qu'il en ait une et qu'il me laisse, *moi,* en paix.

— Qui me ramènera à Santos s'il ne revient pas ?

— Je vous ramènerai. J'ai un horaire et tout ce qu'il faut. Ne vous en faites pas. Le bateau ne partira pas sans vous. Quand ils disent quatre heures de l'après-midi, ils ne partent pas avant dix heures du soir. La façon de vivre dans ces pays-ci consiste à tout remettre à demain, à après-demain, à l'année prochaine. A en juger par votre air, vous voulez en savoir plus long sur mon dybbuk. Oui, mon dybbuk c'est David Hesheles. Il m'a causé bien du tourment quand il était en vie et maintenant qu'il est mort, il veut me faire mon affaire. Pas d'un seul coup, croyez-moi, mais à petit feu. Le seul moment où il m'a laissée en paix, c'était pendant les quelques années où j'étais avec mon précédent mari, le vieil homme. Apparemment, il n'était pas jaloux de lui. Mais depuis que je suis avec Paltiel, je n'ai pas eu de paix. David Hesheles me dit franchement qu'il me fera descendre vers lui, dans sa tombe, quoique, pour être précis, il n'y ait pas de tombe. Il y a seulement un tas de cendres.

— Il vous parle, avec une vraie voix ?

— Oui, avec une voix, mais je suis la seule capable de l'entendre. Parfois il fait des bruits que même Paltiel peut entendre, mais il ne l'admettra pas. Il fait le rationaliste, alors qu'il a peur de sa propre ombre. Il a vu le fantôme de Hesheles descendre l'escalier de notre cave. Il l'a entendu claquer des portes et ouvrir des robinets au milieu de la nuit. David Hesheles s'est installé dans mon estomac. J'ai toujours fait de la gymnastique, j'avais le ventre plat, presque comme un homme. Soudain, je me suis levée un matin, toute boursouflée, là. En fait, c'est une tête, *sa* tête. Ne me regardez pas comme ça. Paltiel et les docteurs d'ici ont la même réponse toute prête : névrose, complexe. Quand une radiographie ne montre rien, la chose n'existe pas. Mais une tête s'est mise dans mon estomac. Je peux sentir son nez, son front, son crâne. Quand il parle, ses lèvres bougent. Tant qu'il reste en bas, c'est supportable, mais quand il se met en rage il commence à grimper vers la gorge. Alors, je ne peux pas respirer. Dans le temps, chez moi, j'entendais dire que si vous faites du mal à une personne et si elle meurt, le mort revient pour vous étrangler. Moi, je ne lui ai pas fait de tort. Il m'en a fait à moi. D'abord, je considérais tout cela comme des histoires de bonnes femmes — du folklore. Je serai franche avec vous : si quelqu'un me racontait ce que je suis en train de vous raconter, je lui dirais de se faire soigner dans un asile. Si vous le voulez, vous pouvez sentir la tête avec vos mains. »

Un moment, je fus saisi de peur comme un enfant, en même temps que je me sentis révulsé à l'idée de toucher son corps. Je n'avais pas la moindre envie de cette femelle. Je me souvins de ce qu'on m'avait dit — qu'elle souffrait d'une maladie vénérienne. Quant à moi, son contact me rendrait impuissant. Je me mis à chercher un prétexte pour me sortir de cette intimité, mais je me sentis honteux de ma peur. Pour la première fois, on m'offrait ce que les chercheurs psychiques appellent une preuve physique. Je dis : « Votre mari peut revenir et —

— N'ayez pas peur. Il ne reviendra pas. Il est, sans aucun doute, allé chez elle. Même s'il revenait, vous n'auriez rien à craindre — nous sommes déterminés tous les deux à vous montrer la vérité. J'ai une idée. Il y a un hamac dehors. Cette nuit est très sombre. Nous n'avons pas de voisins. Les moustiques nous attaqueront, mais il n'y a pas de malaria par ici. De plus, il y a une moustiquaire. Venez. »

Lena prit mon bras. Elle tourna un interrupteur et toutes les lumières s'éteignirent. Elle ouvrit la porte donnant sur le jardin et une onde de chaleur me frappa, comme la chaleur d'un four. Le ciel pendait bas, semé de constellations du Sud serrées les unes contre les autres. Les étoiles paraissaient grosses comme des grappes de raisin dans un vignoble cosmique. Des criquets sciaient des arbres qu'on ne voyait pas avec des scies invisibles. Des grenouilles coassaient avec des voix humaines. Une chaleur brûlante émanait des bananiers, des fleurs sauvages, des fourrés d'herbe et des feuilles, pénétrait mes vêtements et me donnait chaud au-dedans de moi, comme une compresse fumante. Lena me guidait à travers l'obscurité comme si j'avais été aveugle. Elle mentionna que des lézards et des serpents rampaient par là, mais pas d'espèces venimeuses.

Quelqu'un sur le bateau m'avait raconté une plaisanterie : ce que le gouvernement du Brésil volait pendant le jour repoussait pendant la nuit. Je croyais maintenant entendre des sucs couler vers les racines et être transformés en mangues, bananes, papayes, ananas. Lena fit basculer le hamac pour me permettre d'y monter et lui donna gaiement une poussée. Elle vint très vite me rejoindre. Elle ouvrit son kimono qui couvrait son corps nu, prit ma main et la posa sur son abdomen. Ses gestes étaient rapides et avaient la sûreté d'un médium habitué aux séances. Je sentis effectivement quelque chose à l'intérieur de son ventre, faisant saillie et d'une forme allongée. La chose commençait sous les seins et s'étendait jusqu'aux poils du pubis. Lena guida ma main vers le haut... Elle dirigea mon index sur une petite bosse et demanda : « Vous sentez le nez ?

— Le nez ? Non. Oui. Peut-être.

— Ne soyez pas si effrayé. Je ne suis pas une sorcière. Etant donné la manière dont vous écrivez sur les dybbuks, je vous imaginais habitué à ce genre de mystère.

— Vous ne vous habituez pas aux mystères.

— Vraiment, vous êtes resté un petit garçon. C'est peut-être ce qui fait votre force. David Hesheles est furieux contre moi, pas contre vous. Il vous aimerait bien. Il a toujours vanté votre talent. J'ai toujours cherché les occasions de vous rencontrer, mais les femmes vous faisaient fuir, comme un Hassid. Quand j'ai commencé à lire vos écrits, au Brésil, je ne pouvais croire que l'auteur, c'était réellement vous.

— Parfois je n'arrive pas à le croire moi-même.

— Tâtez son front. Vous n'aurez pas souvent une occasion pareille.

Lena souleva ma main, et je touchai la pointe dure d'un sein. Je retirai vivement mon doigt, pour qu'elle ne puisse penser que je cherchais à l'exciter. Malgré l'étrangeté de la situation, je me dis que ni David Hesheles — qu'il repose en paix, cet espèce de cynique — ni son âme n'avaient rien à faire avec ce jeu. Lena souffrait d'une tumeur, ou peut-être était-ce l'effet d'une autosuggestion répétée. Si vous désirez une chose avec suffisamment de force, vous parvenez à faire faire à vos muscles toutes sortes de tours de force et de contorsions. Mais pourquoi avait-elle un tel besoin de cela ?

« Qu'en dites-vous maintenant ? demanda Lena.

— Vraiment, je ne sais pas quoi dire.

— Ne soyez pas si nerveux. Paltiel ne va pas revenir. Je le soupçonne d'avoir commencé exprès à se disputer avec moi, pour me permettre de rester seule avec vous.

— Pourquoi dites-vous ça ?

— Pourquoi ? Parce qu'il est à moitié cinglé et parce que nous sommes pris tous deux au piège — physiquement, spirituellement, à tout point de vue. J'ai eu des maris et je sais. Quelle que soit la profondeur d'un amour, il arrive un moment de crise, incompréhensible comme l'amour lui-même — ou comme la mort. Vous vous aimez toujours, mais vous devez vous séparer, ou un nouvel être vient à passer et provoque une nouvelle manière de voir les choses. Je vais vous dire une chose, mais ne le prenez pas de travers — dans nos fantaisies, c'était *vous* cet être.

— Oh, mais malheureusement, je m'en vais dès demain matin. J'ai mes propres complications. Pourquoi vous êtes-vous installés si loin de tout et de tous ? demandai-je en changeant de ton. Paltiel est hautement intelligent ; il possède des tas de connaissances.

A New York, il pourrait facilement devenir professeur. Vous aussi, vous y auriez de meilleures chances.

— Oui, vous avez raison. Mais ici, j'ai la maison. Je touche une pension alimentaire de mon précédent mari. Cette maison serait difficile à vendre. De plus, elle n'est pas entièrement à moi. Et on ne m'enverrait pas les cruzeiros à New York. Paltiel a fini par devenir tout à fait apathique. Il reste assis jour et nuit à écrire ses romans où pas un personnage n'est intéressant. Il essaye de devenir un Joyce en yiddish, ou quelque chose de ce genre. J'ai entendu qu'à New York le théâtre yiddish est en train de couler.

— Malheureusement c'est vrai.

— Parfois, je souhaite que le dybbuk m'arrive dans la gorge et m'achève. Je suis trop fatiguée pour tout recommencer — d'autant plus qu'il n'y a rien à commencer. Je suis mûre pour la mort, mais je n'ai pas le courage d'agir. Ne vous moquez pas de moi, mais je rêve encore d'amour.

— Moi aussi. Des malades et de vieilles gens, littéralement un jour avant de mourir, m'ont dit la même chose.

— Quel sens cela a-t-il ? Je suis clouée au lit, accablée de maladies et dans mes fantasmes, je vois un grand amour — quelque chose d'unique comme probablement il n'en existe pas. Que mon dybbuk m'étrangle ou que je meure d'une défaillance cardiaque, une chose est certaine : je mourrai avec ce rêve.

— Oui, c'est vrai.

— Pouvez-*vous* le comprendre ? »

Je voulus dire que je ne le comprenais pas. Au lieu de quoi, je dis : « Il semble que la vie et la mort n'aient pas de frontière commune. La vie est vérité totale et la mort est mensonge total.

— Que voulez-vous dire — que nous vivons éternellement ?

— La vie est le chariot de Dieu et la mort est seulement l'ombre de son fouet.

— Qui dit cela ?

— Je ne sais pas. Peut-être moi. Je ne fais que bavarder.

— Je vous l'ai dit — un dybbuk s'est installé en vous aussi. Dites à votre dybbuk de m'embrasser. Je ne suis pas tellement vieille ni si laide. »

Je l'avais décidé : je n'allais pas me lancer dans quoi que ce soit avec elle. Cette femme était une menteuse, une exhibitionniste, elle était folle à lier. Son mari me manifestait son hostilité. J'avais déjà eu affaire à cette sorte de gens. A un moment donné ils font de vous leurs idoles, tout de suite après ils vous attrapent. Invariablement, ils sont à la recherche de quelque faveur, aussi impossible, aussi cinglée qu'eux-mêmes. Mais tout en prenant cette ferme décision, je mis mes bras autour de Lena. J'ai toujours été intrigué par ceux qui choisissent l'échec, se vautrent dans ses complexités, se sacrifient à ses supercheries. Maintenant j'embrassais Lena et elle mordait ma bouche. Je m'entendis l'appeler de noms tendres et lui dire que notre rencontre avait été voulue par le sort. Nous roulions sur nous-mêmes en nous débattant. Elle tentait de nous couvrir avec la moustiquaire et nous tâtonnions pour nous en envelopper. Soudain, le hamac se détacha de l'arbre et nous tombâmes dans un marécage plein d'orties, de racines pourries, de vase. Je tentai de me mettre debout, mais j'étais prisonnier du filet. A ce moment, Lena poussa un cri d'agonie. Des moustiques s'étaient abattus sur nous, denses comme une nuée de sauterelles. J'avais été mordu par des moustiques avant, mais jamais par une telle masse et avec une telle férocité. Je ne sais comment je réussis à me dégager et à aider Lena à se lever. En tentant de courir vers la porte, nous fûmes pris dans la broussaille, les branches, les épineux piquants. Lena ne cessait de hurler. Alors seulement je réalisai qu'elle était nue et avait perdu l'un de ses souliers. Je tentai de la soulever, mais elle résistait.

Quand nous eûmes finalement atteint la maison et allumé la lumière, je vis que nous étions tous deux couverts de morsures et de moustiques vivants. Ils s'étaient collés à nous comme des sangsues. Nous commençâmes à nous donner des claques l'un l'autre pour tuer ces parasites dont le sang avait été notre sang l'instant d'avant. Nous nous élançâmes l'un contre l'autre en une sarabande folle. Ma chemise était trempée de sang. Lena me l'arracha et me poussa dans une salle de bains, équipée d'une longue baignoire surmontée d'un réservoir de cuivre et d'une douche. Elle fit ruisseler l'eau et nous restâmes dessous, agrippés l'un à l'autre pour ne pas perdre l'équilibre. Lena ouvrit une armoire à pharmacie, sortit une bouteille remplie d'un liquide et se mit à frotter nos corps. Je vis dans un miroir que la peau de mon visage était à moitié arrachée. Tout en se lamentant, Lena me ramena au salon où elle tira un drap d'une armoire, l'étendit sur le large canapé et m'enveloppa comme un cadavre dans un linceul. Puis elle s'enveloppa elle aussi dans un drap. Elle se pencha sur moi et s'écria : « Dieu nous aime. Il a envoyé le châtiment avant la faute. »

Elle se jeta sur moi avec un soupir et mon visage, en un instant, fut mouillé et salé. Elle éteignit la lumière, mais elle se ralluma aussitôt — Paltiel était revenu.

Le lendemain matin, Paltiel me raccompagna en bus à Santos. Lena avait dû rester au lit. Paltiel et moi n'échangeâmes pas un mot. Nous évitions de nous regarder dans les yeux. J'étais si épuisé que je sommeillais presque tout le temps, ma tête s'affaissant sans arrêt. J'étais si engourdi que je ne sentais même pas la honte. Avant que je monte sur le bateau, Paltiel me tendit deux grandes enveloppes pleines de manuscrits et dit : « Votre visite nous a été bénéfique à tous deux : j'ai acquis un vrai lecteur et Lena un vrai dybbuk. »

J'espérais que ce serait la fin de ma bizarre rencontre, mais en rentrant à New York de ma tournée sud-américaine, j'y trouvai trois autres manuscrits et deux lettres de quarante pages de Lena — l'une en yiddish, l'autre en polonais. Lena m'y révélait que son amour pour moi était né au temps où nous étions encore à Varsovie et qu'elle avait reçu des vibrations et des messages télépathiques annonçant ma venue bien avant que Paltiel n'ait eu vent de mon voyage. Je tentai de lire ce que l'un et l'autre avaient écrit, mais les manuscrits et les lettres se succédèrent si rapidement que je réalisai qu'il ne me resterait plus de temps pour rien d'autre. En jetant un coup d'œil, de temps en temps, sur les lettres de Lena, j'appris que la veuve, le mécène de Paltiel, était morte, lui laissant une somme substantielle qu'il était en train de dépenser en publiant toute son œuvre aux éditions Moi-Même. Bientôt les livres commencèrent à arriver à intervalles incroyablement courts. Je ne pouvais même plus me résoudre à ouvrir leur courrier, mais cela ne les découragea pas de m'envoyer livres et lettres pendant longtemps. Quelques années plus tard, j'appris que Lena était morte d'un cancer et que Paltiel avait été mis dans une institution pour malades mentaux. Je dus me débarrasser de la masse de leurs écrits. Je ne gardai qu'un gros livre de Paltiel, écrit dans un style atroce, fou, illisible, et quelques lettres de Lena — documents effrayants sur ce que la solitude peut faire à de telles gens et sur ce qu'ils sont capables de se faire à eux-mêmes.

Yochna et Shmelke

Tout au long de sa vie, Reb Piniele Dlusker s'était consacré au hassidisme. Il visitait les tribunaux du rabbi de Zanz, du rabbi de Belz, du rabbi de Trisk. Des hassidim avaient beau lui démontrer qu'un rabbi, c'était assez, Reb Piniele disait : « Pourquoi une mère peut-elle aimer une douzaine d'enfants ? Pourquoi les riches habitent-ils des maisons avec de nombreuses chambres ? Pourquoi l'empereur a-t-il tant de soldats ? Ma joie, ce sont les rabbis miraculeux. »

Reb Piniele rendait visite à ses rabbis à chaque jour de fête et même à Pâque, bien que les plus fervents des hassidim eussent pour coutume de passer les seders de Pâque chez eux, en famille. Pendant les premières années de leur mariage, sa femme, Shprintza Pesha, s'y était opposée. Sa mère lui avait même conseillé d'obtenir le divorce. Les choses en étaient presque arrivées là, quand Shprintza Pesha perdit des jumeaux du fait de la scarlatine, ce qu'elle accepta comme la punition du Ciel pour la peine qu'elle avait causée à son Piniele. Des années plus tard, d'autres enfants moururent — coqueluche, diphtérie, rougeole — jusqu'à ce qu'il ne restât à Reb Piniele et à Shprintza qu'une fille, Yochna, du nom d'une grand-tante de Shprintza Pesha.

Yochna grandit, pleine de santé. Elle pleurait rarement et souriait toujours, révélant les fossettes de ses joues. Shprintza Pesha, qui gagnait le pain de la famille, avait une boutique où elle vendait du tissu au mètre et des fournitures — grosse toile, doublure, fil à coudre, boutons. Yochna s'élevait pour ainsi dire toute seule. Reb Piniele voulait que son unique enfant grandisse comme une vraie fille juive, et quand Yochna eut quatre ans, il engagea la femme d'un rabbin pour lui enseigner l'alphabet et plus tard des prières et même à écrire une ligne ou deux en yiddish. Mais Yochna n'avait pas une tête faite pour l'étude. Elle mangeait beaucoup et devint rapidement grassouillette. D'autres filles jouaient à chat perché, à cache-cache et dansaient des rondes, mais Yochna restait assise devant la maison à longueur d'été et faisait des pâtés de sable. A l'heure du repas, sa mère lui apportait des viandes grasses, du gruau d'avoine, de la soupe, des tartines de miel et des galettes du shabbat. Yochna avalait jusqu'à la dernière bouchée et en redemandait toujours. Elle était blonde comme une petite chrétienne, ses cheveux étaient clairs comme le chanvre et ses yeux bleus comme les bleuets.

A onze ans, Yochna devint une femme et Shprintza Pesha lui apporta un petit réticule contenant une dent de loup, pour tenir à l'écart le mauvais œil et un talisman pour chasser les esprits envahisseurs. Elle avait des seins comme une adulte, et Shprintza Pesha paya une ouvrière pour coudre à sa fille des camisoles et des culottes garnies de dentelle.

Yochna n'apprit jamais à lire dans un livre de prières, mais elle avait gravé dans sa mémoire la prière qu'on dit au lever, la bénédiction prononcée avant chaque repas ainsi que d'autres actions de grâces. Yochna aimait les choses juives. C'est elle qui demandait à sa mère de l'emmener dans la partie réservée aux femmes à la synagogue, le shabbat, et comme les pieuses matrones, elle prenait bien soin de dire : « Loué soit-Il et loué soit Son Nom » et « Amen » quand le chantre, dans la section des hommes, récitait les Dix-Huit Bénédictions. Elle écoutait aussi le préposé au service religieux des femmes réciter les prières pour celles qui ne connaissaient pas l'alphabet. Chaque fois qu'un prêcheur itinérant venait en ville, Yochna allait écouter son sermon. Elle pleurait quand il décrivait les tortures de la Géhenne : les planches cloutées, le fouet administré par les démons vengeurs, les charbons ardents sur lesquels on roulait les pécheurs. Ses yeux brillaient quand le prêcheur racontait comment, au Paradis, les femmes marchant dans les voies de Dieu devenaient les piédestaux de leur mari et étaient initiées, ensemble avec les hommes, aux secrets de la Torah.

Quand Yochna atteignit douze ans, elle fut assiégée par des faiseurs de mariages proposant des partis ; mais son père, Reb Piniele, lui ramena un fiancé de Trisk, un étudiant de yeshiva, un orphelin, qui étudiait dix-sept heures par jour. Son nom était Shmelke, et il était de trois ans plus âgé que Yochna. Il dormait et mangeait à l'auberge. Le couple se verrait pour la première fois lors de la cérémonie du mariage, quand on dévoilerait la mariée, mais Yochna l'aimait sans l'avoir vu. Elle commença à lui broder un sac de velours pour le châle de prière, avec des fils d'or et d'argent, ainsi qu'un sac pour les phylactères, un napperon pour couvrir le pain du shabbat et une pochette pour les matsoth. Une rebbetzin vint apprendre à Yochna comment décompter les jours suivant ses règles, de sorte à déterminer quand elle pouvait s'approcher de son mari et comment maintenir la pureté de leur union en prenant les ablutions prescrites au bain rituel. Yochna apprit tout et la rebbetzin loua sa diligence.

Shprintza Pesha commanda un trousseau pour sa fille. Elle n'était pas facile à habiller, car elle avait grossi comme de la pâte préparée avec beaucoup de levure. Chez la couturière, les petites mains plaisantaient : elle avait une poitrine comme une nourrice. Elles comparaient ses cuisses au hachoir du boucher. Mais elle avait les pieds petits et ses beaux cheveux lui arrivaient aux hanches. Shprintza Pesha n'économisait ni la laine, ni la soie, ni le satin pour embellir Yochna.

Toute la ville assista au mariage, et Shprintza Pesha confectionna d'énormes gâteaux et fit cuire des viandes et des soupes par chaudrons. Quand on conduisit Yochna au bain rituel, les musiciens jouèrent une berceuse. Les gueux qui traînaient autour des tavernes avaient de quoi se moquer. Quand la préposée aux bains détacha d'un coup de ciseaux les cheveux de Yochna, puis lui rasa le crâne avec un rasoir, les jeunes matrones qui étaient au bain fondirent en larmes, mais Yochna dit : « Qu'avez-vous à brailler ? Puisque Dieu l'a ordonné, tout est bien et en ordre. »

Le soir de leur mariage, Shmelke souleva le voile du visage de Yochna. Elle leva les yeux et fut remplie d'un grand amour pour lui. Il était petit, maigre, avait la peau sombre, des papillotes noires tortillées comme des cornes et des joues creuses qui ne montraient pas trace de barbe. Son caftan était trop long et trop large pour lui. La casquette de fourrure qu'il portait avait glissé sur ses yeux sombres et il tremblait et transpirait. « Oh, comme il a l'air affamé, mon trésor, la couronne de ma tête, se dit Yochna. Si Dieu veut, je l'engraisserai. »

Sous le dais, Shmelke lui marcha sur le pied — pour symboliser qu'il serait le chef de la famille — et un frisson parcourut le dos de Yochna. Elle sentit un besoin de s'écrier : « Oui, règne sur moi, mon maître ! Fais de moi tout ce que ton cœur désire ! »

Après la danse de la vertu, ses deux chaperons, sa mère et sa tante, conduisirent Yochna à la chambre nuptiale. Les deux femmes lui recommandèrent de se donner à son mari de bonne grâce, puisque croître et multiplier sont les premiers commandements de la Torah. Yochna se déshabilla dans l'obscurité et passa une chemise de nuit à dentelle qui lui arrivait aux chevilles. Elle se mit au lit et attendit patiemment que Shmelke vienne la rejoindre. Une félicité qu'elle n'avait pas connue parcourait tous ses membres. Elle était une femme mariée. Voici qu'elle portait un bonnet de nuit sur la tête et une alliance au doigt. Yochna pria Dieu de lui accorder une maisonnée d'enfants en bonne santé qu'elle pourrait élever pour le servir.

Après un moment, Piniele et l'un des anciens respecté de tous dans la ville escortèrent Shmelke à la chambre et fermèrent la porte. Yochna dressa l'oreille, attentive au moindre mouvement. On l'avait fait entrer comme un oiseau dans une cage. Il faisait noir comme dans un four. Comment, s'inquiétait-elle, un étranger réussirait-il à s'y déshabiller ? Comment trouverait-il son lit ? Il était là et grommelait. Elle l'entendit se cogner contre la commode. Il va se faire mal, à Dieu ne plaise, ou tomber, pensa Yochna, apeurée. Elle se mit à lui chuchoter — il pouvait suspendre ses vêtements à une chaise. Il ne répondit pas. Elle pouvait entendre ses dents claquer — il tremblait de peur, le pauvre petit.

Yochna oublia qu'elle était une jeune mariée, qui doit agir avec réserve. Elle sortit du lit pour essayer de l'aider, mais il se dégagea brusquement quand elle le toucha et recula. Peu à peu, elle le calma avec des mots. Il enleva son caftan, les franges rituelles, les pantoufles. Tout le temps, il ne cessait de murmurer. Récitait-il une prière ? Psalmodiait-il une incantation ? Après une longue hésitation, il quitta son pantalon et elle le guida, le poussa à moitié vers son lit. Maintenant, il s'agitait comme s'il avait la fièvre. Un besoin de pleurer s'empara de Yochna, mais elle retint ses larmes. La surveillante du bain rituel lui avait expliqué que, selon la Loi, le mari et la femme avaient le droit de se rapprocher au lit et même de s'embrasser et de s'enlacer. Elle mit ses bras autour de Schmelke et posa des baisers sur son front, ses joues, sa pomme d'Adam. Elle le serra contre sa poitrine. Soudain, elle entendit sa voix : « Où est ma calotte ? »

Il devait l'avoir perdue, et Yochna se mit à la chercher à tâtons sur la couverture, sur le drap. Pour éviter le péché d'être tête nue, il se couvrit la tête de ses deux mains.

« Oh, il a une âme sanctifiée, se dit Yochna. Qu'ai-je fait pour mériter un tel saint ? »

Elle sortit du lit pour trouver la calotte. Elle faisait de petits pas dans le noir comme une personne aveugle. « Père du Ciel, aide-moi à trouver la calotte ! » plaidait-elle. Mentalement, elle promit dix-huit groschen aux bonnes œuvres. Alors, elle mit le pied sur quelque chose de mou. C'était la calotte de Shmelke. Yochna la ramassa et l'embrassa comme si c'était une page arrachée d'un livre saint.

« Shmelke, la voilà. »

Elle pouvait à peine croire qu'elle avait eu le courage de faire toutes ces choses et même de l'appeler par son nom.

Shmelke mit la calotte et commença à dire des mots pleins de piété à Yochna. « L'union du mari et de l'épouse, dit-il, devait permettre à des âmes sanctifiées qui attendaient auprès du Trône de Gloire de se manifester et d'être purifiées et de leur donner l'occasion, à travers un corps, d'accomplir des actions méritoires. » Il évoqua des femmes vertueuses du passé. Même si Yochna ne comprenait pas le langage savant qu'il utilisait, c'était comme si elle entendait une douce musique. Après qu'il eut fini, il se coucha sur elle. La surveillante du bain rituel et ses chaperons l'avaient prévenue qu'il pourrait lui faire mal et qu'elle devait accepter cette douleur avec gratitude et joie. Mais elle n'éprouva nulle douleur. Il était aussi léger qu'un enfant sur elle. Il quitta son lit vite et alla dans son propre lit, comme le voulait la Loi. Quand les femmes vinrent à l'aube, elles trouvèrent du sang sur le drap de Yochna et elles l'emportèrent pour le déployer pendant la danse cascher.

Plus tard dans la journée, les femmes et Shprintza Pesha emmenèrent Yochna en visite chez les matrones en renom dans la ville, qui accueillirent toutes les invitées avec des gâteaux et du vin ou des tourteaux aux amandes et de la liqueur de cerises. Yochna se regardait furtivement dans le miroir. Comme elle avait l'air différente, avec son bonnet garni de perles et de rubans et dans sa robe à traîne ! Sans ses cheveux, sa tête lui semblait curieusement légère.

Elle avait un peu froid au crâne. Une femme mariée n'oserait pas se montrer tête nue, de crainte d'éveiller le désir des autres hommes.

Pendant les sept jours qui suivirent le mariage, il y eut des invités tous les soirs, et le père de Yochna, Reb Piniele, les régalait chacun d'un verre de vin de cérémonie. Shmelke était assis à côté de son beau-père, et de temps en temps Yochna lui jetait un regard par la porte ouverte — il avait l'air aussi mince et aussi timide qu'un garçon du heder. Les hommes discutaient de choses savantes avec lui. Il répondait brièvement et à voix basse. Shprintza Pesha lui apportait une friandise, de la soupe aux nouilles, du ragoût de viande aux carottes, mais il laissait presque tout sur l'assiette, et sa belle-mère le grondait, disant que pour étudier la Torah, on devait soutenir ses forces.

Tant que Yochna avait été jeune fille, elle n'avait pas eu réellement d'amies, mais maintenant, de jeunes matrones venaient discuter d'affaires de ménage avec elle — comment coudre, repriser, tricoter ; comment obtenir des prix dans les magasins ; comment broder des arbres, des fleurs, des cerfs et des lions sur la toile. Les femmes lui apprirent à jouer aux osselets, au loup et à la chèvre et même aux dames. Elles pressaient Yochna de leur montrer ses bijoux et les robes qu'on avait cousues pour son trousseau. Shprintza Pesha avait donné tous ses bijoux à sa fille, ne conservant pour elle qu'un médaillon en or avec une amulette. Les jeunes femmes admirèrent les bijoux de Yochna, mais suggérèrent qu'ils étaient vieux jeu. Sa chaîne, son bracelet, la broche, même les boucles d'oreilles et les bagues étaient trop lourds.

Une nouvelle mode avait surgi — les bijoux légers. Yochna approuvait de la tête et souriait. Que lui importaient toutes ces vanités ? Son plus bel ornement, c'était Shmelke.

Le mariage avait eu lieu la nuit du shabbat qui suivait la fête de Shavouoth. Pendant le mois d'Elul,

Reb Piniele commença à parler de son projet de passer les grandes fêtes avec ses rabbis — Rosh Hashanah avec l'un, Yom Kippour avec un autre, Souccoth avec un troisième. Il proposa à Shmelke de l'accompagner. Il voulait faire admirer son gendre, le savant. Mais Shmelke souleva des objections. Shmelke avait son propre rabbi. Son père, bénie soit sa mémoire, avait visité la cour du rabbi de Warka. Quand, après quelque hésitation, Shmelke dit à Reb Piniele qu'il désirait passer Rosh Hashana à Warka, Reb Piniele proposa un compromis. A Rosh Hashana et à Yom Kippour, Shmelke l'accompagnerait à Belz et à Trisk, et Shmelke irait ensuite à Warka pour Souccoth. Et c'est ainsi qu'on résolut de faire.

En apprenant que Shmelke s'en irait pour les grandes fêtes, Yochna eut envie de pleurer. La plupart des jeunes maris restaient avec leurs femmes pendant les fêtes. Mais une bonne fille juive doit faire comme son père dit et comme son mari le désire. Yochna commença à préparer les affaires dont Shmelke aurait besoin pour le voyage : chemises, caleçons, chaussettes, franges rituelles, mouchoirs. Vers Souccoth, il commence à faire froid, et Yochna veilla à ce que Shmelke emportât un gilet de laine et un pardessus. Ce que Yochna faisait pour Shmelke, Shprintza Pesha le faisait pour Piniele. Shprintza Pesha était habituée aux voyages de Piniele, mais Yochna commença à s'ennuyer de Shmelke avant même qu'il ne fût parti. Elle pria son père de bien le surveiller. Piniele répondit : « Ne t'en fais pas, fille. Il n'arrive rien à ceux qui voyagent au service de Dieu. »

Piniele et Shmelke partirent en charrette pour un village près de la frontière autrichienne, où on les aida à la franchir en fraude. La patrouille frontalière avait été soudoyée à l'avance. Obtenir un passeport pour l'étranger et un visa coûtait trop cher et nécessitait une longue attente. Les Russes, les Prussiens et les Autrichiens s'étaient partagé la Pologne, mais les hassidim russes visitaient les rabbis autrichiens et les hassidim autrichiens visitaient leurs rabbis en Russie.

Une fois leurs maris partis, Shprintza Pesha et Yochna commencèrent les préparatifs pour les grandes fêtes. Le soir de Rosh Hashana, elles allumèrent des bougies dans des candélabres d'argent. Plus tard, Shprintza Pesha prononça une bénédiction sur une coupe de vin et commença à découper le pain de Rosh Hashana, qui avait la forme d'un oiseau. La mère et la fille mangèrent chacune une tranche, avec du miel, une tête de carpe et des carottes. Yochna se souvenait des mots d'hébreu qu'il fallait dire.

Le lendemain matin, Yochna mit une robe garnie d'or et un ruban garni de broderies, bien qu'elle ne sût pas lire, elle emporta à la synagogue un livre de prières en hébreu à fermoir de cuivre et un livre de supplications en yiddish, au titre doré en relief. Quand Shprintza Pesha s'inclinait, sautillait ou pleurait, Yochna s'inclinait, sautillait et pleurait comme elle. Ainsi Rosh Hashana et Yom Kippour passèrent. Toutes les femmes souhaitèrent à Yochna une bonne année qui comprendrait la célébration d'une circoncision.

Pendant les jours intermédiaires de Souccoth, soudain des vents violents se mirent à souffler. Leur force fit s'envoler les branches de sapin dont on avait fait les toits des cabanes de Souccoth, renversa les parois, éparpilla les chaises et les tables ainsi que le décor de la fête. La nuit de Hoshana Raba, le septième jour de Souccoth, le tonnerre ébranla l'air, le ciel fut illuminé d'éclairs et une pluie mêlée de grêle s'abattit en trombe. Les vieux ne pouvaient se souvenir d'une tempête d'une telle intensité en cette période de l'année. L'eau descendait comme un torrent la rue du Pont, et les pauvres qui y vivaient durent la quitter avec leurs enfants pour dormir, un peu plus haut, à la maison de prière ou à la maison des Pauvres. Des rafales de vent envoyaient les bardeaux des toits voler sur la ville. Au milieu du huitième jour de Souccoth, il fit si noir qu'on crut la fin du monde sur le point d'arriver. Shprintza Pesha et Yochna avaient invité quelques femmes et jeunes filles à venir fêter Simhath

Torah. La mère et la fille avaient préparé de grands pots de choux avec de la crème de tartre et des raisins secs, de l'oie rôtie, et elles avaient fait cuire des galettes et des tartes, mais personne ne put passer par les rues inondées. De mauvaises nouvelles arrivaient à l'hôtel de ville : dans de nombreuses villes et villages, les rivières San, Bug et la Vistule avaient inondé leurs berges. Des troupeaux de bétail s'étaient noyés, des radeaux que des marchands de bois dirigeaient sur Danzig s'étaient brisés et ceux qui les faisaient flotter étaient perdus. Des femmes pieuses affirmaient que le désastre était un châtiment du Tout-Puissant ; la responsabilité était celle des hérétiques des grandes cités, et aussi des femmes impudiques qui se promenaient tête nue, s'abstenaient du bain rituel et portaient des robes à manches courtes qui exposaient leur chair.

Normalement, Reb Piniele rentrait à la maison le lendemain de la fête, mais deux semaines passèrent sans un mot de lui ou de Shmelke. Les pluies s'étaient déjà arrêtées et les gelées avaient commencé. Les routes étant couvertes de glace, les paysans ne pouvaient livrer du bois et du grain aux villages et aux villes. Pendant les tempêtes, des vannes s'étaient cassées. Des enfants tombaient malades et des mères couraient à la synagogue pour s'agripper à l'arche sainte et prier pour leur guérison.

Une nuit, Piniele revint chez lui. Shprintza Pesha le reconnut à peine. Il paraissait émacié, malade, voûté. Il apportait de mauvaises nouvelles. Il avait gardé Shmelke à Trisk avec lui jusqu'au sixième jour de Souccoth. Un jour avant Hoshana Raba, Shmelke s'était mis en route pour Warka. La charrette sur laquelle il voyageait avait atteint un pont de bois. Un coup de vent violent s'était produit. Le pont s'était écroulé, et Shmelke s'était noyé avec les autres passagers. Le cocher et les chevaux avaient péri aussi. Les gens de la ville cherchèrent les corps pendant trois jours, mais le courant les avait emportés — qui pouvait savoir où ? Yochna était maintenant une femme abandonnée. Elle connaissait la Loi : si le corps de Shmelke n'était pas retrouvé et reconnu, elle ne pourrait jamais se remarier.

Shprintza Pesha poussa des hurlements et Yochna hurla avec elle. Shprintza Pesha se tordit les mains et Yochna fit de même. La mère et la fille pleurèrent et se lamentèrent, Piniele parla de la grandeur de Shmelke pendant des heures. Sur le chemin de Belz et de Trisk, Shmelke était resté éveillé la nuit entière dans la charrette, psalmodiant la Mishna par cœur. Les deux rabbis qu'ils avaient visités avaient promptement témoigné de l'attachement de Shmelke à Dieu et l'avaient appelé un Sage. A chaque louange, la mère et la fille éclataient en nouveaux sanglots. A l'aube, Yochna s'endormit tout habillée, la bouche ouverte.

Shprintza Pesha la réveilla plus tard dans la matinée. « Fille, c'est assez, dit-elle. Dieu l'a voulu.

— Dois-je observer les sept jours de deuil ? demanda Yochna.

— Oui, fille, observe le deuil.

— Je demanderai l'avis du rabbi », dit Reb Piniele.

Reb Piniele s'en fut consulter le rabbi et resta absent un long moment. Yochna enleva ses chaussures et s'assit sur un tabouret, ne gardant que ses bas. Son bonheur avait brillé brièvement, puis s'était éteint. Qu'avait-elle fait pour être aussi éprouvée ? Elle était abandonnée pour toujours et cependant elle ne désirait pas se remarier. Pendant qu'elle était assise à se lamenter sur son sort, Yochna se dit soudain qu'elle aurait dû avoir ses règles entre Rosh Hashana et Yom Kippour. Comment se faisait-il qu'elle l'eût oublié ? Et comment se faisait-il que sa mère n'eût rien dit ? Habituellement, elle calculait les jours. Yochna leva les yeux vers la fenêtre. Le ciel était bas et gris. De l'autre côté du chemin, un corbeau était juché sur une cheminée. On ne pouvait distinguer s'il était vivant ou pétrifié par le gel. Des minutes s'écoulèrent et il ne bougea ni sa tête ni son aile. Il a rempli sa mission sur terre et se trouve déjà aux mains de Dieu, se dit Yochna. Elle ferma les yeux et s'abandonna complètement au pouvoir de Dieu. Elle se mit à l'écoute de son corps. Shmelke avait-il vraiment laissé un héritier ? Dieu règne sur les vivants et les morts et sur ceux qui ne sont pas nés.

Shprintza Pesha revint de la cuisine avec une tranche de pain et une tasse de café avec de la chicorée. « Fille, lave tes mains et mange, dit-elle. Le petit saint qui est dans ton ventre a faim. »

Deux

Pendant près de dix ans après son mariage, la femme de Reb Yomtov, Menuha, ne porta pas d'enfant. Déjà on murmurait à Frampol qu'elle était stérile et qu'un divorce était imminent. Mais elle devint enceinte et tous deux, Yomtov et Menuha, parlant de l'enfant à venir, disaient « elle ».

Le père voulait une fille parce qu'il est dit dans la Guemara : « Une fille première-née est un bon augure pour les enfants à venir. » La mère voulait une fille, parce qu'elle avait l'intention de lui donner le nom de sa défunte mère. Quand elle aborda ses derniers mois, son ventre ne devint pas proéminent et pointu, mais rond et large — le signe qu'elle portait une fille. Par conséquent, elle prépara une layette composée de chemisettes et de jacquettes bordées de dentelles et de broderies et un oreiller avec des rubans. Le père mit de côté, dans une boîte, le premier gulden d'une dot.

En fait, Reb Yomtov avait d'autres raisons de désirer une fille. Lui, un talmudiste savant, chargé d'ôter les graisses impures et les veines de la viande cachère, avait l'âme d'une femme. Quand il priait, il ne s'adressait pas tant au Tout-Puissant, mais à la Schechinah, la contrepartie féminine de Dieu. D'après la kabbale, les vertus des hommes produisent l'union de Dieu et de la Schechinah ainsi que l'accouplement des anges, des chérubins, des séraphins et des âmes saintes au Ciel. L'union parfaite, Là-Haut, n'aura lieu qu'après la rédemption, lors de la venue du Messie. Au milieu des Dix-Huit Bénédictions, Yomtov s'exclamait : « Oh mère ! » Quand il était encore un petit garçon, étudiant le Pentateuque au heder, il était plus attiré par les matriarches que par les patriarches. Il préférait jeter un regard sur des livres comme *Ze'enah u-Re'enah* et *La Lampe lumineuse* plutôt que sur la Guemara, les commentaires et les Répliques. Yomtov était petit et trapu, avec une barbe clairsemée et des mains et des pieds menus. A la maison, il portait des robes de chambre de soie et des pantoufles avec des pompons. Il faisait friser ses papillotes, s'arrangeait devant son miroir, et portait toutes sortes de babioles — une boîte de tabac à priser ciselée, un canif à manche de nacre et une petite main en ivoire, un charme qui lui venait de sa grand-mère. A Simhath Torah ou dans les banquets, il ne buvait pas de liqueurs fortes mais demandait du cognac doux. Les gens se moquaient de lui. « Tu es un mou, Yomtov ! Pire qu'une femme. »

Eh bien, si Menuha et Yomtov attendaient une fille, les puissances qui décident de ces choses s'arrangèrent pour qu'ils aient un garçon. Il est vrai que la sage-femme se trompa et annonça à la mère que l'enfant était une fille, mais elle reconnut vite son erreur. Menuha fut terriblement bouleversée : entre un oui et un non, une fille s'était transformée en garçon. Yomtov ne pouvait se résoudre à le croire et demanda à voir. Qu'importe, on invita les gens à la fête d'avant-circoncision et les garçons du heder vinrent réciter le Shema. Zissel étant un nom convenant à la fois à un homme et à une femme, le garçon fut nommé ainsi, d'après une grand-tante. Comme les robes, les jaquettes et les bonnets avaient été préparés, on habilla le bébé avec, et quand la mère promenait Zissel dans la rue, les étrangers en concluaient que c'était une fille.

La coutume veut qu'à trois ans on coupe les cheveux d'un garçon, on l'enveloppe d'un châle de prière et on l'emmène au heder. Mais Zissel avait des boucles si élégantes que sa mère refusa de les raccourcir. Les parents conduisirent leur précieux rejeton au heder, mais quand l'enfant aperçut le vieux maître avec sa barbe blanche, le banc de correction et le fouet, il se mit à hurler. Il avait une ardoise où se trouvait gravé l'alphabet qu'il devait lire. On lui mit des bonbons, des raisins secs et des noix dessus et on lui dit qu'ils avaient été apportés par un ange du Ciel, mais cela n'apaisa pas l'enfant. Le lendemain matin, on le conduisit à nouveau au heder et on lui donna un gâteau de miel. Cette fois-ci, les choses ne se passèrent pas autrement, Zissel eut des convulsions et il devint tout bleu. Sur quoi les parents décidèrent de le garder à la maison jusqu'au prochain trimestre. Une rebbetzin, qui donnait des leçons aux filles, à domicile, lui enseigna l'alphabet. Zissel étudiait volontiers avec elle. Il passait le reste de son temps à jouer avec d'autres enfants. Comme ses cheveux étaient longs et qu'il n'allait pas au heder, les garçons de son âge l'évitaient. Il aimait la compagnie de filles, leurs manières et leurs jeux. Les garçons s'amusaient avec des bâtons, des cercles de tonneaux et des clous rouillés. Ils se battaient, se salissaient et déchiraient leurs vêtements, mais les filles cueillaient des fleurs dans les vergers, chantaient des chansons, dansaient en rond, berçaient leurs poupées et leurs robes, et leurs tabliers restaient propres.

« Pourquoi je ne peux pas être une fille ? demandait-il à sa mère.

— Tu devrais être une fille », répondait sa mère. Elle l'embrassait et le cajolait et faisait une tresse avec ses cheveux, pour s'amuser, et ajoutait : « Quel dommage, tu aurais fait une fille adorable. »

Le temps, qui est souvent l'outil du destin, fit son œuvre. Zissel grandit et contre sa volonté, il commença d'aller au heder. On lui enleva ses robes et on lui mit un caftan, des culottes, des franges rituelles et une calotte. On lui enseigna à lire — le Pentateuque, les commentaires de Rachi et la Guemara. Les marieurs commencèrent tôt à envisager des partis pour lui. Mais Zissel resta un garçon efféminé. Il ne pouvait pas supporter les bagarres de tous ces garçons sauvages et casse-cou et il n'arrivait ni à grimper aux arbres, ni à siffler, ni à tourmenter les chiens, ni à courir derrière le bouc municipal. Quand les garçons du heder se disputaient avec lui, ils l'appelaient « fille » et essayaient de soulever les pans de son caftan, comme s'il en était réellement une. Le maître et son assistant s'abstenaient de le fouetter, car les rares fois où ils l'avaient fait, il avait aussitôt éclaté en larmes. Sa peau, aussi, était délicate. On fermait les yeux quand il arrivait en retard ou qu'il s'en allait avant les autres. Les vendredis, les garçons accompagnaient leurs pères au bain de vapeur. L'été, ils se baignaient dans la rivière et apprenaient à nager. Mais Zissel était pudique et ne se déshabillait jamais devant les étrangers. La vérité est qu'il souffrait d'anxiété et se posait toutes sortes de questions. Il était déjà convaincu qu'il ne valait pas la peine d'être un homme et que les signes de la virilité étaient une disgrâce.

Quand personne n'était à la maison, Zissel mettait la robe de sa mère, ses chaussures à talons hauts, une camisole et un bonnet, et admirait son image dans le miroir. Le shabbat, à la maison de prière, il levait les yeux vers la galerie où étaient assises les femmes et les enviait parce qu'elles suivaient l'office de derrière leur balustrade, toutes parées de leurs fourrures, jaquettes, bijoux, rubans de couleurs, glands et plissés. Il aimait leurs lobes d'oreille percés et tenta de percer les siens avec une aiguille. Ses parents réalisèrent que quelque chose ne tournait pas rond chez leur Zissel. Ils se mirent à le punir et à l'appeler crétin. Cela ne fit qu'aggraver la situation. Il s'enfermait souvent dans sa chambre, pleurait et lisait une prière en yiddish dans le livre de prières de sa mère, aux couvertures dorées au fer et à fermeture de cuivre. Ses larmes étaient brûlantes et il tapotait ses yeux avec le coin d'un mouchoir, comme font les femmes.

Quand Zissel eut quinze ans, des partis lui furent proposés pour de bon. Comme il était discret, beau garçon et fils unique de surcroît, on lui offrit des filles de familles riches. Sa mère allait à l'occasion examiner les fiancées offertes, puis décrivait à Zissel leurs manières et leur aspect. L'une était grande et osseuse, avec une voix profonde et une verrue sur la lèvre supérieure ; une autre était petite et trapue avec une grosse poitrine et presque pas de cou ; une troisième était rousse, marquée de taches de rousseur et avait les yeux verts, comme un chat. Chaque fois, Zissel inventait un prétexte pour ne pas se fiancer. Il avait peur de se marier, persuadé qu'une femme l'abandonnerait le premier jour après leur mariage. Soudain, il commença à trouver des qualités à ceux de son propre sexe. Il s'aperçut que les lascars de son enfance étaient devenus de respectables jeunes gens qui psalmodiaient la Guemara et les Commentaires, discutaient de choses sérieuses entre eux, déambulaient dans la maison d'étude en long et en large, absorbés dans leurs délibérations. Les filles, par contre, lui paraissaient maintenant frivoles. Elles riaient trop fort ; elles flirtaient, dansaient sans pudeur, et Zissel avait l'impression qu'elles se moquaient de lui.

De tous les jeunes gens, celui que Zissel aimait le mieux s'appelait Ezriel Dvorahs. Ezriel venait de Lublin et se conduisait comme les gens des grandes villes. Il était grand, mince, avait le teint sombre, avec des papillotes rejetées derrière ses oreilles, ses yeux noirs avaient des sourcils qui se rejoignaient au-dessus du nez. Son caftan était toujours impeccable et il astiquait ses bottines de chevreau tous les jours. Bien qu'il ne fût pas encore fiancé, il portait déjà une montre en argent dans la poche de son gilet. Les marieurs l'assaillaient de propositions et les autres étudiants rivalisaient pour être son compagnon d'études. Quand Ezriel parlait, tous s'arrêtaient de lire le texte pour écouter. A l'heure de la promenade, les garçons descendaient la rue de la Synagogue. Plusieurs étaient toujours prêts à l'accompagner. Quand il flânait sur la place du Marché, les jeunes filles se précipitaient aux fenêtres et le dévoraient des yeux de derrière leurs rideaux tirés, comme s'il venait de débarquer de Lublin.

Il arriva qu'Ezriel, qui avait deux ans de plus que Zissel, le choisit pour compagnon d'étude. Zissel l'accepta comme un honneur. Les jours de shabbat, il souhaitait que ce fût à nouveau jour de semaine, pour qu'il pût étudier avec Ezriel. Quand il advint, un matin, qu'Ezriel ne parut pas à la maison d'étude, Zissel dévoré d'impatience tourna en rond. Parfois, Ezriel emmenait Zissel chez le boulanger, où ils mangeaient des brioches aux prunes comme deuxième petit déjeuner. Ezriel faisait des compliments à Zissel sur les partis qui lui étaient proposés et lui racontait des histoires sur Lublin. Mais parfois Ezriel se montrait amical avec les autres jeunes gens et alors Zissel éprouvait les affres du ressentiment — il voulait qu'Ezriel le préférât à tous.

Après quelque temps, Ezriel choisit un autre partenaire. De désespoir, pour montrer à Ezriel qu'il pouvait se passer de lui, Zissel accepta de se laisser fiancer. La future était une beauté de Tomaszów, mince et blonde, avec des yeux bleus et des tresses qui lui arrivaient à la taille. La mère de Zissel ne cessait de vanter sa belle apparence. Le contrat de fiançailles fut signé à Tomaszów et le futur beau-père, un marchand de bois, donna à Zissel une montre en or en cadeau.

Quand Zissel rentra chez lui après les fiançailles, les jeunes gens organisèrent une réception amicale à la maison d'étude. Il leur offrit du gâteau et de l'eau-de-vie, comme c'est la coutume, ils le félicitèrent et l'interrogèrent discrètement sur la fiancée. Ils avaient entendu parler de sa beauté et envièrent la bonne fortune de Zissel. Ezriel se joignit à eux pour lui souhaiter mazeltov, mais ne s'enquit d'aucun détail. Il ne demanda même pas à Zissel de lui montrer la montre en or, avec son inscription gravée sur le boîtier.

Ezriel était sur le point d'être fiancé lui-même et ce fut bientôt chose faite. L'élue, une jeune fille de la petite ville, était plutôt laide. Son père était assez prospère et avait promis une belle dot ; pourtant, les gens de Frampol s'étonnèrent qu'un garçon doué comme Ezriel eût accepté un tel parti. Selon toute apparence, Ezriel regrettait lui aussi sa décision, car il ne se montra pas à la maison d'étude pendant plusieurs jours et il s'abstint même d'offrir à ses compagnons d'études l'eau-de-vie et le gâteau habituels. Depuis le jour des fiançailles de Zissel, Ezriel se montrait distant avec lui et l'évitait.

Zissel voulait retarder son mariage d'un an ou deux ; rendre Ezriel jaloux lui paraissait plus doux que devenir le mari de la belle de Tomaszów. Mais les parents de la fiancée avaient hâte de conclure le mariage, car elle avait déjà atteint dix-huit ans. Zissel fut emmené à Tomaszów et le mariage eut lieu. Pendant la danse de la Vertu, quand la mariée d'abord, puis le marié sont conduits à la chambre nuptiale, Zissel fut saisi d'un tremblement. C'est avec hésitation qu'il s'approcha de son épouse, couchée dans le lit, mais il lui fut impossible de faire ce qu'il savait être supposé accomplir. Le matin, les femmes vinrent pour examiner les draps et danser la danse cachère de la Consommation ; elles ne trouvèrent pas ce qu'elles cherchaient.

La nuit suivante, des chaperons escortèrent à nouveau le couple jusqu'à sa couche nuptiale, accompagnés des musiciens et du bouffon de la noce, et cela se répéta pendant chacun des Sept Jours des Bénédictions. Comme les parents, des deux côtés, pensaient qu'un sort avait été jeté au couple, la mère du marié alla trouver le rabbin, qui lui donna une amulette, un morceau d'ambre sur lequel une incantation avait été prononcée, et une liste de suggestions. La mère de la mariée consulta en secret une sorcière, qui fournit ses propres truchements. En fait, les remèdes recommandés par le rabbin et la sorcière étaient les mêmes.

Quelques semaines plus tard, Ezriel se maria, mais son union aussi fut un échec. Peu après son mariage, il se mit à se quereller avec la mariée, et après quelques mois, Ezriel retourna chez sa mère. Un jour, Zissel, qui vivait chez son beau-père à Tomaszów, reçut une lettre d'Ezriel resté à Frampol, et quand il la lut, il se sentit rempli de joie. D'une écriture élaborée, et dans un hébreu rempli de phrases fleuries, Ezriel décrivait son tourment ; il appelait Zissel « mon bien-aimé et le désir de mon âme », il lui rappelait comme tout avait été charmant naguère, quand ils étudiaient la Guemara, déambulaient ensemble dans la rue de la Synagogue, mangeaient des beignets aux prunes chez le boulanger et épanchaient les secrets de leurs cœurs. S'il avait l'argent du voyage, il viendrait à Tomaszów à la vitesse d'une flèche lancée par un arc.

Quand Zissel eut fini de lire, il déborda de joie et pardonna à Ezriel sa négligence passée. Il répondit par une longue lettre remplie de mots d'affection, confessa que son mariage lui avait causé chagrin et honte, et, pour permettre à Ezriel de venir le voir, il joignit un billet de banque pris sur sa dot, en cachette de son beau-père.

Ezriel n'avait pas de prétexte pour aller à Tomaszów mais les deux amis se mirent à échanger des lettres fréquemment. Ezriel était un ardent épistolier. Ses mots rimaient souvent et étaient chargés de sous-entendus et de calembours. Zissel répondait dans la même veine. Tous deux citaient des passages du Cantique des Cantiques. Ils comparaient leur amour à celui de Jacob et Joseph ou de David et Jonathan. Le fait est qu'ils languissaient l'un pour l'autre. Ezriel se mit à appeler Zissel Zissa.

Cette correspondance se poursuivit jusqu'au moment où ils décidèrent de se rencontrer dans une auberge située entre Tomaszów et Frampol. Ezriel raconta à sa mère qu'il partait s'enquérir d'un poste d'enseignant. Il emporta son châle de prière, ses phylactères et un sac. Il était difficile pour Zissel de trouver un prétexte pour s'en aller, il décida donc d'une supercherie. Le matin, après que son beau-père fut parti à son affaire, sa belle-mère à sa mercerie et sa jolie femme chez le boucher, Zissel ouvrit l'armoire, mis des culottes de femme, une camisole, une robe et des chaussures à hauts talons. Il drapa un châle autour de ses épaules et se couvrit la tête d'un foulard. Sa barbe n'avait pas encore poussé. Quand il se regarda dans le miroir, c'est à peine s'il reconnut son visage, et il était sûr que personne ne le reconnaîtrait. L'Esprit de Perversité lui avait murmuré à l'oreille qu'il ne devait pas se conduire en sot — qu'il prenne à son beau-père et à sa belle-mère ce qui traînait. Après une courte hésitation, il obéit. Il prit la dot dans l'endroit où elle était en sûreté, y ajouta les bijoux de sa femme et les cacha dans un panier qu'il couvrit d'un linge. Puis il sortit. Quand les femmes le virent dans la rue, elles pensèrent qu'une étrangère était de passage dans la bourgade.

Ainsi, Zissel traversa le marché et vit de loin sa femme du côté de l'étal du boucher. Il eut pitié d'elle, mais il avait déjà violé les Commandements qui interdisent à un homme de s'habiller de vêtements de femme et de voler et il pressa le pas.

Dans la rue de l'Eglise, Zissel trouva une charrette de paysan qui se dirigeait sur Frampol et pour quelques sous, le paysan lui permit d'aller jusqu'à l'auberge. Là, Zissel descendit et s'enquit d'Ezriel. Il déclara qu'il était la femme d'Ezriel et le propriétaire s'exclama : « Il m'a justement dit qu'il devait rencontrer son associé.

— Une épouse est le meilleur des associés », répondit Zissel, et l'aubergiste lui indiqua la chambre d'Ezriel.

Ezriel marchait de long en large, à la manière des impatients. Quand Zissel entra, Ezriel regarda avec étonnement la jeune femme qui lui souriait avec tant de coquetterie. « Qui êtes-vous ? » demanda-t-il et Zissel répondit : « Tu ne me connais pas ? Je suis Zissa. »

Ils tombèrent dans les bras l'un de l'autre, s'embrassèrent et se mirent à rire de ravissement. Ils se promirent de ne plus jamais se quitter. Après un moment, Ezriel dit : « Il ne serait pas sûr de traîner ici trop longtemps. Quand tes beaux-parents découvriront ce que tu as fait, ils mettront la police à tes trousses et nous serons pris au piège tous les deux. »

Le lendemain matin, ils prirent donc congé de l'aubergiste, lui disant qu'ils retournaient à Frampol. En réalité, ils tournèrent dans un chemin de traverse et louèrent une voiture pour les amener à Krasnik et de Krasnik ils continuèrent sur Lublin.

Comme ils avaient de l'argent et des bijoux de surcroît, ils louèrent promptement un appartement à Lublin, achetèrent des meubles et toutes les choses nécessaires pour tenir un ménage. Lublin est une grande ville, et personne ne demanda au couple qui ils étaient, on ne vérifia pas si la femme d'Ezriel allait au bain rituel. Ainsi, les deux vécurent plusieurs années ensemble, s'adonnant aux penchants de leur cœur. A Frampol et à Tomaszów, les deux maris disparus furent recherchés quelque temps, mais comme on ne les trouva pas, on supposa qu'ils s'étaient perdus quelque part de l'autre côté de l'océan.

Zissel, qui passait pour Zissa, se lia d'amitié avec des matrones et même des jeunes filles. Elles lui donnaient des conseils sur la cuisine, la pâtisserie, la couture, le reprisage, la broderie. Elles lui confiaient aussi leurs secrets de femmes. La barbe de Zissel s'était maintenant mise à pousser, mais c'était un simple duvet. Il en épilait un peu, passait le reste à la flamme, et de temps en temps, commettait le péché de se raser. Pour ne pas éveiller la suspicion des femmes, Zissel leur expliqua qu'il avait cessé d'avoir ses règles tôt, raison pour laquelle Zissa ne pouvait être enceinte. Elles réconfortèrent leur pauvre sœur, versèrent une larme sur son sort et l'embrassèrent. Zissel devint si intime avec ses amies qu'il en oubliait souvent qui il était. Il faisait un excellent cuisinier et préparait des soupes, des gruaus pour Ezriel et lui confectionnait de délicieuses pâtisseries. Chaque vendredi, il faisait l'offrande de la challah, récitait les Bénédictions sur les bougies, allait, le shabbat, à la section des femmes de la synagogue, comme il est prescrit aux femmes, et lisait le Pentateuque en yiddish.

L'argent volé par Zissel à son beau-père fut finalement épuisé. Ezriel ouvrit une boutique et, au début, il sembla qu'il allait prospérer, mais il finit par rester pendant des journées derrière son comptoir et pas un acheteur ne se montrait. Quand il en entrait un, c'était pour demander des marchandises au-dessous du prix coûtant. Ezriel avait beau s'acharner, il ne réussissait pas à gagner sa vie. Son front se mit à se couvrir de rides, des poils gris commencèrent à envahir sa barbe. Il fit des dettes. Les choses allèrent si mal qu'on en arriva au point où Zissel n'avait plus de quoi célébrer convenablement le dîner du shabbat qu'il devait préparer sans viande et sans entremets. Les vendredis, il laissait des marmites d'eau bouillir sur le fourneau, pour faire croire aux voisins que les plats du shabbat étaient en train de cuire. Les larmes coulaient sur son visage. Après l'office du vendredi soir, Ezriel rentrait de la synagogue dans un caftan rapiécé et un chapeau de fourrure pelé. D'une voix chagrinée, il entonnait l'hymne de bienvenue aux anges et commençait à réciter la « Femme de Vertu ». Zissel avait allumé les bougies et mis la table. Il portait une robe de shabbat ornée d'arabesques, des pantoufles, des bas blancs et un foulard de soie. Il fixait un livre de prières en yiddish. C'est vrai, les deux avaient violé la Loi, mais ils n'avaient pas perdu leur foi en Dieu et dans la Torah.

Quand les femmes qui aimaient Zissa apprirent qu'Ezriel était sur le point de faire faillite et que le garde-manger de Zissa était vide, elles se mirent en quête du moyen d'aider le couple. Elles collectèrent de l'argent et voulurent le remettre à Ezriel, mais il refusa de l'accepter, comme font les hommes fiers, qui préfèrent souffrir plutôt que de tendre la main pour demander de l'aide. Zissel aurait accepté l'argent, mais Ezriel lui interdit fermement de le faire. Quand ses amies virent qu'on ne pouvait aider Zissa par la charité, elles offrirent des conseils — que Zissa aille colporter des marchandises au porte-à-porte ; qu'elle devienne, puisqu'elle était si douée pour l'étude, une rebbetzin, pour enseigner aux jeunes filles à écrire une lettre en yiddish ; qu'elle ouvre, puisqu'elle était une si bonne cuisinière, un débit de soupe. Il se trouva que la surveillante du bain rituel local mourut à cette époque, ce qui parut aux camarades de Zissa comme un présage : le sort la destinait à lui succéder. Elles allèrent trouver les chefs de la communauté avec cette requête et quand les femmes s'y mettent, elles s'arrangent pour l'emporter. Tout d'abord, Zissa refusa d'accepter ce travail, mais quelqu'un devait subvenir aux besoins d'Ezriel. Zissa devint la surveillante des bains.

Dans un bain rituel, le travail de la surveillante est de raser le crâne des femmes, de leur couper les ongles des mains et des pieds, de les frotter et de les laver avant leur immersion. La préposée doit aussi veiller à ce que celles dont elle est responsable s'immergent complètement, de sorte que rien, pas même leur crâne rasé, n'émerge. La surveillante fait également des saignées, pose des sangsues et des ventouses. Comme les femmes sont dans une telle intimité avec la surveillante, elles lui révèlent leurs affaires les plus secrètes, les concernant elles-mêmes, leurs maris et leurs familles. Il importe donc que ce soit une personne capable de garder les lèvres closes. Elle doit être particulièrement habile avec les jeunes mariées, qui sont habituellement pleines de pudeur et souvent effarouchées.

Eh bien, il se fit que Zissa devint la plus adroite des surveillantes des bains de Lublin. Les femmes adoraient qu'elle s'occupe d'elles et papotaient avec elle. Zissa était particulièrement gentille avec les fiancées. On le sut rapidement et il en vint des quatre coins de la ville. En plus de son salaire, Zissa recevait des pourboires et, parfois, un petit pourcentage de la dot. Ezriel pouvait maintenant rester traîner dans l'oisiveté. Pour faire passer le temps, il s'essaya aux cartes, mais ce n'était pas son tempérament. Peu à peu, il devint glouton et paresseux. Il se réveillait au milieu de la nuit pour manger un deuxième souper. Pendant la journée, il faisait des siestes sous son édredon de plumes. Sa paresse devint si grande qu'il finit même par ne plus aller aux services religieux. Il n'avait pas quarante ans, mais il avait sombré dans la mélancolie.

Quand Zissel rentrait du bain rituel, tard la nuit, il tentait d'égayer Ezriel avec des mots gentils et des histoires sur les femmes, mais au lieu de l'égayer, il ne réussissait qu'à le déprimer davantage. Ezriel accusait Zissel d'être redevenu un homme, de le trahir effrontément. Parfois, les deux se chamaillaient toute la nuit et même en venaient aux mains. Les mots que leur arrachaient leurs éclats et leurs réconciliations les remplissaient de surprise.

Il y eut une fois un mariage important à Lublin. La fiancée était une ravissante vierge de dix-sept ans, la fille d'une famille riche et distinguée. Le fiancé était un jeune homme fortuné de Zamość. On racontait que le fiancé recevait en cadeau de mariage un chandelier de Hannukah en argent avec des marches à gravir pour allumer les bougies, tant il était grand. Parfait. Mais la jeune fille était timide, et la mère et les belles-sœurs eurent du mal à l'initier aux voies de son état de femme. On fit appel à Zissa pour étudier « La Fontaine de Pureté » avec la fiancée et l'instruire avec patience de ses devoirs conjugaux. Rapidement, la fiancée s'attacha tant à Zissa, qu'elle se cramponnait à elle comme une sœur. Le soir précédant son mariage, elle vint pour s'immerger dans le bain rituel que Zissa surveillait. Zissa veilla à ce que les vieilles habituées du bain ne taquinent pas la jeune fiancée et ne se moquent pas d'elle, comme elles faisaient souvent avec les nouvelles venues. La coutume voulait que des musiciens escortent la future mariée au bain rituel et jouent pour elle ce soir-là.

Quand la fiancée — Reizl était son nom — se déshabilla et que Zissel vit son corps éblouissant, ce qu'Ezriel avait redouté le plus se produisit. Pour la première fois de sa vie, Zissel sentit du désir pour une femme. Rapidement, son désir devint passion. Il tenta de le cacher à Ezriel, mais Ezriel se rendit compte qu'un changement s'était produit en Zissel. Zissel comptait maintenant les jours jusqu'au retour de Reizl au bain et il se tourmentait à l'idée qu'elle devienne enceinte promptement et qu'il ne la reverrait plus jusqu'après l'accouchement. Quand Reizl était là, Zissel lui consacrait tant de temps qu'il provoquait du ressentiment chez les autres matrones. Reizl elle-même était troublée par les soins attentifs de la préposée aux bains et d'un coup, elle se mit à avoir honte devant elle. Comme dit la Guemara : « L'homme ne voit pas, mais son étoile voit », et c'est ainsi qu'il en fut pour Reizl.

Un jour d'hiver, une tempête de neige s'abattit sur Lublin, telle que les plus anciens habitants n'en avaient pas gardé le souvenir. Le vent balayait la neige des caniveaux, s'accumulait en tas sur les toits, la précipitait contre les fenêtres, hurlait aux coins des rues comme si un million de sorcières s'étaient pendues. Des cheminées s'écroulèrent, des volets furent arrachés, des vitres brisées dans leurs châssis. Bien que les poêles fussent allumés et qu'on n'économisât pas le bois, il faisait presque aussi froid dans les maisons que dehors. Les femmes qui devaient se purifier après leurs règles remettaient leur visite au bain rituel au lendemain. Ezriel conseilla fortement à Zissel de ne pas quitter la maison, car les démons étaient déchaînés dehors, mais Zissel répondit que la surveillante des bains ne pouvait négliger ses devoirs. Une femme nouvellement mariée voulait peut-être utiliser le bain. En réalité, Zissel savait que Reizl devait venir au bain ce soir-là.

Zissel s'enveloppa, prit un bâton à la main et sortit, s'en remettant à la merci de Dieu. Le vent le poussa tout au long du chemin. Finalement il le souleva et le précipita sur un tas de neige. Il était couché là, quand un traîneau tiré par une paire de chevaux passa. A l'intérieur étaient Reizl et son mari, tous deux enveloppés de fourrures et couverts de couvertures. Reizl vit la surveillante des bains en péril et cria au cocher de s'arrêter. Bref, ils secoururent Zissel et le ranimèrent avec de l'eau-de-vie et tous trois se rendirent à la maison des bains. La mère de Reizl avait supplié sa fille de ne pas risquer sa vie en s'aventurant dehors, mais Reizl et son mari ne voulaient pas perdre une nuit. Son mari et le cocher allèrent à la maison d'étude voisine pour l'attendre et Reizl se confia aux soins de Zissel.

Ce soir, Reizl était la seule femme dans la maison de bains et elle avait peur des forces obscures qui règnent sur ce genre de lieu, mais peu à peu, Zissa la calma, la savonnant et la lavant avec douceur et plus longuement que d'habitude. De temps en temps, la surveillante des bains embrassait Reizl et lui disait des mots de tendresse.

Après que Reizl se fut immergée et eut gravi les marches, prête à être enveloppée par la préposée dans un drap de bain et à être séchée, la voix de Satan retentit aux oreilles de Zissel : « Profite de l'occasion ! Assaille et viole ! » Ces mots avaient toute la force qui réside dans le Tentateur et Zissel se jeta sur Reizl. Un moment, Reizl resta muette de terreur. Puis elle poussa des clameurs violentes, mais il n'y avait personne pour l'entendre et venir à son secours. En luttant, ils dérapèrent sur les marches glissantes et tombèrent à l'eau. Zissel tenta de s'arracher à Reizl, mais dans son désespoir, Reizl ne lâchait pas prise. Leurs têtes s'enfoncèrent bientôt vers le fond du bain ; seuls leurs pieds apparurent à la surface de l'eau.

Le cocher allait et venait entre la maison d'étude et le traîneau, pour surveiller les chevaux couverts de peaux, et guetter la sortie de Reizl du bain. Le vent était tombé et la lune était sortie, pâle comme le visage d'un mort après les ablutions, sa lumière comme figée sur le suaire de la nuit.

D'après les calculs du cocher, Reizl aurait dû sortir depuis longtemps et il alla discuter de son absence avec son mari. Après quelque délibération, les hommes décidèrent d'entrer dans la maison de bain pour voir si tout était en ordre. Ils traversèrent le vestibule, criant le nom de Reizl. Les échos de leurs voix sonnèrent aussi caverneux que s'ils avaient été dans une ruine. Ils entrèrent dans la salle où le bain rituel était situé. Excepté une unique bougie, vacillant dans son support de terre cuite et se reflétant dans les flaques du plancher dallé, la salle était vide. Soudain, le mari regarda l'eau et se mit à hurler. Le cocher poussa un cri terrible. Ils retirèrent les corps de l'eau ; Reizl et Zissel étaient morts tous deux. Le cocher se précipita pour alerter les gens, et le quartier fut en confusion et en désordre. Il se trouva que deux membres de la Congrégation des Enterrements se réchauffaient à la maison d'étude. Quand ils enlevèrent le corps de Zissa, un nouveau tumulte se produisit. Le secret se répandit : la surveillante des bains était un homme.

Quand les voyous d'une taverne voisine réalisèrent quelle farce éhontée Zissel avait jouée, ils se saisirent de tout ce qui pouvait servir d'arme et coururent chez Ezriel pour le corriger. Ezriel était assis, enveloppé de son caftan, perdu dans ses pensées. Il faisait froid dans la maison et la flamme de la bougie jetait des ombres de mauvais augure. Bien qu'il ne se doutât pas que sa fin était imminente, il était dévoré de tristesse. Soudain, il entendit des voix violentes, des pas lourds dans l'escalier, le fracas de sa porte enfoncée. Avant qu'il n'eût le temps de se lever, la troupe était sur lui. Un homme lui arracha la moitié de sa barbe, un autre attrapa ses franges rituelles, un troisième le frappa avec un gourdin. Bientôt, son corps flasque tomba en avant sur ses assaillants.

Reizl eut des funérailles comme Lublin n'en avait jamais vu. Ezriel et Zissel furent rapidement enterrés derrière la clôture, tard la nuit, sans personne pour suivre leur corbillard ni dire le Kaddish. Seul le fossoyeur récita les passages que l'on dit au moment où le mort est recouvert de terre. Chose bizarre, comme toutes les ménagères, Zissel avait mis de côté un petit magot, que les membres de la Congrégation des Enterrements trouvèrent sous les assiettes de Pâque et qu'ils utilisèrent pour payer la purification et la parcelle.

Le tumulus sous lequel Ezriel et Zissel reposaient fut bientôt envahi par les mauvaises herbes. Mais un matin, le gardien du cimetière y découvrit un écriteau avec une inscription tirée du deuxième livre de Samuel : « Chéris et aimables durant leur vie, n'ont pas été séparés par la mort. » Qui avait planté l'écriteau, on ne le découvrit jamais. Si les pluies ne l'ont pas emporté, si l'humidité ne l'a pas fait pourrir, si le vent ne l'a pas cassé, si des fanatiques ne l'ont pas arraché de la terre, il est encore là, jusqu'à ce jour.

Elka et Meir

Les nuits où Meir Bontz pouvait se permettre de dormir, sa tête tombait sur l'oreiller comme une pierre et, s'il n'était pas dérangé, il ne bougeait plus douze heures d'affilée. Mais cette nuit-là, il se réveilla à l'aube. Ses paupières s'ouvrirent et il ne put les fermer à nouveau. Son grand corps massif se soulevait et se tortillait. Il se sentait dévoré de passion et de soucis. Meir Bontz n'était pas ce qu'on peut appeler un homme timide. Dans sa jeunesse, il avait été voleur et perceur de coffres-forts. Dans les tavernes de voleurs, où les durs se retrouvaient, il avait fait démonstration de sa force. Aucun d'entre eux n'arrivait à lui faire plier le bras. Souvent, Meir tenait les paris sur sa capacité de manger et de boire. Il pouvait avaler une demi-oie, et la faire descendre avec une douzaine de chopes de bière. Les rares fois où il avait été arrêté, il s'était débarrassé de ses menottes ou avait enfoncé la porte du panier à salade.

Après qu'il se fut marié et eut trouvé du travail à la Congrégation des Enterrements de Varsovie qui fournissait des linceuls et une sépulture aux morts indigents, Meir Bontz s'était rangé. Il reçut un salaire de vingt roubles par semaine tant que les Russes gouvernèrent la Pologne, et plus tard, quand les Allemands furent arrivés, une somme comparable en marks. Il s'arrêta de frayer avec les voleurs, les receleurs et les souteneurs. Il était tombé amoureux d'une beauté,

Beilka Litvak, cuisinière dans une maison opulente de la rue Marszalkowska. Mais à la longue, il s'aperçut que son mariage avait été une erreur. Tout d'abord, Beilka ne devint pas enceinte. Deuxièmement, elle crachait du sang. En troisième lieu, il n'avait jamais pu s'habituer à sa prononciation « à la lituanienne, mais cochonnée », disait-il. Elle avait aussi perdu sa bonne mine. Quand elle se mettait en colère, elle lui lançait des jurons comme il n'en avait jamais entendus. Elle savait lire, et chaque jour elle lisait les romans-feuilletons du journal yiddish, pleins de dames trompées, de comtes échafaudant des intrigues et d'orphelines séduites. Pendant les repas, Meir Bontz aimait écouter des airs de théâtre, des duos, des morceaux de bel canto au gramophone, mais Beilka se plaignait que le gramophone lui donnait mal à la tête. Souvent, une querelle éclatait le vendredi soir, simplement parce que Meir aimait son gefilte fish avec du sucre, comme sa défunte mère avait eu l'habitude de le préparer, et que Beilka le préparait avec du poivre. Quand Meir la frappait, Beilka s'évanouissait et on devait faire venir Zeitag le guérisseur ou le docteur Kniaster.

Il aurait fini par fuir Varsovie si Dieu ne lui avait pas envoyé Elka la Rousse. Elka la Rousse avait pour travail, à la Congrégation, de s'occuper des cadavres des femmes, de coudre leurs linceuls, de les laver sur la table aux ablutions. Elka la Rousse n'avait pas de chance. Elle s'était prise au piège d'une union avec un mari malade, qui était hargneux et à moitié cinglé pardessus le marché. Il s'avéra aussi, à la longue, qu'il avait un poil dans la main. Son nom était Yontche. Il était relieur de son métier. Le jour du Mercredi Noir, en 1905, quand les cosaques tuèrent des douzaines de révolutionnaires qui s'étaient postés à l'hôtel de ville pour demander une Constitution au tzar, Yontche reçut une balle dans la colonne vertébrale. Plus tard, on lui enleva un rein à l'hôpital de la rue Czysta, et il ne se remit jamais complètement. Elka eut deux enfants de lui, et tous deux moururent de la scarlatine. Bien que Elka eût déjà dépassé la quarantaine

— elle avait trois ans de plus que Meir — elle avait toujours l'air d'une jeune fille. Sa chevelure rousse arrangée en chignon ne contenait pas une mèche grise. Elka était petite et mince. Elle avait les yeux verts, un nez aquilin, des joues rouges comme des pommes. La force d'Elka était dans sa bouche. Quand elle riait, on pouvait l'entendre presque à l'autre bout de la rue. Quand elle injuriait quelqu'un, les mots et les phrases jaillissaient de sa langue acérée jusqu'au moment où vous ne saviez plus s'il fallait en rire ou en pleurer. Elka avait les dents solides et quand elle se battait, elle mordait comme une chienne.

Quand Elka vint pour la première fois à la Congrégation et que Meir Bontz observa ses bouffonneries, il eut peur d'elle. Elle plaisantait avec les morts comme s'ils avaient été encore en vie. « Reste couché, tranquille, veux-tu ! » lançait-elle à un cadavre. « N'essaie pas de me jouer l'un de tes tours. On va t'emballer dans une caisse et t'expédier. Tu as gâché tes quelques années à danser, maintenant il est temps de faire dodo. »

Une fois, Meir vit Elka prendre la cigarette qu'elle avait à la bouche et l'introduire entre les lèvres d'un mort. Meir lui dit qu'on ne devait pas faire ce genre de choses. « Ne te mets pas martel en tête, dit-elle De toute manière, on me doit un tel nombre de coups de fouet, dans la Géhenne, que ça n'en fait jamais qu'un de plus. » Et elle se donna une tape sur le derrière.

Il ne fallut guère de temps à Meir Bontz pour tomber amoureux d'Elka, passionnément, comme il n'aurait pas pensé que ce fût possible. Elle lui manquait même quand ils étaient ensemble. Il n'était jamais rassasié de son bavardage.

Petit garçon, et même plus tard, Meir Bontz s'était souvent vanté qu'une femme ne l'attacherait jamais avec les cordons de son tablier. Quand une coureuse se mettait après lui, elle avait beau le serrer de près et le harceler, il lui disait d'aller se faire voir. Il avait l'habitude de dire que dans l'obscurité, tous les chats étaient gris. Mais il ne put résister à Elka. Elle raillait sa taille et sa corpulence, son énorme appétit, ses grands pieds, sa voix grondante — mais gentiment. Elle l'appelait « buffle », « ours », « taureau ». En jouant, elle essayait de faire des boucles avec sa tignasse hérissée, comme Dalila avait fait à Samson. Il n'était pas facile à Meir et Elka de passer des moments ensemble, autant qu'ils le désiraient. Il ne pouvait venir dans sa maison, ou elle chez lui. Ils essayèrent de trouver des chambres où l'on pouvait passer la nuit sans se faire inscrire. Souvent, ils n'y arrivaient même pas ; avant de partir de chez eux, on les appelait sur le lieu de quelque tragédie — quelqu'un avait été écrasé, ou s'était pendu, ou avait sauté par la fenêtre, ou était mort brûlé. Dans ce genre de cas, des autopsies étaient exigées par la police et il fallait ruser avec elle ou verser des pots-de-vin, puisque les autopsies sont contre la Loi juive. Elka la Rousse trouvait toujours un moyen. Elle parlait le russe et le polonais et après l'occupation de Varsovie par les Allemands, en 1915, elle apprit à converser avec leurs policiers, en allemand yiddishisé. Elle flirtait avec les Fritz et glissait habituellement des billets de banque dans leurs poches.

Elka la Rousse manœuvra de telle sorte qu'en fin de compte Meir Bontz devint son assistant et son cocher et plus tard son chauffeur. La Congrégation avait acheté une voiture qu'on envoyait pour ramener les morts des faubourgs et des stations de villégiature situées sur la ligne d'Otwock, et Meir apprit à conduire. Parfois, le couple devait se déplacer la nuit à travers champs et forêts, ce qui leur donnait la meilleure occasion de faire l'amour. Elka la Rousse était assise à côté de Meir et, avec des yeux de faucon, repérait un endroit où ils pouvaient se coucher sans être dérangés. Elle disait : « Le mort devra attendre. Pourquoi serait-il pressé ? Sa tombe ne va pas s'abîmer. »

Elka fumait pendant que Meir l'embrassait et parfois même quand elle se donnait à lui. Elle n'avait plus l'âge d'avoir des enfants, mais sa soif de volupté n'avait cessé de croître avec les années. Quand Meir Bontz était avec elle, il voulait oublier qu'il travaillait pour la Congrégation des Enterrements, mais Elka ne lui permettait pas de l'oublier. Elle disait : « Oï, Meir, quand tu casseras ta pipe, quel cadavre encombrant tu feras ! Il te faudra huit jeux de cordons de poêle.

— Ferme-la !

— Tu trembles, hein ? Personne ne peut y échapper. »

Elka la Rousse avait fini par exercer un tel pouvoir sur Meir que les choses qui lui avaient paru autrefois répugnantes l'attiraient maintenant. Il s'était mis à utiliser ses expressions, à fumer sa marque de cigarettes et mangeait seulement ses plats favoris. Elka n'était jamais ivre, mais quand elle avait pris un verre, elle devenait plus désinvolte que jamais. Elle blasphémait, elle se moquait de l'Ange de la Mort, des démons destructeurs, de la Géhenne, des saints du Ciel. Une fois, Meir l'entendit dire à un mort : « Ne t'agite pas, cadavre, repose en paix. Tu as laissé une belle dot à ta femme et ton successeur vivra comme un coq en pâte avec elle. » Et elle chatouilla le mort sous le bras.

Ce n'était pas le genre de Meir Bontz de trop réfléchir. Dès qu'il commençait à se concentrer, son cerveau s'obscurcissait et il avait sommeil. Il réalisait assez bien que la conduite d'Elka avec les morts venait d'une espèce de besoin idiot, planté dans son esprit comme un coin, mais il se dit que chacune des femmes qu'il avait connues avait eu sa particularité. Meir en avait même eu une qui lui donnait l'ordre de la battre avec une lanière et de lui cracher dessus. Pendant ses quelques séjours en prison, il avait entendu des histoires d'autres prisonniers qui lui faisaient dresser les cheveux sur la tête.

Eh bien, depuis qu'il avait sa liaison avec Elka, les pensées assaillaient Meir comme des sauterelles. Cette nuit-là il dormait chez lui — lui dans son lit et Beilka dans un autre. Il avait dormi plusieurs heures quand soudain il se réveilla avec l'anxiété d'un homme aux prises avec un dilemme. Beilka ronflait, sifflait par le nez, soupirait. Meir lui avait proposé le divorce — il offrait de continuer à l'entretenir — mais Beilka refusait. Dans l'obscurité, il voyait seulement Elka devant ses yeux. Elle plaisantait avec lui et lui donnait des noms exotiques. Elka était loin d'être vertueuse. Pendant des années, elle avait travaillé dans un bordel de la rue Grzybowska. Elle avait, sans aucun doute, eu plus d'hommes dans sa vie que Meir n'avait de cheveux sur la tête. Elle avait eu une liaison passionnée avec un proxénète, Leibelé Marvicher, qui avait été tué à coups de couteau par Feivel l'aveugle. Elka pleurait encore quand elle parlait de ce maquereau. Mais peu importe, Meir était prêt à l'épouser si elle était libre de Yontche. Quelqu'un lui avait raconté qu'en Amérique il y avait des salons funéraires privés et qu'on pouvait devenir riche en s'occupant d'une telle affaire. Meir eut une vision : lui et Elka allaient en Amérique, et ouvraient un salon funéraire. Yontche le phtisique mourait et Meir se débarrassait de Beilka. Dans le Nouveau Monde, personne n'était au courant de ses activités criminelles et des putasseries d'Elka. Toute la journée, ils s'occuperaient des morts, et le soir, ils iraient au théâtre. Meir deviendrait membre d'une synagogue chic. Les morts les plus riches de tout New York seraient amenés à leur salon funéraire. Une idée folle traversa le cerveau de Meir — il n'était pas nécessaire qu'ils attendent. Il pouvait se débarrasser de Beilka en une demi-minute, tout ce qu'il avait à faire, c'était lui serrer la gorge une fois. Elka pourrait glisser une pilule à Yontche. Puisqu'ils étaient tous deux malades de toute manière, quelle différence cela pouvait-il faire, s'ils s'en allaient un an plus tôt ou un an plus tard ?

La peur s'empara de Meir à ses propres pensées et il se mit à grogner et à se gratter. Il s'assit si brutalement que les ressorts du lit gémirent.

Beilka se réveilla. « Pourquoi te tortilles-tu comme un serpent ? Laisse-moi dormir !

— Dors, espèce de truie lituanienne.

— Tu en meurs d'envie, hein ? Aussi longtemps que je respirerai, elle ne sera jamais ta femme. Une putain, voilà ce qu'elle restera, une salope, une traînée, une catin du Six de la rue Krochmalna, qu'elle brûle comme un feu, Père du Ciel adoré !

— Ferme-la, ou tu es morte sur le coup !

— Tu veux me tuer, hein ! Prends un couteau, et frappe. Comparée à cette vie, la mort serait le Paradis. »

Beilka commença à tousser, à pleurer, à cracher.

Meir sortit du lit. Il savait qu'Elka s'était vautrée dans un bordel de la rue Grzybowska, mais le Six de la rue Krochmalna, c'était du nouveau pour lui. Apparemment Beilka en savait plus long sur Elka que lui-même. Il était rempli de rage et du besoin de hurler, de traîner Beilka par les cheveux. Il connaissait le bordel du Six de la rue Krochmalna — une cave sans fenêtres, un tombeau vivant. *Non, cela ne se pouvait pas — elle exagérait.* Il se sentit sur le point de vomir.

Les années avaient passé et Meir Bontz ne savait pas très bien comment. Beilka souffrait hémorragie après hémorragie, et il dut la mettre dans un sanatorium à Otwock. Les docteurs disaient qu'elle n'en avait plus pour longtemps, mais d'une manière ou d'une autre, dans cet air plein de fraîcheur, ils conservèrent à son âme un souffle de vie. Meir devait payer ses dépenses. Il avait maintenant l'appartement pour lui tout seul, et Elka était libre de venir l'y rejoindre. Yontche, le mari d'Elka, traînait sa maladie chez lui. Mais les amants n'avaient pas le temps d'être ensemble. Après que la guerre eut éclaté un certain jour du mois d'Ab 1914, les morts pas balle, les poignardés et les suicidés se multiplièrent. Des réfugiés convergeaient sur la ville, fuyant une moitié de la Pologne. La voiture noire était constamment en service, ramassant des cadavres. Meir et Elka pouvaient rarement consacrer une heure au plaisir. Leur liaison consistait à parler, à s'embrasser, à échafauder des plans. Quand les Allemands occupèrent Varsovie, la faim et le typhus vidèrent des immeubles entiers. Cependant, Elka n'avait rien perdu de son insouciance. La mort restait une plaisanterie pour elle — une occasion à se répandre en grossièretés sur Dieu et sur l'homme, à répéter à satiété que la vie tenait à un fil, que les espoirs étaient autant de toiles d'araignée, que toutes les promesses d'un monde à venir, du Messie, de la Résurrection étaient des mensonges et que tout ce qu'on n'empoignait pas maintenant était perdu pour toujours. Mais pour empoigner, il vous fallait du temps. Elka se lamentait : « Tu verras, Meir, nous n'aurons même pas le temps de mourir. »

Elka ne mangeait pour ainsi dire plus. Elle grignotait une galette, un morceau de saucisson, une tablette de chocolat. Elle buvait de la vodka et fumait. Meir se contentait d'aliments non cuits. Au milieu de la nuit, le téléphone sonnait, et ils étaient convoqués au quartier général de la police, à l'hôpital juif de la rue Czysta, à l'hôpital des maladies épidémiques de la rue Pokorna, à la morgue. Ils ne s'arrêtaient plus les shabbat et les jours de fête. Les autres employés de la Congrégation avaient des vacances d'été, mais personne ne pouvait ou ne voulait remplacer Elka ou Meir. Ils étaient les seuls à avoir établi des relations avec la police, les autorités, l'armée, les employés des cimetières de Gesia et de Praga.

L'appartement de Meir était devenu poussiéreux et délabré. Le plâtre tombait des murs. Depuis que les locataires s'étaient arrêtés de payer les loyers, le propriétaire avait cessé de faire des réparations. Le gel avait fait éclater des tuyaux et on ne les réparait plus. Des toilettes se bouchaient. Les rares fois où Elka s'était préparée à passer la nuit chez Meir, elle avait tenté de mettre de l'ordre, mais le téléphone l'interrompait toujours. Le couple était convoqué pour s'occuper des victimes de fusillades, des incendies, des attaques cardiaques survenues dans la rue. Quand le téléphone sonnait, Elka s'exclamait : « Congratulations. C'est l'Ange de la Mort ! » Et avant que Meir ait eu le temps de demander ce qui était arrivé, elle s'habillait déjà.

En Russie, le tzar avait abdiqué. Les Allemands avaient commencé à subir des revers sur le front. La Pologne avait réussi tant bien que mal à devenir indépendante, mais cela ne diminua pas le rythme des maladies et des morts. Un court moment, la paix régna ; puis les bolcheviks envahirent la Pologne et une fois encore les réfugiés de province envahirent Varsovie. Dans les villes capturées, les bolcheviks fusillaient les rabbins et les riches. Les Polonais pendaient les communistes. Yontche, le mari d'Elka, mourut, mais Elka n'observa pas la shiva. Meir ne savait ni lire ni écrire, et on avait besoin d'elle pour lire des documents, signer des papiers et inscrire des noms et des adresses. Comme les deux travaillaient dur, ils gagnaient beaucoup d'argent, mais l'inflation le réduisit à rien. Les quelques centaines de roubles que Meir avait mis de côté pour les mauvais jours étaient sans valeur et traînaient dans un tiroir ouvert — pas un voleur n'aurait songé à les toucher. Elka avait acheté des bijoux, mais elle n'avait pas l'occasion de les porter. Quand Meir lui demanda un jour pourquoi elle ne mettait pas ses colifichets, elle dit : « Quand ? Tu les mettras dans les poches de mon linceul. » Elle faisait allusion au proverbe, selon lequel les linceuls n'ont pas de poches.

Meir avait depuis longtemps saisi que Elka non seulement se moquait des autres morts mais que sa propre mort aussi semblait pour elle un jeu, une farce, ou le Diable sait quoi. Meir n'aimait pas parler de la mort, mais Elka ne manquait pas une occasion de rappeler que ce qu'elle faisait, inévitablement, on le lui ferait à elle. Elle s'était déjà arrangée un coin au cimetière de Gesia — la Congrégation lui avait fait un prix de faveur. Elle avait fait jurer à Meir que quand il mourrait, il se ferait enterrer non pas auprès de Beilka, mais auprès d'elle, Elka. Meir s'emportait souvent contre elle : elle commençait tout juste à vivre, à quoi rimait ce genre de propos ?

Mais Elka répliquait : « Tu as peur, hein, Meir ?

Personne ne sait quels sont ses lendemains. La mort ne regarde pas le calendrier. » Tout le monde, dans sa famille, était mort jeune — son père, sa mère, sa sœur Reitza, son frère Chaim Fishl. En quoi valait-elle mieux que les autres ?

Meir reçut un appel téléphonique d'Otwock, l'informant que Beilka était morte. Elle avait pris le petit déjeuner ce matin-là, comme les autres jours. Elle avait même essayé de lire le roman dans le journal yiddish, mais à l'heure du déjeuner, quand l'infirmière vint prendre sa température, elle trouva Beilka morte. Meir voulut aller seul à Otwock, mais Elka insista pour l'accompagner. Comme toujours, elle eut gain de cause. Comme Meir avait pris une parcelle pour lui-même près d'Elka, Beilka fut enterrée à Karczew, un village près d'Otwock. Les femmes de la Congrégation des Enterrements de Karczew y virent un sacrilège, mais Elka fut aux petits soins pour le cadavre de Beilka, le lava avec du jaune d'œuf et cousit son suaire.

Elle cria dans la tombe de Beilka : « Nous viendrons à toi, pas toi à nous. Puisses-tu intercéder pour nous Là-Haut ! »

Il sembla que maintenant Meir et Elka se marieraient sans tarder. Pourquoi garder deux appartements ? Pourquoi faire marcher deux ménages ? Mais Elka ne cessait de remettre la chose. Elle refusait de se marier avant qu'une année ne fût écoulée. Elle avait lu quelque part que, jusqu'au premier anniversaire, l'âme continuait de rôder au milieu de ses proches. Après que l'année eut passé, Elka trouva de nouveaux prétextes. Elle voulait changer d'appartement, acheter des nouveaux meubles, prendre un long congé (des années de vacances lui étaient dues) et aller à Paris. Elle en parlait tantôt sérieusement, tantôt en plaisantant. Meir Bontz n'avait pas oublié ses fantaisies américaines, mais Elka objectait : « Qu'as-tu besoin de l'Amérique ? Là-bas non plus, on ne vit pas pour toujours. »

Une nuit, où Meir et Elka avaient réussi à s'échapper et où Meir était chez elle, Elka prit la main de

Meir et la guida vers son sein gauche. « Sens. Juste là », dit-elle.

Meir sentit quelque chose de dur. « Qu'est-ce que c'est ?

— Une tumeur. Ma mère est morte de la même chose. Et aussi ma tante Gittel.

— Va chez le docteur, à la première heure demain.

— Un docteur, hein ? Si ma mère ne s'était pas précipitée chez les docteurs, elle serait morte d'une mort facile. Ces bouchers l'ont hachée en morceaux. Meir, je ne suis pas une crétine.

— Mais c'est peut-être rien.

— Non, Meir, c'est une convocation de Là-Haut. »

Ces mots eurent pour effet de l'exciter, et les caresses et les embrassades commencèrent. Elka aimait converser au lit, questionner Meir sur ses anciennes maîtresses, ses aventures avec des femmes mariées. Elle lui demandait toujours de la comparer aux autres et de décrire en quoi elle était meilleure. Au début, Meir n'avait pas aimé cette inquisition, mais, comme toujours avec Elka, il s'y était habitué. Cette fois, elle parla du fait que ni la Congrégation ni Meir ne seraient capables de se débrouiller sans elle. Elle aurait à former une femme pour la remplacer, lui apprendre le métier. Et tant qu'on y était, la nouvelle femme pourrait prendre aussi la place d'Elka près de Meir.

Meir mit une lourde main sur la bouche d'Elka, mais elle cria : « Enlève ta patte ! » et lui mordit la paume.

A partir de ce moment, la nuit et même le jour pendant leurs tournées, Elka ne cessait de parler de sa mort. Quand Meir se plaignait d'en avoir par-dessus la tête de ses jacasseries, Elka disait : « Pourquoi faire tant d'histoires ? Je ne suis pas un veau, je n'ai pas peur du sacrificateur. »

Elka ne se borna pas aux phrases. Soudain, une cousine à elle apparut, une jeune fille d'une petite ville, qui était noire comme un corbeau et avait des yeux obliques comme un Tartare. Elle dit à Meir qu'elle avait vingt-sept ans, mais elle lui parut en avoir plus de trente. Comme Elka, elle buvait de la vodka et fumait des cigarettes. Son nom était Dishka. Il était difficile de croire qu'elle et Elka étaient parentes. Autant Elka était volubile et légère, autant Dishka mesurait ses mots. Jamais un sourire ne se montrait sur ses lèvres ou dans ses yeux boudeurs et sombres. Meir la haït dès qu'il la vit. Elka l'emmenait aux funérailles. Elle aidait Elka à laver les morts et à coudre les suaires. Dishka avait été ouvrière dans la couture et elle était plus habile encore que Elka à déchirer la toile — les ciseaux n'étaient pas permis — et à faufiler à gros points. Un jour où Elka avait à s'occuper en ville d'une affaire, Dishka accompagna Meir dans le corbillard. Il allait en banlieue où l'on avait trouvé un Juif assassiné. Pendant tout le trajet, Dishka ne prononça pas un mot. Soudain, elle posa sa main sur le genou de Meir et se mit à le caresser et à l'exciter. Il prit sa main et la remit à sa place. Cette nuit, Meir resta éveillé jusqu'à l'aube. Son crâne était sur le point d'éclater, tant il avait réfléchi. Il était trempé de sueur et en même temps il sentait des frissons lui courir le long de l'échine. Devait-il forcer Elka à se débarrasser de Dishka ? Devait-il tout abandonner et fuir seul en Amérique ? Devait-il attendre jusqu'à ce que Elka disparaisse, et se couper la gorge sur sa tombe ? Devait-il quitter la Congrégation des Enterrements et devenir porteur ou charretier ? Sans Elka, tout lui paraissait vide. Meir n'avait jamais bu seul, mais maintenant il déboucha une bouteille dans l'obscurité et en avala la moitié. Pour la première fois, il se sentit pris de terreur. Il savait que Dishka lui porterait malheur. Personne ne pouvait prendre la place d'Elka. Meir se mit à la fenêtre, scruta la nuit et se dit : « Toute cette maudite affaire ne vaut plus un sou. »

Elka était confinée au lit. La tumeur dans son sein avait essaimé et l'autre sein avait produit des grosseurs, pour ainsi dire du jour au lendemain. Elka souffrait tant que les docteurs la maintenaient avec de la morphine. Le professeur Mintz tenta de persuader

Elka d'entrer à l'hôpital juif, où elle pourrait subir un traitement au radium. Peut-être pourrait-on l'opérer et la sauver d'une mort rapide. Mais Elka lui dit : « Pour moi, une mort rapide vaut mieux qu'une maladie qui traîne. Je suis prête au voyage. »

Toute malade qu'elle était, Elka resta employée par la Congrégation. Meir devait lui faire rapport sur chaque mort, chaque enterrement. Bien qu'il méprisât Dishka — une rustre de la campagne — il devait admettre qu'elle avait ses qualités. Quand Elka dut s'aliter, Meir s'installa chez elle tandis que Dishka emménagea chez lui. Elle nettoya les chambres, prit sur elle de jeter toutes les vieilles assiettes et pots ébréchés que Beilka avait laissés — elle persuada même le propriétaire de faire repeindre les lieux, replâtrer le plafond et poser de nouveaux planchers. Chaque matin, quand Meir rencontrait Dishka à la Congrégation ou au travail, elle lui apportait à manger — pas les galettes ou le chocolat dont Elka se nourrissait, mais du poulet, du bifteck, des boulettes de viande. Elka n'avait besoin que d'un verre et elle commençait à débiter ses sottises, mais Dishka pouvait boire beaucoup et rester sérieuse. Meir n'arrivait pas à la comprendre. Comment se faisait-il qu'un tel numéro fût sorti d'un de ces villages oubliés de Dieu ? Où prenait-elle sa force ? Sa propre expérience avait appris à Meir que les gens des petites villes étaient tous de misérables lâches, des poules mouillées, toujours en train de pleurnicher et de se plaindre.

Un jour, la femme qui s'occupait d'Elka tomba malade elle-même, et celle qui était supposé la remplacer était allée passer la nuit chez une de ses filles à Pelcowizna. Elka avait reçu une piqûre de Zeitag le guérisseur, et Meir resta assis près de son lit jusqu'à ce qu'elle fasse son effet. Juste avant de sombrer dans le sommeil, elle demanda à Meir de faire le vœu solennel qu'après sa mort il épouserait Dishka, mais Meir refusa. Tôt le matin, il fut réveillé par le téléphone. Un acteur qui avait, pendant de longues années, joué le rôle de l'amant dans les pièces yiddish, d'abord au théâtre Muranow et plus tard dans d'autres théâtres et en tournée, était mort au sanatorium d'Otwock. Rue Smocza, un réchaud à alcool avait causé un incendie, tuant cinq enfants. Un jeune homme de la rue Nowolupki s'était pendu et la police exigeait son corps pour l'autopsie. Meir se lava et se rasa. Elka entendit les nouvelles et voulut des détails. Elle avait connu l'acteur et admiré son jeu, sa voix, ses bons mots. Toutes ces morts dans la même journée la ranimèrent et un moment, elle conversa d'une voix lucide. La femme qui lui servait de garde ne devait venir qu'à dix heures et Meir répugnait à la laisser seule, mais Elka dit : « Que peut-il m'arriver de plus ? » Elle souriait et lui fit un clin d'œil.

Toute la journée, Meir et Dishka furent si occupés qu'ils n'eurent pas le temps de manger. Meir tenta de lui parler de la tragédie des enfants. Dishka ne dit rien. Meir se souvint qu'en des circonstances similaires, Elka avait toujours un commentaire approprié tout prêt. Il n'aurait pas pu vivre avec quelqu'un de taciturne comme Dishka, même deux semaines.

La coutume au sanatorium était de garder un mort en chambre froide toute la journée et de le faire enlever tard dans la nuit, de sorte à ne pas alarmer les autres patients. Toute la journée, Meir et Dishka furent occupés en ville, et la soirée était largement entamée quand ils se mirent en route pour Otwock. La nuit était sombre et pluvieuse, sans lune ni étoiles. Meir tenta plusieurs fois d'entamer la conversation avec Dishka, mais elle répondit si sèchement que bientôt il n'eut plus rien à dire. A quoi peut-elle penser tout le temps, se demandait Meir. De la hargne — voilà ce que c'est. Ça vous fait la grâce de s'asseoir à côté de vous.

Ils passèrent devant le cimetière de Praga. Se détachant sur le ciel rouge de la grande ville, les pierres tombales ressemblaient à une forêt de champignons vénéneux. Meir se mit à parler à la manière d'Elka : « Une cité des morts, hein ? Se sont crevés et se sont couchés. Tu crois en Dieu ?

— Je ne sais pas, répondit Dishka après un long moment.

— Alors, qui a créé le monde ? »

Dishka ne répondit pas, et Meir devint enragé. Il dit : « A quoi ça sert de naître si c'est comme ça que ça se termine ? Rue Karmelicka, il y a une maison des ouvriers, c'est comme ça qu'on l'appelle, et un gros ponte y faisait une conférence. Il s'est trouvé que je passais par là et je suis entré pour écouter. Il a dit que Dieu n'existe pas. Toute chose s'est créée elle-même. Comment toutes les choses peuvent-elles venir d'elles-mêmes ? Stupide ! »

Dishka ne répondait toujours pas, et Meir résolut de ne plus lui adresser la parole cette nuit-là. Il ressentit un désir ardent d'Elka. « Qu'elle ne meure pas ! murmura-t-il. Qu'elle ne meure pas. S'il est écrit que l'un de nous doit s'en aller, que ce soit moi. »

La voiture traversa Wawer, un village plein de chrétiens ; puis Miedzeszyn, en train de se construire, puis Falenica, où des rabbins, des hassidim et de simples Juifs pieux venaient passer les étés ; et plus tard Michalin, Josefow, Swider, où l'intelligentsia se réunissait — sionistes, bundistes, communistes et ceux qui ne voulaient plus parler le yiddish mais seulement le polonais.

La maladie d'Elka avait stimulé le cerveau de Meir Bontz et il commençait à se poser des questions. Par exemple, qu'avait fait cette Dishka dans le village d'où elle venait ? Sans doute pendant les années de guerre, elle avait dû vivre de la contrebande et faire la putain. Soudain, il pensa à Beilka. D'abord, elle n'avait pas voulu de lui, et il s'était agenouillé devant elle et lui avait juré un éternel amour. Il avait trouvé son accent lituanien particulièrement sympathique. Des années plus tard, quand elle était tombée malade, chacune de ses paroles l'irritait. Il lui demandait une seule chose : qu'elle se tût. Mais Elka, plus elle parlait, plus il désirait l'entendre.

Meir s'arrêta devant la chambre froide au sanatorium. Tout se fit vite, sans bruit, comme une conspiration. Une porte s'ouvrit et deux individus transférèrent une caisse dans son corbillard. Il ne vit même pas leurs visages. Pas un mot ne fut prononcé. Pendant le court intervalle où la porte de la chambre froide était restée ouverte, Meir aperçut d'un coup d'œil deux autres de ces caisses. Devant une longue table sur laquelle des bougies allumées gouttaient et répandaient du suif, un vieil homme était assis, récitant des psaumes. Un souffle froid, comme celui d'une cave glacée, émanait de la salle. Meir saisit le flacon de vodka qu'il portait dans sa poche et d'un seul trait le vida. En roulant pour revenir sur Varsovie, il revit sa vie — sa maison ravagée par la pauvreté, les vols, les bagarres, les bordels, les putains, les arrestations. « Comment ai-je pu endurer une telle géhenne ? » se demanda-t-il, et il se souvint d'un dicton de sa mère : « Dieu nous préserve de toutes les choses auxquelles on peut s'habituer. »

La voiture pénétra dans une forêt. Meir conduisait vite et en zigzag. Il voulait que Dishka le supplie de ralentir mais elle restait assise, obstinément silencieuse, fixant l'obscurité dehors.

Meir dit : « N'aie pas peur. Je ne tuerai pas le mort. »

Une envie d'être méchant s'empara de lui, en même temps que l'impulsion de tenter sa chance, comme le désir incoercible d'un joueur qui s'est fatigué du jeu et risque tout ce qu'il possède. Les phares illuminaient les pins, les maisons, les jardins, les fontaines, les balcons. De temps en temps, Meir jetait un regard de côté vers Dishka. « La vie, apparemment, ne vaut pas plus qu'une prise de tabac à ses yeux », se dit-il.

Le corbillard déboucha sur un tronçon de route passant à travers une clairière. Il glissa comme sur une pente, emporté par son propre élan. Soudain, Meir se sentit gai et le cœur léger. Il n'y a pas à s'en faire, pensa-t-il. Les choses s'arrangeront d'elles-mêmes. Il oublia presque son lugubre passager. Il fait bon vivre. Un jour, j'irai peut-être même en Amérique. Il n'y manque ni femmes ni cadavres. Il conduisait et rêvait. Elka roulait avec lui, plaisantant et batifolant, mettant au défi son habileté. Soudain, un arbre apparut devant ses yeux. Un arbre au milieu de la route ? Non, il était sorti de la grand-route. C'est l'un de ses trucs, pensa Meir. Il voulut appuyer sur le frein, mais son pied pressa l'accélérateur. Quelque chose en lui hurla : « Ça y est ! » Il entendit un fracas énorme et tout devint silencieux.

Le lendemain, un paysan allant au travail tôt trouva une voiture écrasée avec trois morts. La porte arrière du corbillard avait été arrachée et la caisse contenant le corps de l'acteur était tombée. Une foule s'attroupa ; on appela la police. De Varsovie, la Congrégation des Enterrements envoya deux autres corbillards pour ramener les corps. Le président et le directeur décidèrent de ne rien dire à Elka, mais l'une des femmes qui s'occupaient d'elle entendit la nouvelle à la radio et la raconta à Elka. Quand Elka l'apprit, elle se mit à rire sans pouvoir s'arrêter. Bientôt son rire se transforma en hoquets. Quand ils s'arrêtèrent, elle sortit du lit et dit : « Donne-moi mes vêtements. »

Pendant les deux jours qu'il fallut pour arranger les funérailles, Elka reprit ses forces. Tous, dans la Congrégation, furent stupéfaits de son entrain. Elle lava Dishka et prépara les linceuls pour elle et Meir. Elle courait d'une pièce à l'autre, claquait les portes, donnait des ordres. Elle parlait aux cadavres avec ses plaisanteries habituelles : « Prêts pour le voyage ? Emballés dans la malle ? »

Varsovie eut deux grands enterrements. Des comédiens, des écrivains, des fervents du théâtre se réunirent autour du cercueil de l'acteur. Autour de ceux de Meir et de Dishka vinrent les voleurs, les souteneurs, les putains, les receleurs des rues Krochmalna, Smocza, Pocezjow et Tamki. La guerre, les épidémies de typhus, la famine avaient presque détruit la pègre de la ville. Les communistes s'étaient installés dans leurs tavernes, leurs repaires, le square de la rue Krochmalna, mais il restait suffisamment de vétérans pour rendre leurs derniers devoirs à Meir. Elka était en voiture avec eux. Elle avait l'air plutôt jeune et jolie dans sa robe noire et son chapeau à voile noir. On se souvenait encore de Meir Bontz et d'Elka la Rousse. Les droshkies faisaient un cortège depuis la rue du Fer jusqu'à la rue Gnoyna. Meir Bontz avait donné de l'argent à un Talmud Torah, et un instituteur avec des douzaines d'élèves marchaient devant le corbillard criant : « La justice marchera devant lui. »

Au cimetière, deux cochers hissèrent Elka sur une pierre tombale et elle fit un bref discours : « Mon Meir, porte-toi bien. Je viendrai te rejoindre. Ne m'oublie pas, Meir. J'ai une place tout à côté de toi. Ce que nous avons eu ensemble, personne ne pourra jamais nous le prendre, pas même Dieu ! »

Elle s'adressa à Dishka : « Repose en paix, ma sœur. J'ai voulu te donner tout, mais ce n'était pas le destin. » A ces mots, Elka s'écroula.

Finalement, on l'emmena à l'hôpital, mais le cancer s'était trop étendu pour qu'il y eût aucun espoir de la sauver. Elka était assise dans son lit, calée par deux oreillers, pendant que les femmes de la Congrégation venaient prendre de ses nouvelles et lui apporter des nouvelles sur ce qui se passait. On avait engagé des nouveaux, mais l'Ange de la Mort était resté le même. La toile de lin coûtait plus cher, la communauté demandait plus d'argent pour les parcelles, les tailleurs de pierre avaient augmenté leurs prix. Des sculpteurs juifs avaient commencé à ciseler toutes sortes de motifs sur les pierres tombales des riches — des lions, des cerfs, même des profils d'oiseaux, presque à la manière des chrétiens. Elka écoutait, posait des questions. Son visage était devenu jaune, mais ses yeux étaient restés verts comme des groseilles à maquereau. Maintenant que Meir était dans l'au-delà, Elka n'avait rien à regretter. Tout était prêt pour elle — un coin de terre, un suaire, des tessons pour ses paupières et une branche de myrte avec laquelle, ensemble avec Meir, elle creuserait leur chemin à travers les cavernes souterraines, pour glisser vers la Terre d'Israël quand le Messie viendrait.

Une soirée à Miami Beach

Mon ami Reuben Kazarsky, le farceur, m'appela au téléphone chez moi, à Miami Beach, et me demanda : « Menashe, pour la première fois de ta vie, veux-tu accomplir une mitzvah ?

— Moi, une mitzvah, répondis-je. Quelle espèce de mot est-ce ? Hébreu ? Araméen ? Chinois ? Tu sais que je ne fais pas de mitzvots, surtout ici en Floride.

— Menashe, ce n'est pas une mitzvah ordinaire. Il y a quelques mois, il a perdu toute sa famille dans un accident d'auto — une femme, une fille, un gendre et un petit-fils, un bébé de deux ans. Il est complètement brisé. Il a construit ici, à Miami Beach, à Hollywood et à Fort Lauderdale peut-être, une douzaine d'immeubles de rapport et des maisons locatives. Il est l'un de tes lecteurs fidèles. Il veut organiser une soirée pour toi, et si tu refuses d'y assister, il voudrait au moins te rencontrer. Il vient de quelque part près de chez toi — Lublin, ou comment l'appelles-tu ? Aujourd'hui encore, il parle un anglais boiteux. Il est arrivé ici des camps avec rien sur le dos, mais en quinze ans, il est devenu millionnaire. Comment on fait ça, je ne le saurai jamais. C'est un instinct, comme pour une poule de pondre des œufs ou pour toi de griffonner des romans.

— Merci beaucoup pour le compliment. Qu'est-ce qui peut sortir de cette mitzvah ?

— Dans l'autre monde, une grosse portion de

léviathan et une liaison platonique avec Sarah, la fille de Tovim. Ici-bas, sur notre planète pourrie, il est capable de te vendre un appartement à moitié prix. Il est plein aux as et il est resté sans héritier. Il a envie d'écrire ses mémoires, et ce serait toi qui les arrangerais. Son cœur va mal ; on lui a implanté un régulateur cardiaque. Il va voir des médiums ou ils viennent lui rendre visite.

— Quand veut-il me rencontrer ?

— Ça pourrait même se faire demain. Il viendra te prendre avec sa Cadillac. »

A cinq heures, le lendemain après-midi, mon téléphone intérieur se mit à bourdonner, et le portier irlandais annonça qu'un monsieur attendait en bas. Je descendis par l'ascenseur et vis un petit homme en chemise jaune, pantalons verts et souliers violets avec des boucles dorées. Ses cheveux clairsemés encadrant le sommet chauve de son crâne étaient couleur d'argent, mais son visage rond me faisait penser à une pomme rouge. Un long cigare sortait de sa bouche menue. Il avança une paume étroite et humide, serra ma main une fois, deux fois, trois fois, puis dit d'une voix flûtée : « C'est un plaisir et un honneur ! Mon nom est Max Flederbush. »

En même temps, il m'étudiait de ses yeux bruns et souriants, qui étaient trop grands pour son visage — des yeux de femme. Le chauffeur ouvrit la portière d'une grosse Cadillac et nous prîmes place. La banquette était garnie de peluche rouge et était moelleuse comme un oreiller de plume. Comme je m'y enfonçais, Max Flederbush appuya sur un bouton et la vitre descendit. Il cracha son cigare, appuya sur le bouton à nouveau et la vitre se referma.

Il dit : « J'ai le droit de fumer à peu près comme j'ai le droit de manger du porc à Yom Kippour, mais l'habitude a une force terrible. Il est dit quelque part que l'habitude est une seconde nature. Est-ce que ça vient de la Guemara ? Du Midrash ? Ou est-ce simplement un proverbe ?

— Vraiment, je ne sais pas.

— Comment est-ce possible ? Vous devriez tout

savoir. J'ai une concordance du Talmud, mais elle est à New York, pas ici. Je téléphonerai à mon ami rabbi Stempel et je lui demanderai d'y jeter un coup d'œil. J'ai trois appartements — un à Miami, un à New York et un à Tel-Aviv — et ma bibliothèque est disséminée partout. Je cherche un livre ici, et je découvre qu'il est en Israël. Heureusement, il existe une chose qui s'appelle téléphone, on peut donc appeler les gens. J'ai un ami à Tel-Aviv, un professeur à l'université Bar-Ilan, qui habite chez moi — gratis naturellement — et il est plus facile d'avoir Tel-Aviv que New York, ou même quelqu'un juste à Miami. Ça passe par une petite lune, un spoutnik ou quelque chose comme ça. C'est ça, un satellite. J'oublie des mots. Je range des choses quelque part et je ne me souviens pas où. Notre ami commun, Reuben Kazarsky, vous a certainement raconté ce qui m'est arrivé. J'avais une famille, une minute après — j'étais aussi affligé que Job. Il semble que Job était encore jeune et Dieu l'a dédommagé en lui donnant de nouvelles filles, de nouveaux chameaux et de nouveaux ânes, mais je suis trop vieux pour ce genre de bienfaits. Je suis malade aussi. Chaque jour où je survis est un miracle du Ciel. Je dois me surveiller pour chaque bouchée. Le docteur me permet un peu de whisky, mais seulement une goutte. Ma femme et ma fille ont voulu m'emmener quand ils sont partis ce jour-là en voiture, mais je n'avais pas envie. En fait, c'est arrivé en plein Miami. Ils allaient à Disney World. Soudain, un camion conduit par un quelconque ivrogne a réduit mon univers en miettes. L'ivrogne a perdu ses deux jambes. Croyez-vous à la justice immanente ?

— Je ne sais comment vous répondre.

— A en juger par vos écrits, il semble que vous y croyez.

— Quelque part tout au fond de moi, j'y crois.

— Si vous aviez vécu ce que j'ai vécu, vous y croiriez ferme. Enfin, c'est comme ça que l'homme est fait — il croit et il doute. »

La Cadillac s'était rangée, et un des employés de parking l'avait prise en charge. Nous pénétrâmes dans un vestibule qui me rappelait une super-super-production de Hollywood — des carpettes, des miroirs, des lustres, des tableaux. L'appartement était de la même veine. Les carpettes étaient aussi moelleuses que les banquettes de la voiture. Les peintures étaient toutes abstraites. Je m'arrêtai devant l'une qui me rappelait une poubelle à Varsovie, à la veille d'un jour de fête, quand les ordures s'entassaient en piles énormes. Je demandai à M. Flederbush ce que c'était et de qui c'était, et il répondit : « De la camelote, comme le reste, de la camelote. C'est Pissako, ou un autre bluffeur.

— Qui est-ce Pissako ? »

De quelque part surgit Reuben Kazarsky, qui dit : « C'est ainsi qu'il appelle Picasso.

— Quelle différence cela fait-il ? Ce sont tous des faussaires, dit Max Flederbush. Ma femme, qu'elle repose en paix, s'y connaissait, pas moi. »

Kazarsky me fit un clin d'œil et sourit. Il avait été mon ami dans le temps, en Pologne. Il avait écrit une demi-douzaine de comédies en yiddish, mais elles avaient toutes été un four. Il avait publié un recueil de saynètes, mais les critiques l'avaient réduit en charpie et il s'était arrêté d'écrire. Il était venu en Amérique en 1939, et plus tard s'était marié avec une veuve de vingt ans plus âgée que lui. La veuve était morte et Kazarsky avait hérité de son argent. Il se frottait à des gens riches. Il se teignait les cheveux et mettait des vestons de velours côtelé et des cravates peintes à la main. Il déclarait son amour à toutes les femmes de quinze à soixante-quinze ans. Kazarsky avait dépassé la soixantaine, mais il ne paraissait pas plus de cinquante ans. Il laissait pousser ses cheveux et portait des favoris. Ses yeux noirs reflétaient l'ironie et le détachement de quelqu'un qui avait rompu avec tout et avec tous. Dans la cafétéria de Lower East Side, il excellait à mimer des écrivains, des rabbins, des dirigeants de partis. Il se vantait de ses talents de pique-assiette. Reuben Kazarsky était un malade imaginaire et comme il avait une nature de prodigue sexuel, il s'était persuadé qu'il était impuissant. Nous étions amis, mais il ne m'avait jamais présenté à ses bienfaiteurs. Il semble que Max Flederbush avait insisté pour que Reuben nous mette en présence.

C'est à moi qu'il se plaignait maintenant : « Où vous cachez-vous ? J'ai demandé à Reuben, sans arrêt, de nous présenter, mais selon lui vous étiez tout le temps en Europe, en Israël ou Dieu sait où. Tout à coup, on découvre que vous êtes à Miami Beach. Je suis dans un tel état que je ne peux pas rester seul une minute. Dès que je suis seul, je suis envahi par une tristesse qui est pire que la folie. Ce bel appartement où vous êtes se transforme soudain en salon funéraire. Quelquefois, je me dis que les vrais héros ne sont pas ceux qui reçoivent des médailles en temps de guerre, mais les célibataires qui passent les années de leur vie tout seuls.

— Avez-vous une salle de bains dans ce palais ? demandai-je.

— Une, deux, trois et davantage », répondit Max. Il me prit par le bras et me fit passer dans une salle de bains qui m'éblouit par ses dimensions et son élégance. Le couvercle de toilette était transparent, incrusté de pierres semi-précieuses, avec un billet de deux dollars implanté au centre. En face du miroir, était suspendu un tableau représentant un petit garçon pissant en arc, qu'une petite fille observait avec admiration. Quand je soulevai le couvercle, une musique se mit à jouer. Après un moment, je sortis sur le balcon qui donnait directement sur la mer. Les rayons du soleil couchant folâtraient sur les vagues. Des mouettes pêchaient encore leur pitance. Au lointain, sur le bord de l'horizon, un navire se balançait. Sur la plage, je remarquai un animal qui, du haut de mon point d'observation au seizième étage, paraissait être un veau ou un énorme chien. Mais ce ne pouvait être un chien et que ferait un veau à Miami Beach ? Soudain la forme se redressa, et il apparut que c'était une femme en long peignoir de bain qui creusait le sable à la recherche de palourdes.

Après un moment, Kazarsky me rejoignit sur le balcon. Il dit : « C'est comme ça, Miami. Ce n'est pas lui, c'est sa femme qui était à la chasse de tous ces bibelots. Elle était une femme d'affaires et c'est elle qui portait la culotte à la maison. D'un autre côté, il n'est pas tout à fait le rêveur qu'il fait semblant d'être. Il a un don surnaturel pour faire de l'argent. Ils ont vendu de tout — maisons, terrains, actions, diamants et, en fin de compte, elle s'est mise dans les œuvres d'art aussi. Quand il disait achète, elle achetait ; et quand il disait vends, elle vendait. Quand elle lui montrait un tableau, il y jetait un coup d'œil, crachait et disait : " C'est de la camelote, ils te l'arracheront des mains. Achète ! " Dès qu'ils touchaient à quelque chose, ça se transformait en argent. Ils ont pris l'avion pour Israël, ont fondé des yeshivas, offert de l'argent à toutes sortes d'œuvres : culturelles, religieuses. Naturellement, en défalquant le tout des impôts. Leur fille, une espèce de môme gâtée, était à moitié cinglée. Chaque complexe qu'on peut trouver dans Freud, Jung et Adler, elle l'avait. Elle est née dans un camp de personnes déplacées en Allemagne. Ses parents voulaient qu'elle épouse un grand rabbin ou un Premier ministre d'Israël. Mais elle est tombée amoureuse d'un non-Juif, un professeur d'archéologie qui avait une femme et cinq enfants. Sa femme n'a pas accepté le divorce, et on a dû se débarrasser d'elle en lui payant un quart de million de dollars et une pension alimentaire fantastique par-dessus le marché. Quatre semaines après le mariage, le professeur devait partir pour des fouilles, à la recherche d'un nouvel homme de Pékin. Il buvait comme un trou. C'est lui qui etait ivre, pas le chauffeur du camion. Allons-y, tu vas voir ce que tu vas voir ! »

Kazarsky ouvrit la porte du salon qui était noir de monde. En l'espace d'une journée, Max Flederbush avait réussi à mettre sur pied sa réception. Les invités ne pouvaient tenir tous dans l'immense salon. Kazarsky et Max Flederbush me guidaient d'une pièce à l'autre, et la fête allait bon train partout. En quelques minutes, deux cents personnes s'étaient assemblées, pour la plupart des femmes. C'était un défilé de mode, de bijoux, de vêtements, de pantalons, de caftans, de coiffures, de chaussures, de sacs à main, de maquillage ainsi que de vêtements d'homme, de chemises et de cravates. Des garçons servaient les boissons. Des serveuses noires et blanches offraient des plateaux de hors-d'œuvre.

Au milieu de toute cette agitation, je pouvais à peine entendre ce qu'on me disait. Les compliments commencèrent, les poignées de main et les embrassades. Une dame corpulente m'agrippa et me pressa contre son énorme poitrine. Elle hurla dans mon oreille : « Je vous lis ! Je viens des villes que vous décrivez. Mon grand-père est arrivé ici d'Ishishok. Il était cocher là-bas, et en Amérique il s'est mis dans les affaires de transport. Quand mes parents se disaient des choses qu'ils ne voulaient pas que je comprenne, ils parlaient yiddish, et c'est ainsi que j'ai un peu appris la langue. »

J'eus une vision fugitive de moi-même dans le miroir. Mon visage était barbouillé de rouge à lèvres. J'étais là, en train de tenter de l'essuyer, et je recevais encore toutes sortes de propositions. Un chantre m'offrait de mettre l'une de mes histoires en musique. Un musicien me demandait de tirer un livret d'opéra de l'un de mes romans. L'organisateur d'un programme éducatif pour adultes m'invitait à parler, d'ici un an, dans sa synagogue. On me remettrait une plaque-souvenir. Un jeune homme, avec des cheveux jusqu'aux épaules, me demanda de lui recommander un éditeur ou, pour le moins, un agent littéraire. Il déclara : « Je *dois* créer. C'est un besoin physique pour moi. »

A un moment donné, toutes les pièces étaient pleines, l'instant d'après, tous les invités s'en étaient allés, me laissant seul avec Reuben Kazarsky. Avec la même rapidité et la même efficacité, le personnel débarrassa les restes du buffet et les cocktails à moitié bus, vida les cendriers et remit toutes les chaises à leur place. Je n'avais jamais encore assisté à pareille perfection. De quelque part, Max Flederbush fit surgir une cravate blanche à pois d'or et la mit.

Il dit : « C'est l'heure du dîner.

— J'ai tant mangé que je n'ai pas le moindre appétit, dis-je.

— Vous devez dîner avec nous. J'ai réservé une table dans le meilleur restaurant de Miami. »

Peu après, nous prîmes place tous les trois, Max Flederbush, Reuben Kazarsky et moi, dans la Cadillac, et le même chauffeur nous conduisit. La nuit était tombée, je ne distinguais plus rien et ne tentais plus de découvrir où l'on m'emmenait. Le trajet ne dura que quelques minutes et nous nous arrêtâmes devant un hôtel étincelant de lumières. L'un des employés en uniforme ouvrit la portière de la voiture avec cérémonie, un autre ouvrit avec servilité la porte d'entrée vitrée. Le hall de cet hôtel n'était pas simplement super-colossal, mais super-super-colossal — tout y était, jusqu'aux éclairages savants, les plantes tropicales dans de grandes vasques décoratives, les vases, les sculptures, un perroquet dans une cage. Nous fûmes escortés jusqu'à un vestibule presque obscur, et salués par un maître d'hôtel qui nous attendait et qui nous conduisit à notre table réservée. Il faisait des courbettes, apparemment rempli de joie de nous savoir arrivés sans difficulté. Bientôt, un autre individu surgit. Les deux hommes portaient des smokings, des souliers vernis, des nœuds carrés et des chemises à manchettes. Ils me faisaient l'impression de jumeaux. Ils parlaient avec des accents étrangers dont je suspectais qu'ils n'étaient pas authentiques. Une longue discussion s'ensuivit, concernant le choix des nourritures et des boissons. Quand les deux entendirent que j'étais végétarien, ils se regardèrent chagrinés, mais pendant l'espace d'une seconde seulement. Presque aussitôt, ils m'assurèrent qu'ils me serviraient le meilleur plat auquel végétarien eût jamais goûté. L'un prenait notre commande et l'autre la notait. Mais Flederbush annonçait dans son anglais hésitant qu'il n'avait vraiment pas faim, mais si on réussissait à lui dénicher quelque chose de tentant, il était prêt à y goûter. Il interjetait des expressions en yiddish, mais les deux garçons, apparemment, le comprenaient. Il donnait des instructions précises sur la manière de griller son poisson et de préparer ses légumes. Il précisait les épices et les assaisonnements. Reuben Kazarsky commanda un steak et pour moi, ce qui s'appelle en bon anglais une salade de fruits avec du fromage à la crème.

Quand les deux hommes s'en allèrent finalement, Max Flederbush dit : « A une certaine époque, vous m'auriez dit que je serais assis dans ce genre d'endroit en train de manger cette nourriture, j'aurais pensé que c'était une plaisanterie. J'avais un rêve : une fois avant ma mort, avoir assez de pain sec pour me remplir le ventre. Soudain, je suis un homme riche, hélas, et les gens sont aux petits soins pour moi. Bien, bien, la chair et les entrailles ont pour destinée de ne pas connaître le repos. Les anges du Ciel sont envieux. Satan est l'accusateur et le Tout-Puissant est facile à convaincre. Il en veut depuis longtemps aux Juifs. Il ne parvient toujours pas à pardonner le fait que nos arrière-arrière-grands-aïeux aient vénéré le veau d'or. Laissons-nous prendre en photo. »

Un homme avec une caméra surgit. « Souriez ! » nous ordonna-t-il.

Max Flederbush tenta de sourire. Un de ses yeux riait, l'autre pleurait. Reuben Kazarsky se mit à cligner des paupières. Je ne fis même pas l'effort. Le photographe déclara qu'il allait développer le film et qu'il serait de retour dans trois quarts d'heure.

Max Flederbush demanda : « De quoi étais-je en train de parler, hein ? Oui, je vis apparemment dans le luxe, mais maudit soit ce luxe ! Si riche et élégante qu'elle soit, cette maison, c'est aussi une géhenne. Je vais vous dire une chose : dans un certain sens, c'est pire que dans les camps. Là-bas au moins, nous avions tous l'espoir. Cent fois par jour, nous nous consolions à l'idée que la folie hitlérienne ne pouvait pas continuer longtemps. Quand nous entendions un bruit d'avion, nous pensions que l'invasion avait commencé. Nous étions tous jeunes alors et nous avions toute la vie devant nous. Rarement quelqu'un se suicidait. Ici, des centaines de gens sont assis à attendre la mort. Pas une semaine ne passe sans que l'un d'eux ne rende l'âme. Ils sont tous riches. Les hommes ont accumulé des fortunes, remué ciel et terre, peut-être ont-ils commis des fraudes pour arriver. Maintenant, ils ne savent plus quoi faire de leur argent. Ils suivent tous des régimes. Ils n'ont personne pour qui se mettre sur leur trente et un. Excepté la page financière des journaux, ils ne lisent rien. Dès qu'ils terminent leur petit déjeuner, ils commencent à jouer aux cartes. Peut-on jouer aux cartes éternellement ? Il le faut bien, sans quoi ils mourraient d'ennui. Quand ils en ont assez de jouer, ils se mettent à dire du mal l'un de l'autre. On se livre à des combats acharnés. Un jour ils élisent un syndic, le lendemain ils s'acharnent à le déboulonner. S'il décide de déplacer une chaise dans le vestibule, ils font une révolution. Il leur reste une consolation : le courrier. Une heure avant l'arrivée du facteur, ils remplissent le vestibule. Ils sont là, avec leurs clefs à la main, l'attendant comme si c'était le Messie. Si le facteur est en retard, il se produit un tumulte. Si quelqu'un ouvre son casier et qu'il est vide, il se met à tâtonner et à fouiller dedans, il essaye de susciter quelque chose à partir du néant. Ils ont tous plus de soixante-douze ans et ils reçoivent des chèques de la Sécurité sociale. Si le chèque n'arrive pas à temps, ils s'inquiètent davantage que ceux qui en ont besoin pour du pain. Ils se méfient toujours du facteur. Avant de poster une lettre, ils agitent l'enveloppe trois fois. Les femmes marmonnent des incantations.

« Il est écrit quelque part dans le Livre de la Morale que si un homme pensait au jour de sa mort, il ne pécherait pas. Ici, oublier la mort est aussi facile qu'oublier de respirer. Aujourd'hui je rencontre quelqu'un au bord de la piscine et nous bavardons. Demain j'apprends qu'il est dans l'autre monde. A l'instant où un homme ou une femme disparaît, le veuf ou la veuve commence à chercher un nouveau compagnon. C'est à peine s'ils supportent de rester assis les sept jours de shivah. Souvent, ils se remarient dans le même immeuble. Hier ils invectivaient l'un contre l'autre avec toutes les malédictions de Dieu, aujourd'hui ils sont mari et femme. Ils organisent une soirée et essaient de danser avec leurs jambes branlantes. Les testaments et les polices d'assurance sont vite réécrits et le jeu recommence. A peine un mois ou deux ont passé, et le marié est à l'hôpital. Le cœur, les reins, la prostate.

« Je n'ai pas honte devant vous — je suis exactement aussi idiot qu'eux, mais je ne suis pas fou au point de chercher une autre femme. Je ne peux ni ne veux le faire. J'ai un médecin. C'est un partisan convaincu des bienfaits de la marche, et je fais une promenade chaque jour après le petit déjeuner. Sur le chemin du retour, je m'arrête chez Bache, l'agent de change. J'ouvre la porte et ils sont tous là, les vieux, fixant le télétype, surveillant les cours de leurs actions qui font des bonds comme des diablotins. Ils savent très bien qu'ils n'utiliseront plus les actions. Tout ne servira que pour leur héritage, et leurs enfants et petits-enfants sont souvent aussi riches qu'eux. Mais si une action monte, ils se sentent pleins d'optimisme et ils en rachètent encore.

« Notre ami Reuben voudrait que j'écrive mes mémoires. J'ai une histoire à raconter, c'est vrai. Ce n'est pas par l'enfer que j'ai passé, mais par dix géhennes. Tel que vous me voyez assis à côté de vous, en train de siroter du champagne, j'ai passé les trois quarts d'une année derrière le mur d'une cave à attendre la mort. Je n'étais pas seul — nous étions six hommes et une femme. Je connais la question que vous allez me poser. Un homme n'est qu'un homme, même au bord de la tombe. Elle ne pouvait pas vivre avec tous les six que nous étions, mais elle vivait avec deux — son mari et son amant — et elle satisfaisait les autres aussi bien que cela lui était possible. S'il y avait eu une machine pour enregistrer ce qui s'est passé, les choses qui ont été dites et les rêves sur lesquels on a vécu auraient fait paraître vos plus grands écrivains pour des débiles. Dans de telles circonstances, les âmes se déshabillent, et personne n'a encore décrit comme il faut une âme nue. Les *szmalcowniks,* les dénonciateurs, savaient où nous étions, et il fallait sans arrêt leur graisser la patte. Nous avions chacun un peu d'argent ou quelques objets de valeur, et tant qu'ils duraient, nous pouvions acheter des morceaux de vie. Cela consistait en ce que les dénonciateurs nous apportaient du pain, du fromage, ce qui était disponible, chaque chose pour dix fois son véritable prix.

« Oui, je pourrais le décrire simplement en donnant les faits, mais pour y ajouter de la saveur il faudrait la plume d'un génie. De plus, on oublie. Si vous me demandez aujourd'hui comment ces hommes s'appelaient, que je sois damné si je peux vous le dire. Mais le nom de la femme était Hilda. L'un des hommes s'appelait Edek, Edek Saperstein, et l'autre, Sigmunt, mais Sigmunt quoi ? Quand je suis couché au lit et que je ne peux pas dormir, cela me revient aussi vivant que si c'était hier que ces choses sont arrivées. Pas tout, notez bien.

« Oui, mes mémoires. Mais qui en a besoin ? Il existe des centaines de livres de ce genre écrits par des gens simples, pas des écrivains. Ils me les envoient et je leur envoie un chèque. Mais je suis incapable de les lire. Chacun de ces livres est du poison, et combien de poison une personne peut-elle avaler ? Pourquoi mettent-ils tant de temps pour mon poisson ? Probablement, il nage encore dans l'océan. Et votre salade de fruits n'est pas encore plantée. Je vais vous indiquer une règle à suivre : quand vous entrez dans un restaurant et qu'il fait noir, sachez que c'est seulement pour vous en mettre plein la vue. Le maître d'hôtel est un enfant d'Israël polonais, mais il fait semblant d'être un Français authentique. Il est peut-être lui-même un réfugié. Quand vous entrez ici, ils vous font asseoir et attendre votre repas, pour qu'après l'addition ne vous paraisse pas trop exagérée. Je ne suis ni écrivain ni philosophe, mais je reste éveillé la moitié de mes nuits, et quand on ne dort pas, le cerveau tourne comme une machine. Les idées les plus folles me viennent. Ha ! voici le photographe ! Il travaille vite. Eh bien, regardons ça ! »

Le photographe nous tendit à chacun deux photos en couleurs et nous les étudiâmes en silence.

Max Flederbush me demanda : « Pourquoi avez-vous l'air si effrayé ? Que vous écriviez sur les fantômes, je le sais. Mais on dirait que vous en avez vu un vrai. Si vous avez vu un fantôme, je voudrais en savoir plus.

— J'ai appris que vous assistez à des séances, dis-je.

— Hein ? C'est vrai. Ou plus exactement, on vient en faire chez moi, à domicile. C'est du bluff aussi, mais *j'ai envie* qu'on me fasse marcher. La femme éteint les lumières et se met à parler, soi-disant avec la voix de ma femme. Je ne suis pas naïf à ce point, mais j'écoute. Les voici qui apportent notre manger, les szmalcowniks de Miami. »

La porte s'ouvrit et le maître d'hôtel entra, précédant trois hommes. Tout ce que je pouvais distinguer dans l'obscurité, c'est que l'un était petit et obèse, avec une tête carrée et des cheveux blancs, plantée directement sur ses larges épaules, et avec un ventre énorme. Il portait une chemise rose et des pantalons rouges. Les deux autres étaient plus grands et plus minces. Quand le maître d'hôtel indiqua notre table, le gros se détacha des autres, s'approcha de nous et cria d'une voix profonde : « Monsieur Flederbush ! »

Max Flederbush bondit de son siège. « Monsieur Alberghini ! »

Ils se mirent à se couvrir d'éloges l'un l'autre. Alberghini parlait un anglais approximatif avec un accent italien.

Max Flederbush dit : « Monsieur Alberghini, vous connaissez mon bon ami Kazarsky que voici. Et ce monsieur est un écrivain, un écrivain yiddish. Il écrit tout en yiddish. On m'a dit que vous comprenez le yiddish ! »

Alberghini l'interrompit : « *A gezunt oyf dein kepele... Hock nisht kein tcheinik... A gut boychik...* Mes parents vivaient dans Rivington Street et tous mes amis parlaient yiddish. Le shabbat, ils m'invitaient pour des gefilte fish, du *cholent*, du *kugel*. Vous écrivez pour quoi — les journaux ?

— Il écrit des livres.

— Ah ! des livres ? C'est bien ! Nous avons aussi besoin de livres. Mon gendre a trois pièces remplies de livres. Il connaît le français, l'allemand. Il est orthopédiste, mais il a d'abord dû étudier les mathématiques, la philosophie et tout le reste. Bienvenue ! Bienvenue ! Je dois retourner auprès de mes amis, mais tout à l'heure — »

Il avança une main lourde et moite vers moi. Il respirait bruyamment et sentait l'alcool et la lotion capillaire. Les mots sortaient caverneux de sa gorge et écorchaient l'oreille.

Après qu'il fut parti, Max dit : « Vous savez qui c'est ? Il est de la Famille.

— La Famille ?

— Vous ne savez pas qui est la Famille ? Oh ! Vous êtes resté un blanc-bec ! La Mafia. La moitié de Miami leur appartient. Ne riez pas, ils font régner l'ordre. L'Oncle Sam s'est mis sur le dos un million de lois qui, au lieu de protéger les gens, protègent le criminel. Quand j'étais un petit garçon qui étudiait Sodome au sheder, je n'arrivais pas à comprendre comment une ville entière ou un pays pouvaient être corrompus. Ces derniers temps, j'ai commencé à comprendre. Sodome avait une Constitution, et notre neveu Lot et les autres hommes de loi l'ont retravaillée de telle manière que le bien est devenu le mal, et le mal le bien. M. Alberghini vit dans mon immeuble. Quand la tragédie m'a frappé, il m'a envoyé un bouquet de fleurs si énorme qu'il n'a pu passer par la porte.

— Parlez-moi de la cave où vous étiez avec les autres hommes et la femme, dis-je.

— Hein ? Je pensais bien que ça vous intéresserait. J'ai parlé à l'un des écrivains de mes mémoires, et quand je lui ai raconté cette histoire, il m'a dit : " Dieu nous protège ! Vous devez omettre cet épisode. Le martyre et le sexe ne se mélangent pas. Vous devez écrire seulement du positif à leur sujet. " C'est la raison pour laquelle j'ai perdu le goût des mémoires. Les Juifs en Pologne étaient des hommes, pas des anges. Ils étaient chair et sang, tout comme vous et moi. Nous avons souffert, mais nous étions des hommes avec des désirs d'hommes. L'un des cinq était son mari. Sigmunt. Ce Sigmunt était en contact avec les szmalcowniks. Il faisait toutes sortes d'affaires avec eux. Il avait deux revolvers, et nous avions décidé que si les choses tournaient mal au point que nous tombions aux mains des assassins, nous en tuerions un nombre aussi grand que possible et mettrions fin à nos jours. C'était l'une de nos illusions. Quand ça arrive, vous ne pouvez arranger les choses avec tant de précision. Sigmunt avait été sergent dans l'armée polonaise en 1920. Il avait été volontaire dans la légion de Pilsudski. Il avait reçu une médaille de champion de tir. Plus tard, il a été propriétaire d'un garage et importait des pièces détachées d'automobiles. Un géant, un mètre quatre-vingt-dix ou plus. L'un des szmalcowniks avait autrefois travaillé pour lui. Si je devais vous raconter comment nous en sommes arrivés à nous retrouver tous ensemble dans cette cave, nous serions encore ici demain matin. Sa femme, Hilda, était une femme vertueuse. Elle jurait qu'elle lui avait été fidèle pendant tout leur mariage. Maintenant, je vais vous dire qui était son amant. Nul autre que votre serviteur. Elle avait dix-sept ans de plus que moi et aurait pu être ma mère. Aussi, elle me traitait comme si elle avait été ma mère. “ L'enfant ”, c'est comme ça qu'elle m'appelait. L'enfant ceci, et l'enfant cela. Son mari était follement jaloux. Il nous prévint qu'il nous tuerait tous deux si nous entamions quelque chose. Il me menaçait de me châtrer. Et il aurait facilement pu le faire. Mais progressivement, elle finit par l'user. Comment cela est arrivé, vous ne pourriez ni l'expliquer ni l'écrire, même si vous possédiez le talent d'un Tolstoï ou d'un Zéromski. Elle l'a suggestionné, hypnotisé comme Dalila l'avait fait pour Samson. Je ne voulais aucun rôle dans cette histoire. Les quatre autres hommes m'en voulaient furieusement. Je n'étais pas dans le coup, non plus. J'étais devenu impuissant. Ce que cela veut dire, passer vingt-quatre heures par jour enfermé dans une cave froide et humide, en compagnie de cinq hommes et d'une femme, les mots ne peuvent le décrire. Nous étions obligés de renoncer à toute espèce de pudeur. La nuit, nous avions à peine assez d'espace pour étendre nos jambes. A force de rester assis sans bouger, nous étions frappés de constipation. Nous devions tout faire devant témoins, et c'est une torture que Satan lui-même ne pourrait endurer. Nous nous étions réfugiés dans le cynisme. Nous utilisions des mots crus pour cacher notre honte. C'est alors que j'ai découvert que les gros mots avaient leur utilité. Il faut que je boive quelque chose. Donc... *L'chaïm !*

« Oui, ça n'a pas été facile. Tout d'abord, elle a dû vaincre sa résistance, puis réveiller mes désirs. Nous le faisions quand il était endormi, ou faisait semblant seulement. Deux de notre groupe s'étaient mis à l'homosexualité. Toute la honte d'être humains s'est montrée dans cette cave. Si l'homme est fait à l'image de Dieu, je n'envie pas Dieu...

« Nous avons vécu toute la dégradation que vous ne pouvez qu'imaginer, mais nous n'avons jamais perdu l'espoir. Plus tard, nous avons quitté la cave et sommes partis, chacun pour suivre sa propre voie. Les assassins ont capturé Sigmunt et l'ont torturé à mort. Sa femme — ma maîtresse si l'on peut dire — a réussi à gagner la Russie, s'est mariée là-bas avec un réfugié quelconque, puis est morte d'un cancer en Israël. L'un des quatre autres est maintenant un homme riche à Brooklyn. Il est devenu un pénitent, en dépit de tout, et il donne de l'argent au rabbi de Bobow ou à quelque autre rabbi. Ce qui est arrivé aux trois autres, je ne le sais pas. S'ils avaient vécu, j'aurais entendu parler d'eux. Cet écrivain que j'ai mentionné — c'est une espèce de critique — prétend que notre littérature doit se concentrer seulement sur la sainteté et le martyre. Quelle stupidité ! Mensonges absurdes !

— Ecrivez toute la vérité, lui dis-je.

— Tout d'abord, je ne sais pas comment faire.

Deuxièmement, je serais lapidé. De manière générale, je suis incapable d'écrire. Dès que je prends une plume, j'ai mal au poignet. Je me mets à somnoler aussi. Je préfère lire ce que vous écrivez. Parfois j'ai l'impression que vous lisez dans mes pensées.

« Je ne devrais pas le dire, mais je le dirai quand même. Miami Beach est plein de veuves et quand elles apprirent que j'étais seul, les appels téléphoniques et les visites ont commencé. Ils ne se sont pas encore arrêtés. Un homme seul, et un peu millionnaire par-dessus le marché ! On me fait une telle fête que j'ai littéralement honte de moi. Je voudrais m'attacher à un autre être. Entre l'enterrement des autres et le vôtre, vous avez envie d'agripper un petit bout de cette chose ordurière qui s'appelle plaisir. Mais les femmes ne sont pas pour moi. Une *yenta* quelconque, une emmerdeuse, est venue me voir pour se lamenter : “ Je ne veux pas traîner comme ma mère avec un complexe de culpabilité. Je désire obtenir de la vie tout ce que je peux, même plus que je ne peux. ” Je lui dis : “ Le malheur, c'est qu'on ne peut pas... ” Pour les hommes et les femmes, ça se passe comme pour Jacob et Esaü : quand l'un s'élève, l'autre dégringole. Quand les femmes se mettent en chasse, les hommes deviennent des vierges effarouchées. C'est exactement comme l'a dit le prophète : “ Sept femmes s'attacheront à un homme seul. ” Que sortira-t-il de tout cela, hein ? Comment, par exemple, les écrivains écriront-ils là-dessus dans cinq cents ans ?

— En gros, ils écriront sur les mêmes choses qu'aujourd'hui, répondis-je.

— Bien sûr, mais dans un millier d'années ? Dans dix mille ans ? C'est épouvantable de penser que l'espèce humaine va durer si longtemps. De quoi aura l'air Miami Beach alors ? Combien coûtera un appartement dans un immeuble ?

— Miami Beach sera sous les eaux, dit Reuben Kazarsky, et un appartement avec chambre à coucher pour les poissons coûtera cinq milliards de dollars.

— Et que se passera-t-il à New York ? A Paris ? A Moscou ? Il y aura encore des Juifs ?

— Il y aura uniquement des Juifs, dit Kazarsky.

— Quelle espèce de Juifs ?

— Des Juifs fous, exactement aussi fous que vous. »

Deux mariages et un divorce

Un jour d'automne, l'apprenti d'un cordonnier se suicida rue Krochmalna, parce que sa future, une ouvrière couturière, lui avait manqué de parole et épousé un veuf. La rue Krochmalna ne parlait plus de rien d'autre. Le cas fut même discuté dans la maison d'étude des hassidim du rabbi de Radzymin. Ils étaient là tous les trois : Meyer l'eunuque, qui était sain d'esprit deux semaines chaque mois et n'avait pas sa raison pendant les deux autres ; le vieux Levi Yitzchok, qui souffrait de trachome et portait des lunettes de soleil nuit et jour, et Zalman le vitrier, un homme simple qui récitait cinquante pages du Zohar chaque jour, bien qu'il ne sût pas l'araméen. Un jeune homme déclara : « Ces affaires d'amour sont le résultat de livres profanes — les romans. Aux temps anciens, quand ces livres païens n'existaient pas, il n'y avait pas de mésaventures de ce genre.

— Pas vrai du tout, dit Levi Yitzchok. Le Talmud nous parle d'Elisha ben Avuyah, l'hérétique. Des livres mondains tombaient de son manteau. Des blasphémateurs et des railleurs, il en a vécu même au temps d'Abraham. »

Zalman le vitrier leva son index, avec son ongle racorni : « Il y avait aussi des affaires d'amour chez ceux qui craignaient Dieu. Dans notre village de Rodoszyce, un jeune hassid est tombé follement amoureux d'une traînée indigne de lui à tous points de vue. Il était le fils unique d'un homme opulent, un hassid ardent, Reb Shraga Kutner. Les autres enfants de Reb Shraga étaient morts. Sa femme était morte aussi, et sur ses vieux jours, il se maria avec une fille de dix-sept ans, une orpheline. Elle mourut en donnant naissance à son fils, Aaron David. Reb Shraga s'affaiblissait de jour en jour et il désirait ardemment conduire son fils sous le dais nuptial avant de mourir. Il demandait aux marieurs de trouver une fille qui convienne, bien que son fils fût trop jeune pour le mariage.

« A cette époque, pas un mariage n'était arrangé avant que les parents de la jeune fille n'aient envoyé des maîtres pour juger le jeune homme sur ses connaissances de la Torah. Aaron David avait la réputation d'être un bon élève. Le rabbi avait prédit qu'il pourrait devenir directeur d'une yeshiva, un jour. Mais il se trouva que Aaron David ne répondit pas correctement aux questions qu'on lui posa. Il paraissait connaître peu de chose de la Bible. Il commit des erreurs grossières dans l'interprétation de la Mishna et de la Guemara. Tout d'abord, Reb Shraga fut persuadé que son fils avait été impressionné par les examinateurs et leurs verdicts et avait perdu la tête. Il plaida donc avec les examinateurs, leur demandant d'être patients. Il expliqua aussi à Aaron David que les examinateurs ne tiennent pas à faire échouer un étudiant. Ils touchent un petit pourcentage de la dot si tout va bien et ils souhaitent le voir réussir. Mais tout cela ne servit à rien. Certains des examinateurs furent à tel point dégoûtés par le garçon qu'ils racontèrent aux gens du village quelles stupides erreurs il avait faites, et il y avait de quoi rire et médire. Reb Shraga se sentit complètement déshonoré.

« Puis, pendant un examen, Aaron David traduisit un passage d'hébreu si ridiculement de travers, que Reb Shraga commença à se douter que son fils agissait de façon délibérée. Mais pourquoi un jeune étudiant voulait-il jouer les ignorants et se couvrir de honte ? Il s'enferma avec son fils dans sa bibliothèque et dit :

“ Mon fils, ton père est vieux et malade, il a déjà un pied dans la tombe. Un seul désir lui reste — avoir un peu de joie de toi. Maintenant, dis-moi la vérité, pourquoi fais-tu échouer tous les mariages qu’on te propose ? ”

« Quand le garçon entendit ces paroles, il éclata en sanglots. Il avoua à son père qu’il était tombé amoureux d’une jeune fille et s’il ne pouvait l’avoir pour femme, il préférait rester célibataire. Reb Shraga ne pouvait en croire ses oreilles — de telles paroles venant d’un gamin qui avait juste quatorze ans. “ Qui est la fille ? ” demanda-t-il. Le garçon répondit : “ Quand tu entendras qui elle est, tu croiras que je suis fou et tu auras raison, mais je ne peux la chasser de mes pensées. ”

« Je serai bref. Aaron David était amoureux de la fille du porteur d’eau, une infirme née sans mains et sans pieds. A la place, elle avait des espèces de nageoires, comme un poisson. Son nom était Fradl. Comme elle était incapable d’utiliser des béquilles, elle ne pouvait pas faire un pas. On devait la tirer dans une carriole avec des roues. Je la connaissais assez bien. Son père, Shimmele le « glaçon », apportait l’eau à Reb Shraga et aussi à mes parents. Quand il gelait en hiver, des glaçons se formaient dans sa barbe et parfois ils tombaient dans ses seaux ou dans le tonneau d’eau du client. De là lui est venu son sobriquet. Il était connu pour être une créature grossière et un peu excentrique. Sa femme l’avait abandonné et il avait élevé sa fille capricieuse tout seul. Elle avait une langue acérée et se servait de mots crus. Ils vivaient dans une cabane à moitié démolie, rue du Pont.

« Cela s’était passé de la façon suivante. Une fois, à Pourim, Shimmele apporta un cadeau de Pourim à Reb Shraga. Reb Shraga n’était pas à la maison. Aaron David pensa que c’était un cadeau d’un locataire en ville, destiné à son père, et que Shimmele était le messager. Il voulut lui donner un sou pour sa peine, mais Shimmele dit : “ C’est un cadeau de ma douce petite fille pour toi, mon garçon. — Pourquoi pour moi ? " demanda Aaron David, étonné, et Shimmele répondit : " A cause de tes yeux bleus et de tes papillotes frisées. " J'ai connu toute l'histoire, car Aaron David la raconta plus tard à mon oncle Leibush. Elle avait envoyé une pomme rouge, des caroubes, des bonbons à la menthe. Shimmele dit : " Ne dis rien à ton père — il pourrait te fouetter. Ça pourrait te faire une réputation de coureur. " Quand Shimmele partit, le garçon se mit à réfléchir. Qui avait jamais entendu parler d'une jeune fille envoyant un cadeau à un garçon qu'elle ne connaissait pas ? Après un moment, il décida qu'il donnerait à Fradl un cadeau de Pourim à son tour. Mais comment ? S'il l'envoyait par une domestique, toute la ville le saurait. Il mit donc une orange, quelques galettes et une tranche de gâteau au miel sur une assiette, la recouvrit d'un napperon et la porta chez Fradl lui-même. Apparemment, cette créature rusée lui dit des mots scabreux et lui jeta un sort. Il y a un proverbe : Le Malin n'hésite pas. Qui sait ? Peut-être lui a-t-elle fait avaler une potion qui met le sang en ébullition. Quand une femme lave sa poitrine avec un mélange d'eau et de vin du shabbat et en donne à boire à un homme, elle allume son désir pour elle. Quantité d'amours sont le résultat de telles manigances.

« Je n'ai pas besoin de vous dire que Reb Shraga fut choqué et mit en garde son fils contre un tel traquenard. Le garçon ne lui avait pas parlé du cadeau de Pourim ; il lui dit seulement qu'il l'avait aperçue par une fenêtre. Toute cette affaire fut un choc terrible pour Reb Shraga. Shimmele était connu pour être un bandit et un jaseur. Reb Shraga alla chez son rabbi, lui demander comment libérer le garçon de sa passion. Le rabbi donna à Reb Shraga une bénédiction et un talisman, mais en pure perte. Aaron David s'entêtait : il se marierait avec Fradl ou avec personne. Reb Shraga, réalisant que sa fin était proche et que le garçon ne démordrait jamais de sa folie, décida que c'était peut-être une punition de Dieu ou plus simplement une malédiction et qu'il fallait se soumettre. Comment dit le dicton ? " Si tu ne peux passer par-dessus, tu passes par-dessous. " Il avait honte mais il dit à ses proches de se préparer pour un mariage.

« Quand les gens de Radoszyce furent au courant, cela fit un grand bruit. Certains pleurèrent, d'autres rirent et crachèrent. Toutes les femmes déclarèrent que l'astucieuse Fradl avait ensorcelé un garçon innocent. Mais on finit par s'habituer aux événements les plus étranges. Il y eut un mariage et le dais fut planté dans la cour de la synagogue, comme chaque fois que la mariée était une vierge. Non seulement il fallut porter Fradl, mais aussi Reb Shraga. De chagrin, il avait perdu l'usage de ses jambes. Les musiciens n'en firent pas moins de la musique et le bouffon des noces des bons mots. Les gueux des deux sexes considéraient ce mariage comme le sommet de leur existence. Ils dansèrent, chantèrent et s'enivrèrent. Reb Shraga avait commandé un repas de fête pour les pauvres de la maison des pauvres. Ils étaient assis à une longue table, mangeant de la challah et de la carpe, buvant de l'hydromel. Shimmele souleva les pans de son caftan et dansa une kosatzke.

« Peu après le mariage, Reb Shraga mourut. Les gens prédirent qu'une infirme comme Fradl ne serait jamais enceinte. Mais elle fut bientôt grosse. Au cours des années qui suivirent, elle donna naissance à cinq filles, l'une plus belle que l'autre. Elle s'avéra une excellente ménagère. Aaron David lui engagea deux servantes et Fradl donnait les ordres de son lit. Tout dans sa maison devait étinceler. Ses casseroles brillaient comme l'or. Quand elles grandirent, ses filles lui passaient le moindre de ses caprices. Les femmes de la rue du Pont venaient la voir et lui racontaient les potins du village. On l'emmenait au marché. Elle aimait faire des emplettes et se couvrait de colifichets. L'argent ne manquait pas. Reb Shraga avait été un commerçant avisé, même sur ses vieux jours. Il avait eu une grande boutique de nouveautés et faisait les foires, à Lublin, Naleczów, Lemberg. Quant à Aaron David, il resta un talmudiste studieux, détaché des choses de ce monde. Il devait avoir aimé sa femme sincèrement, car après sa mort, il ne se remaria pas.

« Fradl mourut d'une manière très étrange. Je vous ai déjà raconté qu'au lieu de mains et de pieds, elle avait des nageoires. D'un seul coup, sa peau commença à se couvrir d'écailles. Aaron David fit venir des docteurs de Lublin et même de Varsovie. Des professeurs vinrent étudier la nature de sa maladie. Ils tentèrent d'enlever les écailles par la chirurgie, mais elles poussaient si vite que bientôt tout le corps en fut recouvert. Quelques-uns des farceurs du village dirent qu'elle était devenue un poisson cascher, puisqu'un poisson, pour être cascher, doit avoir, précisément, des nageoires et des écailles. La maladie ne dura pas plus de trois mois. Je ne l'ai plus vue à ce stade, mais je sais que les curieux venaient la regarder des villes voisines. Il y en eut pour croire que sa mère avait fauté avec un poisson et que Fradl était le rejeton.

— Quoi ? dit Levi Yitzchok. De telles perversions n'existaient même pas au temps de la génération du Déluge. »

Pendant un long moment, il y eut silence dans la maison d'étude. On n'entendait que le vent. Meyer l'eunuque se grattait le menton, comme s'il cherchait la racine d'un cheveu. Levi Yitzchok enfouit son nez dans sa tabatière de bois, aspira une prise et dit : « Une telle passion est simple illusion ; une idée insensée reste enfoncée dans votre esprit comme un coin. Ou ça pourrait être l'œuvre de Satan. Les Mauvais ont de ces pouvoirs. La nuit, les filles de Lilith volent comme des chauves-souris autour des hommes et les induisent à commettre des abominations. Même les saints se souillent par des pollutions nocturnes. Mais le véritable amour a son origine au Ciel.

« Dans la petite ville de Parisow, il y avait un talmudiste, un homme ayant du bien, Reb Pinchos Eldelweiss. Il descendait d'une lignée distinguée — de rabbi Moshe Isserles et de Rachi. Les anciens de la ville voulaient faire de lui leur rabbi, mais il refusa. Pourquoi avait-il besoin d'être un rabbi ? Il possédait des forêts, une scierie et un moulin aussi, je crois. Il envoyait des radeaux sur la Vistule jusqu'à Danzig. Reb Pinchos divisait ses journées en deux parties. De l'aube jusqu'à midi, il étudiait le Talmud, les Responsa, le Midrash, le Zohar. Il priait tôt le matin, avec la première assemblée de dix hommes. Après déjeuner, il s'occupait de son négoce. Il circulait en voiture comme un châtelain. Il employait un comptable, un caissier et des bûcherons qui coupaient les arbres en grumes. Sa femme, Ada Zillah, venait d'une maison encore plus noble que lui. Elle parlait polonais et allemand et pouvait écrire une lettre en hébreu. La seule bénédiction refusée au couple, c'étaient les enfants. Ah ! j'ai oublié de mentionner que Reb Pinchos avait un frère plus jeune qui avait dévié du droit chemin. Il avait escroqué, imité une signature et avait dû se sauver en Amérique. A cette époque, avoir quelqu'un en Amérique, c'était comme avoir dans la famille un converti ou un suicidé.

« Un jour, Reb Pinchos tomba malade et aucune médecine ne le soulageait. Il fit le voyage de Vienne pour voir les docteurs fameux, mais tous le déclaraient perdu. Reb Pinchos savait que lorsqu'il mourrait sans enfant, sa veuve aurait à subir la cérémonie de la Chalitza avec son beau-frère, pour avoir le droit de se remarier. Mais ce n'est pas une mince affaire de retrouver quelqu'un en Amérique — en particulier une personne d'un tempérament aventureux. C'est pourquoi Reb Pinchos décida qu'avant de mourir, il divorcerait d'avec sa femme, de sorte qu'elle puisse se remarier sans l'assentiment de son frère. Le mari et la femme s'aimaient d'un grand amour et quand Ada Zillah entendit parler de son projet de divorce, elle se mit à sangloter, affirmant qu'elle n'aurait jamais un autre homme. Reb Pinchos dit : “ Pourquoi vivrais-tu les années de ta vie seule ? Tu es encore jeune et avec un autre mari, tu pourrais encore avoir des enfants ! ” Elle refusait. Quand Reb Pinchos réalisa qu'elle ne consentirait pas, il alla chez le rabbin à son insu et ordonna à un scribe d'établir un acte de divorce. Il rédigea aussi un testament, par lequel il laissa à Ada

Zillah la moitié de sa fortune et l'autre moitié à diverses œuvres de charité. Tout fut fait en secret. Le lendemain, il fit venir deux de ses employés pour servir de témoins et sa femme. Il lui tendit les papiers du divorce en prononçant les mots qu'il faut. Ada Zillah écouta les mots, vit les papiers du divorce et s'évanouit sur-le-champ. Dès qu'elle fut ranimée, elle prit un Pentateuque dans l'étagère à livres, leva la main et dit : " Pinchos, je jure par Dieu Tout-Puissant et par le Line saint que je n'appartiendrai jamais à un autre homme. " Et elle pleura amèrement.

« Vous connaissez la Loi : un homme et une femme divorcés n'ont pas le droit d'habiter sous le même toit. Reb Pinchos s'était fait aménager une chambre dans une autre maison, mais si grande était la douleur d'Ada Zillah qu'elle saisit son livre de prières et son livre de supplications, mit quelques linges dans un baluchon et courut à la maison des pauvres. Quand les misérables de la maison des pauvres virent arriver la distinguée Ada Zillah avec son baluchon et l'entendirent dire qu'elle était venue là pour rester, une grande lamentation s'éleva. Ils connaissaient tous Ada Zillah. Tous les jours, elle envoyait du bouillon de poulet et du gruau d'avoine aux malades. Souvent, elle venait elle-même réconforter ceux qui vivaient dans la désolation et distribuer des aumônes. Des notables de la petite ville, hommes et femmes, s'empressèrent auprès d'elle, tentant de la dissuader de ruiner sa vie. En réponse Ada Zillah leur citait les paroles de Job : " Je suis sorti nu du sein de ma mère et nu je retournerai dans le sein de la terre. " Elle avait déchiré les dernières volontés de son mari.

« Quand le surveillant de la maison des pauvres vit qu'Ada Zillah était inflexible, il voulut lui préparer un lit avec des draps, mais Ada Zillah dit : " Mon lit sera une botte de paille, le même que pour tous les autres. " On lui donna un oreiller de foin et une botte de paille, et elle s'assit dessus dans sa robe de soie et commença à réciter les chapitres qu'on dit aux moments de détresse et de maladie : " O Seigneur, Dieu de mon salut, j'ai pleuré jour et nuit devant Ta

Face... Car mon âme est dans l'affliction : et ma vie approche de la tombe... Aie pitié de moi, ô Seigneur, car je suis faible. O Seigneur, guéris-moi, car mon corps est tourmenté. "

« Une prière, en de telles circonstances, peut faire fléchir les Cieux. Ou peut-être la guérison avait-elle été déjà décrétée. Ce jour-là, Reb Pinchos commença à aller mieux. Il était supposé avoir un ulcère à la gorge, et il toussa si longuement et si fort que le mal quel qu'il fût creva et que le pus fut évacué. Sa vie n'était plus en danger et les gens se mirent à dire que Reb Pinchos pouvait maintenant se remarier avec Ada Zillah. Mais on leur rappela que Reb Pinchos était de la caste des prêtres — un Cohen, qui n'a pas le droit de se remarier avec une divorcée, même si elle est son ancienne femme. Si grand était le désespoir de Reb Pinchos, que lorsque ses amis venus lui rendre visite lui souhaitaient un prompt rétablissement, il répondait : " Souhaitez-moi plutôt une mort rapide. " Mais au Ciel, on ne demande pas à un homme de juger lui-même s'il mérite la vie ou la mort. Reb Pinchos guérit tout à fait. Après qu'il fut témoin d'un tel miracle, le guérisseur de la petite ville, qui avait été un hérétique, devint un ardent croyant.

« Reb Pinchos alla trouver Ada Zillah à la maison des pauvres et tomba à ses pieds, l'implorant de prendre sa maison et de se remarier avec un autre. Le rabbi était prêt à annuler son serment, qu'elle avait fait dans un moment de désespoir et sans doute en état de trouble de l'esprit. Mais Ada Zillah dit : " Mon serment tient et je n'ai pas besoin de maison. Toi, Pinchos, remarie-toi. Il est tout à fait possible que je sois stérile, pas toi. Le Ciel a voulu que tu procrées une descendance, c'est pourquoi ce malheur s'est abattu sur nous. C'est mon désir que tu trouves une jeune femme capable d'avoir des enfants et que tu la prennes pour épouse. Tes enfants me seront aussi chers que s'ils étaient les miens. "

— Il se remaria ? demanda Zalman le vitrier.

— Non. La vérité est qu'il viola la Loi. Un homme

qui n'a pas obéi au commandement d'être fécond et de se multiplier ne doit pas rester sans femme. Le rabbi dit à Reb Pinchos qu'il n'était pas en règle, mais il répondit : " La Géhenne est pour les gens, pas pour les animaux. " Il se retira de toutes ses affaires et devint un reclus. Il distribua la plupart de ses biens, bien qu'il gardât sa maison et son jardin, espérant encore donner un foyer à Ada Zillah. Il proposa même de l'envoyer en Terre sainte dans l'espoir qu'elle trouverait la consolation au milieu des Lieux saints. Mais Ada Zillah dit : " Il ne m'est pas permis d'être avec toi sous le même toit ; laisse-moi au moins être avec toi sous le même ciel. " Reb Pinchos se rendit chez le rabbi et dit : " Rabbi, aussi longtemps que je vivrai, il m'est interdit de m'approcher d'Ada Zillah mais c'est ma volonté que, quand nous aurons tous deux quitté cette terre, il nous soit permis de reposer dans nos tombes l'un près de l'autre. " Le rabbi ne pouvait pas trancher cette affaire lui-même et il porta le problème devant un conseil de trois rabbis. Le verdict fut qu'après leur décès, l'ancien mari et l'ancienne épouse pouvaient reposer côte à côte dans leurs tombeaux.

« Et il en fut ainsi. Reb Pinchos mourut avant Ada Zillah. Je n'habitais plus la ville à cette époque. Mais on me dit que lorsqu'il tomba malade, elle s'occupa de lui, lui donnait ses remèdes, et préparait les mets prescrits par les docteurs. Agissait-elle strictement selon la Loi, la chose n'est pas certaine. Mais derrière chaque loi, la miséricorde est cachée. Pendant les quelques années qu'Ada Zillah vécut après Reb Pinchos, elle alla au cimetière chaque jour de semaine, l'été et l'hiver, et se prosterna sur sa tombe. Sur la parcelle à côté de la sienne, elle avait fait mettre sa propre pierre tombale, avec ces mots gravés dessus : " Ici repose Ada Zillah, l'épouse fidèle du pieux Reb Pinchos. " Une place était laissée pour la date de sa mort. J'ai entendu que, peu après qu'elle eut été enterrée, un saule se mit à pousser sur son tombeau. Il devint rapidement un grand arbre et ses branches s'inclinèrent pour couvrir les deux tombes et n'en faire qu'une. La loi du divorce est seulement pour les corps. Les âmes ne peuvent être divorcées. »

Pendant un moment, on eut l'impression que Meyer n'écoutait pas. Il était assis, plongé dans ses pensées. Il grimaçait et remuait la tête, comme tourmenté par quelque chose qu'il ne pouvait ni résoudre ni oublier. Puis il dit : « Ce que tu as raconté, Zalman, arrive chaque jour. Les gens se marient avec des aveugles, des muets, des bossus, même des lépreux. Quand l'Ange décrète, quarante jours avant la naissance, que la fille d'un homme épousera le fils d'un autre homme, c'est cela qui doit arriver. La Providence réunit les plus étranges compagnons de lit, et agit d'une manière qui ressemble fort à celle des marieurs. Si la Providence n'était pas à l'affût derrière les lois de la nature, tous les gens seraient des saints et il n'y aurait pas de libre choix. Dans ton histoire, Levi Yitzchok, ce que j'aime le mieux, c'est l'adage : " La Géhenne est pour les gens, pas pour les animaux. " La Géhenne purifie les âmes, et la purification est un bienfait. Le corps n'aime bien que soi-même et même cet attachement est une illusion. La chair n'est rien qu'un vêtement, quand l'âme a besoin d'un vêtement neuf, le vieux est réduit en poussière. C'est le système de la réincarnation. Nous avons déjà été des hommes, des femmes, du bétail, des arbres, de l'herbe. Ils m'appellent l'eunuque. Je ne suis pas eunuque mais androgyne. Adam, qui a été créé parfait à l'image de Dieu, était androgyne. Il y a des allusions à cela dans le livre de la Genèse. C'est à eux-mêmes qu'Adam et Eve se sont unis.

« Voici l'histoire que j'ai entendue de mon grand-père, et il l'avait entendue de son grand-père à lui. Dans la ville de Praga vivait un homme, Reb Bezalel Ashkenazi. Il avait un fils unique, Eliakim, un prodige, un yenuka. A quatre ans, le yenuka savait déjà la Bible, la Mishna et des parties de la Guemara. A sept ans, il faisait un sermon à la synagogue de Praga et des savants venaient l'écouter. Il arrive souvent qu'un yenuka soit né androgyne et selon la kabbale, il doit en être ainsi car toutes les grandes âmes sont une union des deux sexes. En grandissant, Eliakim devint un sage et on lui proposa de nombreux partis. Mais il répondit : " Quand le temps sera venu, l'épouse qui me convient sera à mes côtés. " Il avait les cheveux longs et pas de barbe. Il chantait des mélodies qu'on n'avait jamais entendue ici-bas, et avec deux voix — d'homme et de femme. Un yenuka descend sur terre pour réparer une erreur commise au cours d'une existence précédente et quand sa tâche est accomplie, il est prêt à remonter aux Palais des Cieux. Un jour, les cheveux d'Eliakim étaient noirs, le lendemain, ils étaient tout blancs. Bien qu'il n'eût pas de femme et que ce ne fût pas la coutume pour un célibataire de porter un châle de prière, il était assis à longueur de journée enveloppé d'un châle de prière, avec des phylactères sur le bras et sur la tête, comme l'un des anciens. Ses parents étaient morts. Il n'y avait pas de hassidim à cette époque — certainement pas à Praga — mais les gens venaient chez lui comme chez un rabbi miraculeux. Il prononçait des incantations sur des morceaux d'ambre. Des mères l'attendaient devant sa maison pour qu'il bénisse leurs petits enfants. Des témoins affirmaient que quand le yenuka étudiait le Livre de la Création, les pages se tournaient toutes seules. Quand il voulait écrire quelque note en marge d'un rouleau, la plume venait se placer dans sa main d'elle-même. Ceux qui sont enracinés dans la source originelle de vie, rendent vivant les objets autour d'eux. L'hiver, le bedeau n'avait pas besoin d'allumer le poêle dans la maison du yenuka : une radiation chaleureuse émanait de lui comme d'un séraphin.

« Il ne mangeait pour ainsi dire rien. Il ne dormit jamais plus que le temps de soixante respirations à la fois. Il semblait être plus au Ciel que sur terre.

« Un jour le yenuka fit savoir qu'il était sur le point de se marier. Ses fidèles furent tous étonnés. Comment les androgynes peuvent-ils se marier ? Et quelle femme d'ici-bas pouvait mériter d'être son épouse ? Il demanda que dix vieillards seulement soient invités au mariage — tous kabbalistes et serviteurs du Tout-Puissant. L'un d'entre eux officierait pendant la cérémonie. Au jour dit, le bedeau guetta derrière la fenêtre les voitures de la fiancée et de sa famille. Il n'en arriva point. Néanmoins, après les prières du soir, les dix anciens invités se réunirent dans la maison du yenuka. L'un d'entre eux établit la ketouba, laissant un espace en blanc pour le nom de la fiancée. Quatre autres dressèrent un dais maintenu par quatre hampes. On alluma des bougies de cire et l'on remplit un gobelet de vin. Pendant ce temps, le yenuka resta enfermé dans sa chambre. Quelques-uns des hommes écoutèrent à sa porte. On n'entendait rien. Ils commencèrent à se demander si dans son saint éloignement, il n'avait pas oublié le mariage. Mais juste alors la porte de sa chambre s'ouvrit et l'on vit le yenuka habillé d'une robe blanche et d'un capuchon blanc, comme un mort dans un linceul et à côté de lui la fiancée en robe de mariage blanche et voile épais. On ne pouvait voir son visage, mais ses vêtements avaient l'éclat des couleurs de la foudre. Les quelques vieillards furent saisis de terreur ; ils pouvaient à peine se tenir sur leurs jambes. Néanmoins, celui qui avait écrit la ketouba reprit courage et demanda son nom à la fiancée. “ Eliakim, dit-elle. La fille de Bezalel. ” La fiancée et le fiancé avaient le même nom et le nom de leur père était le même.

« La cérémonie se déroula selon la Loi. Celui qui officiait lut la ketouba et récita les premières bénédictions. Le marié passa un anneau à l'index de la main droite de la mariée et dit : “ Tu es unie à moi en sanctification par cet anneau selon la loi de Moïse et d'Israël. ” Lorsque la mariée fut sur le point de boire au gobelet, elle souleva son voile et ils virent tous deux yenukas, leurs visages blancs comme la nacre et leurs yeux illuminés par la gloire de l'amour. Ils se ressemblaient aussi étroitement que des jumeaux. Après les deuxièmes bénédictions, on leur souhaita mazel tov, mais ils retournèrent à leur chambre en silence.

— Un tel mariage n'était-il pas contre la lettre stricte de la Loi ? demanda Levi Yitzchok.

— Il y a des unions dans les Cieux qui seraient des incestes sur terre, répondit Meyer.

— Qu'arriva-t-il ensuite ?

— Le yenuka rejoignit la yeshiva d'En-Haut la même nuit.

— Et qu'arriva-t-il à la mariée ? demanda Zalman le vitrier. Elle mourut aussi ? »

Meyer haussa les épaules. Il ferma les yeux et parut s'être endormi. Puis il se leva et se mit à déambuler de long en large sur le plancher de la maison d'étude. Il se frottait les paumes des mains et se parlait à voix basse à lui-même. De temps à temps, il poussait un éclat de rire. La lampe à pétrole s'éteignit et une seule bougie brûlait dans le candélabre. Elle vacillait et coulait. La pièce se remplit d'ombres.

Zalman regardait par la fenêtre. « La lune est pleine, dit-il. C'est la deuxième moitié du mois, quand Meyer commence à s'embrouiller. »

Une cage pour Satan

1

Pendant les quarante années où Rabbi Naphtali Sencyminer avait livré la guerre aux esprits du mal, il s'était battu avec des lutins, des démons, des dybbuks et des harpies, et, tôt ou tard, il les avait tous vaincus — avec des incantations, des amulettes, avec le pouvoir de sa voix, son bâton, le piétinement de ses pieds et ses malédictions. Une seule passion le consumait encore — capturer l'un de ces esprits impurs, le ligoter et l'enfermer dans une cage comme une bête sauvage. Le rabbi avait une cage adaptée à son dessein dans sa mansarde. L'un de ses hassidim, un marchand de fer, la lui avait fait construire en secret. Elle était faite de lourdes barres entourées d'un épais grillage de fil de fer et avait une porte avec deux serrures. Au grillage, le rabbi avait suspendu des incantations calligraphiées à la main sur du parchemin, ainsi qu'une corne de bélier et un châle de prière qui avaient jadis appartenu au prêcheur de Kosienice. Sur son plancher traînaient les chaînes dont le fameux saint, Joseph della Reyna, s'était servi pour entraver Satan. Rabbi Joseph n'avait pas su retenir Satan prisonnier, car il eut pitié de lui et lui donna une pincée de tabac. Deux jets de feu s'étaient échappés des narines de Satan et ses chaînes s'étaient détachées de lui. Rabbi Naphtali était déterminé à ne pas faire merci au Diable. Son plan était de le garder dans le noir, sans nourriture et sans eau, encerclé par les saints noms de Dieu et des Anges. Des rabbis et même des chrétiens méritants viendraient de partout au monde à Sencymin pour être témoins du triomphe de Rabbi Naphtali.

Eh bien, peu importe le nombre de pièges que Rabbi Naphtali tendit à Satan et à ses légions, ils réussirent à lui échapper. Une fois, il saisit un revenant par la barbe et une Lilith par les cheveux, mais avant qu'il ne pût les enfermer, ils s'étaient dégagés en se tortillant. Ces félons revenaient la nuit pour insulter le rabbi, siffler à son oreille et cracher sur lui. Un esprit à visage de bouc déposa un tas d'excréments sur le livre sacré du rabbi. Il laissa derrière lui une odeur de soufre.

Quand le Rabbi eut dépassé ses soixante-dix ans, il commença à désespérer. Sa femme était morte. La cage dans la mansarde était couverte de toiles d'araignée et les chaînes étaient rouillées.

Mais une nuit d'été, vers la fin du mois d'Ab, quelque chose se produisit, qui frappa le rabbi comme un miracle. Cela se passa ainsi. Le bedeau du rabbi, Reb Gronam Getz, un patriarche qui avait servi le père de Rabbi Naphtali, tomba malade pour la première fois de ses quatre-vingt-sept ans et fut emmené à l'hôpital. Depuis le jour où le rabbi s'était trouvé veuf, Gronam Getz montait la garde dans la chambre à coucher du rabbi contre les esprits et leur vengeance. Maintenant le rabbi dormait seul ; il n'avait pas confiance dans les jeunes bedeaux. Cette nuit-là, avant d'aller au lit, le rabbi non seulement lut les prières du saint Isaac Luria, comme d'habitude, mais il récita ceux des psaumes spécialement destinés à écarter les visiteurs nocturnes. Il avait placé un livre de la Création sous son oreiller et un couteau à longue lame, comme celui que les femmes enceintes mettent sous leur oreiller pour tenir au large Shibta, le pire ennemi des nouveau-nés. Il laissa aussi une bougie de cire allumée dans un support.

Le rabbi dormait vêtu d'une robe blanche ceinturée d'une écharpe, de chaussettes blanches et avec deux calottes — une sur le front, une sur l'arrière du crâne

— ainsi qu'avec des franges rituelles spécialement tordues huit fois. Dès qu'il eut posé la tête sur l'oreiller et récité « Toi qui noues les liens du sommeil sur mes yeux et fermes mes paupières », il tomba dans un profond sommeil.

Il se réveilla en sursaut au milieu de la nuit. La bougie s'était consumée. Il entendit des pas furtifs tout près. Il eut envie de crier : « Shaddai, détruis Satan ! », mais soudain il se dit que peut-être ses prières avaient été entendues au Ciel — c'était peut-être sa chance de capturer le visiteur du Mal. Une force qui l'étonna se manifesta en Rabbi Naphtali. Il sauta du lit avec une telle énergie que les lattes, sous sa paillasse, se cassèrent. Une présence sombre se détachait sur la fenêtre obstruée de volets. Il bondit sur elle avec la férocité d'un lion. En un éclair, il l'avait saisie et pressée contre lui si violemment qu'il sentit des côtes craquer. Alors seulement, l'esprit tenta de résister. Il cria quelque chose d'inintelligible, mais le rabbi le jeta au sol, le coinça entre ses genoux, lui tint la bouche fermée d'une de ses mains et serra sa gorge de l'autre. Il sentit la chose se débattre, entendit des mots étouffés, un râle. Puis elle abandonna la lutte et demeura silencieuse. Le rabbi avait vaincu le démon. En liant ses pieds avec son écharpe, Rabbi Naphtali tremblait, bavait et bégayait des incantations : « *Kuzu Bemuchzus Kuzu*... Une flèche dans l'œil de Satan... Guerre de Yahweh contre Amalek... Tu le détesteras du fond du cœur, tu l'abhorreras du fond du cœur... »

Bien que la chose de l'au-delà restât sans bouger, Rabbi Naphtali savait que sa soumission était une ruse. Avant qu'elle ne fût enchaînée et enfermée dans la cage, elle pouvait récupérer sa puissance, sortir sa langue assez longue pour atteindre son nombril, éclater d'un rire tonitruant et s'envoler comme une chauve-souris.

Le rabbi tenta de se mettre debout, mais c'était comme si ses jambes avaient été coupées. Des étincelles passaient devant ses yeux. Ses oreilles tintaient. Il s'admonesta lui-même : « Je ne dois pas abandonner.

Asmodée et ses compagnons n'attendent que mon premier signe de faiblesse. »

Le rabbi aurait à traîner le messager de destruction en tapinois jusqu'à la mansarde de sorte que personne, dans la maison, ne saurait ce qui se passait. Si Gronam Getz avait été avec lui, il lui aurait donné un coup de main — Gronam Getz était initié à la kabbale et connaissait toutes les formules magiques et les incantations. Mais les jeunes bedeaux dormaient chez eux et même s'ils avaient monté la garde dans la cour, le rabbi ne leur aurait pas fait confiance pour l'aider dans une mission d'une telle importante.

Après un moment, Rabbi Naphtali reprit des forces et fut capable de se lever. Il se baissa et souleva la créature des ténèbres, la jeta sur l'une de ses épaules et commença à avancer en direction de l'antichambre et de l'escalier conduisant à la mansarde. Il savait que c'était trop pour lui, mais il y a des moments où l'on ne peut pas céder au corps. Il titubait le long du corridor, priant qu'il ne croulât pas sous sa charge et que Dieu veuille empêcher les alliés du Malin d'être alertés et de se précipiter sur lui. Plusieurs fois, il se cogna aux portes et aux murs. Sa robe s'accrocha à un crochet. Lorsqu'il atteignit l'escalier étroit de la mansarde, il était trempé de sueur et il pouvait entendre le ronflement de son nez. Mais il se refusa un répit. A tout moment, son adversaire pouvait surgir pour l'entraîner au-delà des régions des ténèbres, vers les portes de l'Enfer, les ruines de Sodome, le mont Séir où Nahalath et Lilith régnaient. Le rabbi ne se souvenait plus ni d'un psaume ni de conjurations ; son cerveau était obscurci et sa langue comme du bois.

Pendant le temps qu'il lui fallut pour atteindre la mansarde, le jour s'était mis à poindre. L'éclat du soleil levant brillait à travers les fentes du toit de bardeaux, du côté de l'est. On pouvait apercevoir la cage enveloppée de colonnes de poussière pourprée. Le rabbi s'approcha d'elle, mais il heurta une caisse de bois remplie de vieux livres et tomba à la renverse. Dans la seconde avant de s'évanouir, il eut la vision du fardeau sous lequel il s'était écroulé — un garçon en veste courte, la bouche et le nez en sang. Malheur sur moi, c'est un humain, je l'ai tué ! se dit le rabbi quand tout devint noir.

2

Quand Rabbi Naphtali ouvrit les yeux à nouveau, le soleil brillait encore à travers les fentes du toit, mais maintenant la lumière ne venait pas de l'est mais de l'ouest. Il mit un long moment à le réaliser. Ses os lui faisaient mal et sa tête était traversée d'une douleur fulgurante. A côté de lui gisait un cadavre aux yeux vitreux, la bouche ensanglantée ouverte, le visage jaune comme l'argile. Maintenant seulement il réalisait ce qui s'était passé : un jeune était venu pour le dévaliser. Rabbi Naphtali n'acceptait pas de monnaie de papier pour ses services — seulement des pièces d'argent ou des ducats d'or, qu'il conservait dans des pots de terre ainsi que dans des coffrets de chêne garnis de peau et cerclés de fer. Depuis des années, il nourrissait le projet d'aller en Terre sainte pour y bâtir une maison d'étude, un bain rituel et une yeshiva et élever un tabernacle sur la tombe de son grand-père Reb Menahem Kintzker, qui était mort à Jérusalem quarante ans avant. « Dieu tout-puissant, pourquoi cette chose m'est-elle arrivée à moi ? murmura le rabbi. Mon crime est trop grand pour qu'on le supporte. »

Il étendit la main et toucha le front du cadavre. L'éclat du soleil couchant à travers les bardeaux diminua bientôt et la mansarde se remplit d'ombres. Une grande peur s'empara du rabbi. Il se leva avec effort et commença à se traîner vers la porte. Si au moins il avait pu mourir en même temps que sa victime. Mais il avait été décrété au Ciel qu'il subirait le sort de Caïn. En haut de l'escalier, il dut s'asseoir. Il devait réfléchir à sa situation. Ses fidèles l'avaient sûrement recherché tout au long de la journée, mais il ne devait pas leur être venu à l'esprit qu'il pouvait être là-haut, dans la mansarde. On n'entendait pas un bruit dans la maison. Ils devaient avoir perdu tout espoir de le retrouver, ou peut-être croyaient-ils qu'il était monté vivant au Ciel, comme Enoch. Rabbi Naphtali avait connu bien des malheurs — il s'était trouvé dans sa vieillesse sans femme et sans enfant — mais tout au long de ces calamités, il avait pu prier et trouver des raisons aux châtiments sévères qui le frappaient. En ce jour, le premier depuis ses treize ans, il avait omis de mettre ses phylactères. C'était l'heure de dire les prières du soir, mais il ne put se résoudre à laisser les paroles sacrées passer à travers les lèvres d'un assassin. De tous les désastres possibles, il avait été frappé du pire — et à quel moment de sa vie : au seuil de la tombe !

D'ordinaire, les esprits du bien et du mal se livraient un combat permanent en Rabbi Naphtali, mais maintenant les deux demeuraient silencieux. La nuit tomba et le rabbi resta assis, enveloppé d'une tristesse semblable à celle de l'abîme. « Où irai-je m'écartant de ton esprit ? Où fuirai-je ta présence ? » récita-t-il. Devait-il se détruire ? pensa-t-il. Puisqu'il avait déjà perdu le monde à venir, quelle différence cela ferait-il ? Devait-il s'en aller quelque part et disparaître ? Mais si le voleur était un Juif, il devait recevoir un enterrement juif. On ne pouvait laisser un cadavre pourrir dans une mansarde sans ablutions, sans linceul, sans une prière prononcée sur lui...

Le rabbi laissa sa tête s'incliner de plus en plus bas. Comparées à son épreuve, celles de Job n'avaient été rien. Rabbi Naphtali ne demandait qu'une chose au Tout-Puissant : mourir. Maintenant, il comprenait les paroles des Sages : « La mort sera plus désirable que la vie ! »

Le rabbi s'était endormi et il fut réveillé par des voix, des bruits, des pas. Les bedeaux montaient l'escalier en courant. La lumière d'une lanterne l'éblouit. Ils le soulevèrent dans leurs bras et l'emportèrent. Il entendit des femmes pleurer, des hommes crier. Suis-je mort ? se demandait le rabbi. Ce sont mes funérailles ? Ils le portèrent dans une chambre et le mirent au lit. Ils le ranimèrent avec de l'eau froide et frottèrent ses tempes avec du vinaigre. Tous parlaient en même temps, mais il ne fit aucune réponse. Soudain, une nouvelle lamentation s'éleva et le rabbi comprit ce qui s'était passé. Ils avaient trouvé le corps dans la mansarde. Quelqu'un cria un nom : Haïml Cake.

Comment cela pouvait-il être ? se demanda le rabbi. Haïml Cake n'est plus un jeune homme. Peu après, ils crièrent un autre nom : Bentze Lip. Malgré toute sa détresse, le rabbi comprit le lien entre les noms. Haïml Cake, un voleur de chevaux que la police avait battu si cruellement qu'il n'était plus capable de voler des chevaux, s'était mis à enseigner son art aux jeunes voleurs. Il devait avoir envoyé l'un de la bande, Bentze Lip, pour le voler. Au lieu de capturer Satan, lui, Naphtali Sencyminer, avait assassiné un jeune voleur — peut-être un orphelin pardessus le marché. Au milieu du tumulte, le rabbi murmura : « Satan m'a attrapé *moi !* »

Ce furent les derniers mots que ses fidèles entendirent du rabbi. Pendant les trois semaines qu'il dura encore, il ne parla pas à ceux qui venaient lui rendre visite. Les bedeaux lui mettaient son châle de prière et ses phylactères et il marmonnait. Ils lui tendaient un livre, il y jetait un coup d'œil, mais nul ne le vit tourner une page. Deux jours avant la mort du rabbi, Gronam Getz revint de l'hôpital et lui seul resta avec le rabbi jusqu'à la fin. Le rabbi lui ordonna de brûler ses manuscrits, de ne pas en conserver une seule page, et Gronam Getz fit comme on lui dit. Le rabbi lui dicta aussi un testament, laissant toute sa fortune à la communauté, avec de quoi faire ériger une pierre sur la tombe de Bentze Lip, engager quelqu'un pour dire le Kaddish pour lui et payer des hommes pour étudier la Mishna au nom de Bentze. Le rabbi décréta que lui-même serait enterré de l'autre côté de la clôture, où les hérétiques et les suicidés reposaient. Il annonça des punitions sévères pour quiconque trahirait ses dernières volontés. Rabbi Naphtali Sencyminer avait tué un être humain et il avait perdu le droit d'être couché à côté de Juifs honnêtes. Cependant, les hassidim et les membres de la Congrégation des Enterrements osèrent désobéir à ses ordres. De nombreux rabbis s'assemblèrent pour ses funérailles, et décidèrent que puisque Rabbi Naphtali avait fait ce qu'il avait fait sans intention et s'était repenti par une mortification qui avait entraîné sa mort, il devait être enterré avec tous les honneurs qui reviennent à un saint et à un martyr. Le plus ancien d'entre eux, un auteur de nombreux livres d'une grande sainteté et un patriarche de quatre-vingts ans, dit : « Ceux qui aiment Dieu plus fort que l'âme et le cœur ne peuvent le supporter, tentent de détruire le monde. Tant qu'il y aura un monde, il y aura un Satan. »

Frère Coléoptère

1

J'avais rêvé de ce voyage à l'âge de cinq ans. A cette époque, mon maître, Mose Alter, me lisait des passages du Pentateuque sur Jacob franchissant le Jourdain, ne portant que son bâton. Mais une semaine après mon arrivée en Israël, à l'âge de cinquante ans, il ne me restait plus beaucoup de merveilles à voir. J'avais visité Jérusalem, la Knesseth, le mont Sion, les kibboutsim de Galilée, les ruines de Safed, les vestiges des fortifications d'Acre et toutes les autres curiosités. Je fis même l'excursion, alors dangereuse, de Beerchebah à Sodome et, en chemin, je vis des chameaux attelés à des charrues d'Arabes. Israël était même plus petit que je l'avais imaginé. La voiture dans laquelle je voyageais semblait circuler en rond. Pendant trois jours, où que nous allions, nous jouions à cache-cache avec le lac de Tibériade. Pendant la journée, la voiture chauffait sans arrêt. Je portais deux paires de lunettes noires, l'une sur l'autre, comme protection contre l'éclat du soleil. La nuit, un vent brûlant soufflait. A Tel-Aviv, dans une chambre d'hôtel, on m'apprit à manœuvrer les stores, mais le temps de sortir sur le balcon, le sable fin, transporté par le khamsin, avait couvert mes draps de lit. Le vent apportait des sauterelles, des mouches, des papillons de toutes les dimensions et couleurs ainsi que des coléoptères plus grands que je n'en avais jamais vus avant. Leur bourdonnement et leur vrombissement étaient inhabituellement forts. Les mites se heurtaient aux murs avec une énergie incroyable, comme si elles se préparaient à la lutte finale entre l'homme et l'insecte. L'haleine tiède de la mer puait le poisson pourri et les excréments. A la fin de l'été, les coupures d'électricité étaient fréquentes à Tel-Aviv. Une obscurité de faubourg régnait sur la ville. Le ciel se remplit d'étoiles. Le soleil couchant avait laissé dans le ciel une rougeur de massacre.

Sur un balcon, de l'autre coté de la rue, un vieil homme à barbiche blanche, une calotte de soie couvrant en partie son front, était à moitié assis, à moitié étendu sur un lit, lisant un livre avec une loupe. Une jeune femme lui apportait des rafraîchissements. Il écrivait des notes sur les marges du livre. Dans la rue, en bas, des filles riaient, poussaient des cris aigus, se chamaillaient avec des garçons, tout comme je les avais vus faire à Brooklyn et à Madrid, où je m'étais arrêté en route. Ils se taquinaient en argot hébreu. Après une semaine de tourisme, ayant vu tout ce qu'un touriste doit voir en Terre sainte, j'avais mon plein de sainteté et sortis en quête de quelque aventure plus profane.

J'avais des amis et des connaissances du temps de Varsovie à Tel-Aviv, même une ancienne maîtresse. La plupart de ceux qui m'avaient été proches avaient péri dans les camps de concentration d'Hitler ou étaient morts de faim et de la fièvre typhoïde en Asie centrale soviétique. Mais quelques-uns de mes amis avaient été épargnés. Je les trouvais assis à la terrasse des cafés, sirotant de la limonade avec des pailles et continuant les mêmes conversations que jadis. Que sont dix-sept années, après tout ? Les hommes avaient un peu plus grisonné. Les femmes se teignaient les cheveux ; un maquillage épais cachait leurs rides. Le climat chaud n'avait pas émoussé leurs désirs. Les veuves et les veufs s'étaient remariés. Ceux, divorcés depuis peu, cherchaient de nouveaux compagnons ou des amants. Ils écrivaient toujours des livres, peignaient des tableaux, essayaient d'obtenir des rôles dans des pièces, travaillaient pour toutes sortes de journaux et de magazines. Tous avaient réussi à apprendre au moins un peu d'hébreu. Au cours de leurs années d'errance, beaucoup d'entre eux avaient appris tout seul le russe, l'allemand, l'anglais et même le hongrois et l'uzbek.

Ils me faisaient immédiatement une place à leurs tables et commençaient à me rappeler des épisodes que je ne pouvais avoir oubliés. Ils voulaient mes conseils sur un visa américain, sur les agents littéraires et les imprésarios. Il nous fut même possible de plaisanter sur des amis qui étaient devenus cendre depuis longtemps. De temps en temps, une femme essuyait une larme avec la pointe de son mouchoir, de façon à ne pas barbouiller son mascara.

Je ne me mis pas à la recherche de Dosha, mais je savais que nous nous rencontrerions. Comment aurais-je pu ne pas tomber sur elle ? Ce soir-là, je me trouvais assis dans un café fréquenté par des commerçants, non des artistes. Autour des tables voisines, le sujet de conversation était les affaires. Des marchands de diamants exhibaient de petits sacs de pierres et leurs loupes de bijoutiers. Une pierre passait rapidement de table en table. On l'inspectait, on la palpait, on la donnait à un autre avec un signe de tête. Il me semblait être à Varsovie, rue Krolewska. Soudain, je la vis. Elle regardait autour d'elle, cherchant quelqu'un, comme si elle avait un rendez-vous. Je remarquai tout en même temps : les cheveux teints, les poches sous les yeux, le rouge sur les joues. Une seule chose était restée inchangée — sa silhouette mince. Nous nous embrassâmes et sortîmes le même mensonge : « Tu n'as pas changé. » Et quand elle s'assit à ma table, la différence entre ce qu'elle avait été alors et ce qu'elle était maintenant commença à s'estomper, comme si une puissance cachée était en train de retoucher rapidement son visage, à la ressemblance de ce qu'il était resté dans mon souvenir.

J'étais là, à écouter sa conversation confuse. Elle mélangeait les pays, les villes, les années, les mariages. Un mari avait péri ; elle avait divorcé d'avec un autre. Il vivait aujourd'hui près d'ici avec une autre femme. Son troisième mari, dont elle était plus ou moins séparée, vivait à Paris, mais il projetait de venir en Israël sous peu. Ils s'étaient rencontrés dans un camp de travail à Tachkent. Oui, elle peignait toujours. Que pouvait-elle faire d'autre ? Elle avait changé de style, elle n'était plus une impressionniste. De nos jours, où pouvait conduire le réalisme désuet ? L'artiste doit créer quelque chose de neuf et d'entièrement personnel. Sinon, l'art est en faillite. Je me souvenais d'elle au temps où elle considérait Picasso et Chagall comme des imposteurs. Oui, c'était vrai, mais plus tard elle avait elle-même abouti à une impasse. Maintenant, sa peinture était réellement différente, originale. Mais qui avait besoin de tableaux ici ? A Safed il y avait une colonie d'artistes, mais elle n'avait pas été capable de s'adapter à la vie de là-bas. Elle en avait eu assez de ses pérégrinations à travers toutes sortes de villages de Russie oubliés par Dieu et par les hommes. Elle avait besoin de respirer l'air des grandes cités.

« Où est ta fille ?

— Carola est à Londres.

— Mariée ?

— Oui, je suis une savta, une grand-mère. »

Elle sourit avec embarras, comme pour dire : « Pourquoi ne pas te le dire ? Je ne peux te faire illusion, de toute façon. » Je remarquai ses dents nouvellement couronnées. Quand le garçon s'approcha, elle commanda du café. Nous restâmes un moment silencieux. Le temps nous avait maltraités. Il nous avait pris nos parents, nos proches, avait détruit nos foyers. Il s'était joué de nos fantaisies, de nos rêves de grandeur, de célébrité, de richesse.

J'avais eu des nouvelles de Dosha quand j'étais encore à New York. Des amis communs m'avaient écrit que ses toiles n'étaient pas exposées, ni son nom jamais mentionné dans la presse. Parce qu'elle avait eu une dépression nerveuse, elle avait passé quelque temps dans une clinique ou un asile.

A Tel-Aviv, les femmes portent rarement des

chapeaux et presque jamais le soir, mais Dosha avait un chapeau de paille à larges bords décoré d'un ruban violet et incliné sur un œil. Bien que ses cheveux fussent teints couleur châtain, on y trouvait des traces d'autres teintes. Par-ci par-là ils avaient même un reflet bleuâtre. Pourtant, son visage avait gardé sa minceur juvénile. Son nez était fin ; son menton pointu. Ses yeux — parfois verts, parfois jaunes — avaient l'intensité des infatigables, toujours prêts à se battre et à espérer jusqu'au dernier moment. Autrement, comment aurait-elle pu survivre ?

Je demandai : « As-tu un homme au moins ? »

Ses yeux se mirent à rire. « Tu recommences ? Dès la première minute ?

— Pourquoi attendre ?

— Tu n'as pas changé. »

Elle but une gorgée de café et dit : « Bien sûr, j'ai un homme. Tu sais que je ne peux pas vivre sans. Mais il est cinglé, et je ne parle pas au figuré. Il est si amoureux de moi qu'il me détruit. Il me suit dans la rue, frappe à ma porte au milieu de la nuit et m'embrasse devant mes voisins. J'ai même appelé la police, mais je n'arrive pas à me débarrasser de lui. Heureusement, il est à Eilat en ce moment. J'ai sérieusement pensé à prendre un revolver et à le tuer.

— Qui est-il ? Que fait-il ?

— Il dit qu'il est ingénieur mais, en réalité, il est électricien. Il est intelligent, mais c'est un malade mental. Parfois, je me dis que la seule façon de m'en tirer, c'est de me suicider.

— Est-ce qu'il te satisfait au moins ?

— Oui et non. J'ai horreur des sauvages et je suis fatiguée de lui. Il m'ennuie, il éloigne tout le monde de moi. Je suis sûre qu'un jour il me tuera. J'en suis aussi certaine que du fait qu'il fait nuit en ce moment. Mais que faire ? La police de Tel-Aviv est comme toutes les polices. " Quand il vous aura tué, me dit-on, nous le mettrons en prison. " Il devrait être enfermé. Si j'avais un endroit où aller, je m'en irais, mais les consulats étrangers ne distribuent pas de visas comme ça. Au moins, ici, j'ai un appartement. Tu parles d'un appartement ! Mais c'est un endroit où dormir. Et que puis-je faire de mes tableaux ? Ils sont là à prendre la poussière. Même si je voulais m'en aller, je n'ai pas de quoi payer un billet. La pension que je reçois de mon ex-mari, le docteur, c'est quelques livres et ses paiements sont toujours en retard. Les gens ne connaissent pas la vie d'ici. Nous ne sommes pas en Amérique. Je meurs de faim, voilà l'amère vérité. Ne mets pas la main au portefeuille ; en réalité, je n'en suis pas là. J'ai vécu seule et je mourrai seule. J'en suis fière, et en plus, c'est ma destinée. Ce que je subis et ce que j'ai subi, personne ne le sait, pas même Dieu. Pas un jour ne se passe sans une catastrophe. Mais tout d'un coup, j'entre dans un café et te voilà. C'est vraiment quelque chose.

— Tu ne savais donc pas que j'étais ici ?

— Si, mais comment savoir de quoi tu aurais l'air après toutes ces années ? Je n'ai pour ainsi dire pas changé et c'est mon drame. Je suis restée la même. J'ai les mêmes désirs, les mêmes rêves — les gens me persécutent ici, exactement comme ils faisaient en Pologne il y a vingt ans. Ils sont tous mes ennemis et je ne sais pas pourquoi. J'ai lu tes livres. Je n'ai rien oublié. J'ai toujours pensé à toi, même quand j'étais couchée au Kazakhstan, toute bouffie de faim et regardant la mort en face. Tu as écrit quelque part qu'on pêche dans un autre monde et que l'enfer, c'est ce monde-ci. Pour toi, c'était peut-être juste une phrase, mais c'est la vérité. Je suis la réincarnation de quelqu'un de pervers qui a vécu sur une autre planète. La géhenne est *en* moi. Ce climat me rend malade. Les hommes deviennent impuissants ici et les femmes sont dévorées de passion. Pourquoi Dieu a-t-il choisi ce pays pour les Juifs ? Quand le khamsin commence, mon cerveau tremble. Ici, les vents ne soufflent pas ; ils hurlent comme des chacals. Parfois, je reste au lit toute la journée parce que je n'ai pas la force de me lever, mais la nuit, j'erre au hasard comme une bête de proie. Combien de temps pourrai-je continuer ainsi ? Mais que je sois vivante et te voie, c'est un jour de fête. »

Elle repoussa sa chaise loin de la table, la renversa presque. « Ces moustiques me rendent cinglée. »

2

J'avais déjà dîné, mais je mangeai à nouveau avec Dosha et but du vin du Carmel avec elle. Puis j'allai chez elle. En chemin, elle ne cessait de s'excuser de la pauvreté de son logement. Nous traversâmes un parc. Bien qu'il fût éclairé par des lanternes, il était recouvert de ténèbres qu'aucune lumière ne pouvait pénétrer. Les feuilles immobiles sur les arbres paraissaient pétrifiées. Nous longeâmes des rues sombres, chacune portant le nom d'un écrivain hébreu ou d'un savant. Je lisais les enseignes sur les magasins de confection pour dames. La commission pour la modernisation de l'hébreu avait créé une terminologie pour les soutiens-gorge, les bas nylon, les corsets, les coiffures de femmes et les cosmétiques. On avait déniché les sources de ces termes mondains dans la Bible, le Talmud de Babylone, le Talmud de Jérusalem, le Midrash, le Zohar même. La soirée était déjà avancée, mais les bâtiments et l'asphalte exhalaient encore la chaleur de la journée. L'air humide transportait des senteurs d'ordures et de poisson.

Je sentis l'âge de la terre sous mes pieds, les civilisations perdues superposées en couches. Quelque part là-dessous étaient enfouis des veaux d'or, les joyaux des prostituées sacrées et des images de Baal et d'Astarté. Ici, des prophètes ont annoncé des désastres. D'un port voisin, Jonas avait fui à Tarshish plutôt que de prophétiser la ruine de Ninive. Pendant le jour, ces événements paraissaient lointains, mais la nuit les morts se remettaient en marche. J'entendis le chuchotement de fantômes. Un oiseau se réveilla, poussant un cri d'alarme aigu. Des insectes heurtaient le verre des lanternes, affolés par leur désir.

Dosha me prit par le bras avec une loyauté que ne profanait aucune trahison passée. Elle me fit monter l'escalier d'une maison. Son appartement était en fait une construction ajoutée sur le toit. Quand elle ouvrit la porte, un souffle de chaleur, mêlé d'odeurs de peinture et d'alcool à brûler dont on se sert pour les réchauds, m'assaillit. La pièce unique servait d'atelier, de chambre à coucher, de cuisine. Dosha n'alluma pas les lumières. Notre passé nous avait habitués tous deux à nous déshabiller et habiller dans l'obscurité. Elle ouvrit les persiennes, et la nuit éclaira l'intérieur avec ses lanternes et ses étoiles. Un tableau était appuyé contre le mur. Je savais qu'à la lumière du jour ses lignes bizarres et ses couleurs auraient pour moi peu de sens. Pour le moment, il m'intriguait. Nous nous embrassâmes sans parler.

Après des années passées aux Etats-Unis, j'avais oublié qu'il existait des logements sans salle de bains. Mais celui de Dosha n'en avait pas. Il n'y avait qu'un évier avec l'eau courante. Les toilettes étaient sur le toit. Dosha ouvrit une porte vitrée et me montra où aller. Je ne trouvai ni interrupteur ni cordon pour m'éclairer. Dans l'obscurité, je trouvai en tâtonnant un crochet d'où pendaient des morceaux de journal déchiré. En revenant, je vis à travers les rideaux de la porte vitrée que Dosha avait allumé la lampe.

Soudain, la silhouette d'un homme passa devant la fenêtre. Il était grand et large d'épaules. J'entendis des voix et réalisai immédiatement ce qui s'était passé. Son amant fou était revenu. J'étais terrifié, mais j'eus envie de rire. Mes vêtements étaient dans sa chambre ; j'étais sorti tout nu.

Je savais que je ne pouvais pas m'échapper. La maison ne jouxtait aucune autre bâtisse. Même si je réussissais à descendre les quatre étages et à atteindre la rue, je ne pouvais rentrer à mon hôtel sans vêtements. Il me vint à l'esprit que Dosha pouvait avoir caché mes affaires rapidement, en entendant les pas de son amant dans l'escalier. Mais il pouvait sortir à chaque instant. Je me mis à inspecter le toit pour chercher un bâton ou un autre objet pour me défendre. Je ne trouvai rien. Je m'appuyai au mur extérieur des toilettes, espérant qu'il ne me verrait pas. Mais combien de temps pourrais-je rester là ? Dans quelques heures, le jour se lèverait.

Je me tapis, comme un animal aux abois attendant le coup de feu du chasseur. Des bises fraîches venant de la mer se mêlaient à la chaleur montant du toit. Je grelottai et pus à peine empêcher mes dents de claquer. Je me rendis compte que ma seule voie de salut consisterait à descendre dans la rue par les balcons. Mais quand je regardai, je compris que je ne pouvais pas même atteindre le plus proche. Si je sautais, je pouvais me casser une jambe ou même me fracturer le crâne. De plus, je pouvais être arrêté ou emmené à la maison des fous.

En dépit de mon anxiété, j'étais conscient du ridicule de ma situation. Je les imaginais dans les cafés de Tel-Aviv ricanant au récit de mon sinistre rendez-vous. Je commençai à prier Dieu, contre qui j'avais péché. « Père, aie pitié de moi. Ne me laisse pas périr de cette manière absurde. » Je promis une somme d'argent à une bonne œuvre si je réussissais à me sortir de ce piège. Je levai les yeux vers les innombrables étoiles qui flottaient, étrangement proches, vers le cosmos déployé avec ses soleils, planètes, comètes, nébuleuses, astéroïdes et autres puissances et esprits, qui sont ou Dieu lui-même ou ce qu'Il a créé à partir de Sa propre substance. J'imaginais les étoiles elles-mêmes, prises d'un peu de compassion au milieu de leur gaieté nocturne, me voyant dans le pétrin. Elles avaient l'air de me dire : « Patiente un peu, enfant d'Adam, nous connaissons ta situation fâcheuse, nous sommes en train de nous concerter. »

Longtemps je restai à fixer le ciel et le fouillis de maisons qui composent Tel-Aviv. Un coup de klaxon occasionnel, l'aboiement d'un chien, le cri d'un être humain s'élevaient de la ville endormie. Je crus entendre le ressac et un coup de sonnette. J'appris que les insectes ne dorment pas la nuit. A chaque instant, quelque minuscule créature passait en voletant, l'une avec une paire d'ailes, l'autre avec deux.

Un gros coléoptère rampa à mes pieds. Il s'arrêta, changea de direction, comme s'il réalisait qu'il s'était égaré sur ce toit étrange. Je ne m'étais jamais senti aussi proche d'une créature rampante qu'en cet instant. Je partageais son sort. Nous ne savions, ni elle ni moi, pourquoi nous étions nés et pourquoi nous devions mourir. « Frère coléoptère, murmurai-je, que veulent-ils de nous ? »

Je fus envahi par une espèce de ferveur religieuse. J'étais échoué sur un toit dans un pays que Dieu avait rendu à cette moitié de son peuple qui n'avait pas été annihilée. Je me trouvais dans l'infini de l'espace, au milieu de myriades de galaxies, entre deux éternités, l'une déjà révolue, l'autre à venir. Ou peut-être rien n'était achevé, et tout ce qui a été ou sera se déroule à travers l'univers comme une seule et immense banderole. Je demandai pardon à mes parents, où qu'ils fussent, contre qui je m'étais jadis révolté et que présentement je déshonorais. Je demandai clémence à Dieu. Car au lieu de revenir sur sa terre promise avec une volonté renouvelée d'étudier la Torah et d'observer ses commandements, je m'étais égaré avec une impudique qui s'était perdue dans la vanité de l'art. « Père, aide-moi ! » m'écriai-je dans mon désespoir.

De plus en plus fatigué, je m'assis. Comme il faisait de plus en plus froid, je m'appuyai contre le mur pour me protéger. Ma gorge me grattait et, dans le nez, je sentais l'âcre aridité qui précède un rhume. « Quelqu'un a-t-il jamais été dans une telle situation ? » me demandai-je. J'étais glacé d'effroi par ce silence qui accompagne le danger. Je pouvais mourir de froid au cours de cette nuit d'été.

Je m'assoupis. Je m'étais assis avec le menton sur la poitrine, les paumes de mes mains serrant mes côtes, comme un fakir qui a fait vœu de rester dans cette position pour toujours. De temps en temps, je tentais de me réchauffer les genoux avec mon haleine. J'écoutais et j'entendais seulement le miaulement d'un chat sur un toit voisin. Il hurlait d'abord avec le cri menu d'un enfant et puis avec celui d'une femme en couches. Je ne sais pas combien de temps je dormis — peut-être une minute, peut-être vingt. Mon esprit s'était vidé. Mes soucis évanouis. Je me trouvais dans un cimetière où des enfants jouaient — ils étaient sortis de leurs tombes. Parmi eux il y avait une petite fille portant une jupe plissée. A travers ses boucles blondes, on voyait des furoncles sur son crâne. Je savait qui elle était, Jochebed, la fille de notre voisin au 10 de la rue Krochmalna, qui avait attrapé la scarlatine et qu'on avait emportée sur un corbillard pour enfants, un matin. Le corbillard était traîné par un unique cheval et était divisé en compartiments nombreux, qui avaient l'air de tiroirs. Plusieurs des enfants dansaient en rond, d'autres s'amusaient sur des balançoires. C'était un rêve qui revenait depuis mon enfance. Les enfants paraissaient savoir qu'ils étaient morts et ne parlaient ni ne chantaient. Leurs visages jaunâtres exprimaient cette mélancolie d'un autre monde qui ne se révèle que dans les songes.

J'entendis un frôlement, puis je sentis quelqu'un me toucher. Ouvrant les yeux, je vis Dosha, habillée d'une robe de chambre et de pantoufles. Elle apportait mes vêtements. Mes bretelles traînaient sur le toit avec une manche de mon veston. Elle déposa mes chaussures et, mettant un doigt sur ses lèvres, me signifia de faire silence. Elle fit une grimace et sortit sa langue pour se moquer. Elle recula et, à ma surprise, ouvrit une trappe conduisant à la cage d'escalier. Je faillis marcher sur mes lunettes, qui étaient tombées de ma poche. Dans ma confusion, je ne me rendis pas compte que Dosha était partie. Je vis un carnet par terre — mon passeport américain. Je me mis à chercher mon argent, mes chèques de voyage. Je m'habillai vite et dans ma hâte je mis mon veston à l'envers. Mes jambes tremblaient. Je me glissai par la trappe et me trouvai dans l'escalier.

Au rez-de-chaussée, la porte était fermée par une chaîne et à clef. Je tentai de la forcer comme un voleur. A la fin, le loquet céda. Ayant refermé la porte sans bruit derrière moi, je m'en allai rapidement, sans me retourner une seule fois vers la maison où je venais d'être en prison.

J'arrivai à une ruelle latérale qui semblait nouvellement construite, car elle n'était pas encore pavée. Je pris des rues au hasard, avec la seule idée de m'éloigner le plus possible. Je marchais et je me parlais à moi-même. J'arrêtai un passant âgé, m'adressant à lui en anglais et il me dit : « Parlez hébreu », puis me montra comment atteindre mon hôtel. Il y avait du reproche paternel dans ses yeux cernés d'ombre, comme s'il me connaissait et avait deviné ma situation. Avant que j'aie pu le remercier, il avait disparu.

Je restai où il m'avait quitté, réfléchissant à ce qui venait de se passer. Comme j'étais là, seul dans le silence, grelottant dans le froid du petit matin, je sentis quelque chose remuer dans le bas de mon pantalon. Je me penchai et vis un grand coléoptère qui se sauva et disparut en un instant. Etait-ce le même coléoptère que j'avais vu sur le toit ? Pris dans mes vêtements, il avait réussi à se libérer. Une nouvelle chance nous avait été donnée, à lui et à moi, par les puissances qui règnent sur l'univers.

Le gamin connaît la vérité

Quand Rabbi Gabriel Klintower prit la succession de son défunt père, il fit savoir à ses bedeaux qu'il ne recevrait pas de femmes ni leurs pétitions, pour intercéder au Ciel pour elles. C'est vrai, son père et son grand-père avaient reçu des femmes et de nombreux autres rabbins miraculeux le faisaient, mais il ne pouvait se mettre sur le même plan que ces saints, dont les pensées étaient toujours pures. Rabbi Gabriel avait un corps sensuel. Son sang brûlait dans ses veines. Au milieu de ses prières, des pensées impures l'assaillaient comme des sauterelles. Le Malin lui parlait avec insolence : « Il n'y a pas de juge et pas de jugement ; prends ton plaisir aussi longtemps que tu peux. » Le rabbi se rongeait les ongles jusqu'au vif. Il se frappait la tête avec ses poings. Il tirait sur ses papillotes et se traitait de réprouvé, de traître à Dieu. Il cherchait sans arrêt conseil dans les livres sacrés jusqu'au moment où il conclut qu'un diablotin s'était attaché à lui. Quelle ironie ! Des Juifs pieux venaient chez lui apprendre la crainte de Dieu ; des savants recopiaient ses sermons ; chaque jour il enseignait à des étudiants de yeshiva distingués — et en même temps, il était enfoncé jusqu'au cou dans la passion de la chair. Pendant qu'il étudiait *Le Commencement de la Sagesse, L'Arbre de Vie, Le Pilier de Service,* il pensait à Rahab la prostituée et convoitait Abishag la Sunnamite. Il est dit dans les livres de la kabbale que dans les hautes sphères, Adam et Eve continuent de s'unir et Jacob et Rachel et David et Bethsabée. Bien sûr, les kabbalistes se référaient à des âmes, pas à des corps. Mais dès que le rabbi s'assoupissait, il voyait ces femmes de jadis entièrement nues. Elles chantaient des chants lascifs et dansaient d'une manière provocante. Le rabbi se réveillait, bouleversé. « Malheur à moi. Je sombre dans l'iniquité, se disait-il. Eh bien, ce monde est un monde de duplicité, où les forces du mal dominent. » Souvent, il voulait faire venir ses hassidim et leur dire qu'il ne méritait pas d'être le guide de leurs âmes. Mais le rabbi savait qu'à l'instant où il se démettrait de sa fonction, enlèverait son chapeau de zibeline et son caftan de soie, et cesserait de faire semblant, il tomberait dans le gouffre de Satan, car les hommes de son espèce ont plus peur de l'opinion des gens qu'ils ne craignent le Tout-Puissant.

Le rabbi avait une femme, Menucha Alte, ainsi appelée d'après la fille du fameux rabbi de Ropczyca. Menucha Alte avait été conçue et mise au monde dans la sainteté, de même que Gabriel avait reçu la nature d'un impudique. Il était grand, large d'épaules, avec la voix d'un lion et un appétit à l'avenant. Bien qu'il eût cinquante-sept ans, sa barbe était restée d'un roux ardent, sans un poil gris. Il avait une bouche remplie de dents assez fortes pour casser des noix. Une fois, quand il y eut le feu à son tribunal, Rabbi Gabriel enfonça les portes de la synagogue avec ses mains nues, arracha les serrures et évacua tous les rouleaux de la Loi et, plus tard, tous les livres de la maison d'étude. Son bedeau, Avigdor, s'évanouit à cause de la fumée et Rabbi Gabriel le descendit dans ses bras sur deux étages. Puis il courut au puits et pompa de l'eau pendant des heures, travaillant avec les pompiers pour éteindre les flammes.

Menucha Alte était petite et décharnée comme une tuberculeuse. Elle vivait de remèdes et d'incantations. A intervalles de quelques mois, elle tombait gravement malade. Elle s'imposait des actes de piété que même les Juifs les plus rigoureux avaient abandonnés depuis longtemps. Elle avait trois cuisines — l'une pour les aliments carnés, l'autre pour les repas lactés, une troisième pour la nourriture *parvé*. Elle portait deux bonnets de sorte que pas un seul cheveu ne puisse être aperçu d'un homme. A Pâque, elle mettait des chaussettes à son chat, pour que, Dieu l'en préserve, il n'apporte pas une miette de pain levé sous ses griffes. Tant que Menucha Alte était jeune et avait encore ses règles, elle avait des problèmes avec les ablutions rituelles et Rabbi Gabriel n'avait pas le droit d'avoir des rapports avec elle pendant des mois. Quand finalement il s'approchait d'elle, son corps était froid et son haleine sentait les gouttes de valériane. Elle se plaignait qu'il était trop lourd sur elle et lui faisait mal. Rabbi Gabriel lui rappelait que, même selon la lettre la plus stricte de la Loi, s'embrasser et s'enlacer étaient permis et que des tannaïm et des amoraïm folâtraient avec leurs épouses au lit. Mais Menucha Alte gémissait et soupirait.

Etrangement, ce pot brisé donna naissance à cinq enfants. Des jumeaux moururent de la fièvre typhoïde. Sur les trois qui vécurent, deux filles ressemblaient à leur père : elles étaient grandes, avec des yeux bleus et des cheveux roux. Toutes deux avaient mari et enfants et vivaient loin de Klintow, de l'autre côté de la Vistule. Shmaya, le seul fils, souffrait de rachitisme et était hydrocéphale. Il était petit comme un nain. Rabbi Gabriel le maria à quinze ans, mais sa femme devint une moderniste et le quitta. Il ne se remaria jamais. A vingt-neuf ans, Shmaya était imberbe comme un eunuque. Il y avait de la folie dans ses yeux noirs qui lui sortaient de la tête.

Shmaya avait décidé qu'il pouvait le mieux servir Dieu en vivant reclus. Il s'immergeait dans le bain rituel froid à minuit. Il bornait son étude au Zohar. Toutes les quelques semaines, il avait des convulsions, et la seule façon de le ranimer, c'était de mettre une clef dans ses poings serrés et de réciter : « Tu n'auras à craindre ni les terreurs de la nuit, ni les flèches qui voltigent le jour... qu'à tes côtés il en tombe mille, dix mille à ta droite : toi, le mal ne t'atteindra point. » Les hassidim de Rabbi Gabriel savaient que Shmaya ne vivrait pas longtemps et qu'après la mort de son père il n'y aurait personne pour lui succéder.

Pendant le jour, Rabbi Gabriel parvenait à s'acquitter de ses devoirs. Il dirigeait la yeshiva et s'occupait de chacun des élèves. Il enseignait non pas selon la méthode casuistique de l'argumentation qui coupe les cheveux en quatre, mais avec les interprétations précises des commentateurs anciens. Rabbi Gabriel avait compris, il y a longtemps déjà, que discuter avec Satan ne servait à rien. On devait le vaincre par des actes et ne pas lui donner le temps de vous tenter. Ses nuits devinrent de plus en plus difficiles. Le rabbi dormait une heure, puis se réveillait, apeuré par sa propre concupiscence. Ces derniers temps, il ne pouvait s'approcher de Menucha Alte du tout. Elle était en proie à une douzaine de maladies. Elle ne cessait de gémir et de murmurer des prières. Elle avait déjà préparé son linceul, qu'elle gardait sous son oreiller, avec un sac de sable de la Terre sainte sur lequel sa tête reposerait dans sa tombe. Elle avait écrit son testament, léguant son trousseau dévoré de mites à des mariées orphelines. Mais les années passaient et Menucha Alte vivait. Une fois, à Pourim, après que le rabbi eut bu un verre de vin de trop, il dit en plaisantant que Menucha Alte n'avait pas la force de mourir — la Résurrection aurait eu lieu avant qu'elle ne réussisse à disparaître.

Rabbi Gabriel était connu pour son esprit. Il plaisantait même sur le Tout-Puissant. Ses adversaires le tenaient pour un trompeur et un demi-fou. Comme beaucoup de ceux qui ont une nature facétieuse, le rabbi était enclin à la mélancolie. Une fois, après des jours et des jours de dépression, il sortit de sa chambre où il s'était enfermé et arrêta un gamin du heder. Il lui demanda : « Dis-moi pourquoi le Tout-Puissant a créé le monde ? » Le gamin ne répondit pas et le rabbi lui tira l'oreille et dit : « Afin que des sots comme moi posent des questions. »

Un après-midi, vers la fin de l'été, quand Rabbi Gabriel était assis dans son cabinet et lisait *Le Verger des grenadiers,* la porte s'ouvrit et Avigdor le bedeau entra.

« Rabbi, une parente à vous est venue vous rendre visite. Elle dit qu'elle est la veuve d'un rabbi. Elle refuse de s'en aller. Elle veut vous parler.

— Elle veut, hein ? Tu sais que je ne reçois pas de femme. Qui est-elle ? Très probablement une schnorrer.

— Elle est venue dans sa voiture avec son propre cocher. »

Le rabbi se tira la barbe d'une main, et de l'autre se gratta le front. « Quel est son nom ? Comment est-elle ma parente ?

— Elle dit qu'elle est la nièce d'un rabbi ou quelque chose de ce genre. C'est très urgent.

— Fais-la entrer, mais laisse la porte ouverte. »

Le rabbi avait à peine fini sa phrase que la femme franchit le seuil. Elle était grande, mince, habillée d'une cape de soie, d'une jupe plissée et chaussée de souliers de cuir verni dont on ne voyait que les bouts. Sur sa perruque blonde était drapé un châle de tulle noir. D'une main, elle tenait un parasol de fantaisie, de l'autre, un sac garni de perles et de franges. Son visage paraissait jeune, presque celui d'une jeune fille. Mais le rabbi voyait qu'elle n'était pas réellement jeune. Il émanait d'elle un parfum de grande ville et de mondanité. Il détourna la tête. « *Nu ?*

— Rabbi, je suis Binele, la fille de votre tante Temerl. »

Le rabbi frissonna. Il avait oublié que sa tante Temerl avait eu un enfant. Temerl était devenue folle il y avait plus de trente ans. Son mari, un homme riche de Galicie, l'avait mise dans une clinique privée à Vienne. Pour avoir le droit de se remarier, il avait dû obtenir une permission écrite signée par cent rabbins. Le rabbi demanda : « Ta mère est en vie ?

— Malheur à une telle vie ! »

Rabbi Gabriel baissa la tête. Des années avaient passé et il ne s'était pas souvenu de sa tante Temerl qui dépérissait dans un asile d'aliénés. Les paroles du prophète Isaïe : « ... de ne jamais te dérober à ceux qui sont comme ta propre chair », lui vinrent à l'esprit. Sa gorge et ses yeux se mirent à brûler. Il demanda : « Comment va ton père ?

— Mon père est mort. Il y a un an seulement, la semaine dernière.

— A-t-il eu des enfants avec sa deuxième femme ?

— J'ai trois sœurs et deux frères.

— *Nu,* les années passent, tout est futilité et vanité », murmurait le rabbi. Il savait bien qu'il ne devait pas laisser Binele debout, mais lui offrir une chaise signifierait lui donner l'occasion de s'attarder. Cet écervelé, Avigdor, avait fermé la porte. Le rabbi demanda : « Qu'est-il arrivé à ton défunt mari ?

— Je suis veuve depuis trois ans. Mon mari était un rabbi, un savant et il avait un doctorat honoraire en plus. Nous habitions à Karlsbad.

— Des enfants ?

— Nous n'avons pas eu d'enfants. »

Le rabbi lui jeta un regard.

Son visage était étroit, son teint foncé. Ses yeux étaient noirs. Elle portait un collier de perles, et des boucles d'oreilles en diamant se balançaient aux lobes de ses oreilles. Elle ressemblait à sa mère, qui avait eu la réputation d'une beauté. Après quelque hésitation, le rabbi lui désigna une chaise. « *Nu,* assieds-toi.

— Je vous remercie. » Elle déposa son parasol et son sac à main sur la table du rabbi. Elle parlait d'une voix monocorde : « Mes frères sont tous deux devenus docteurs. L'un est chirurgien à Lemberg et l'autre spécialiste du cœur à Franzensbad. Mes sœurs sont toutes mariées. Ma belle-mère vit avec sa fille aînée à Drohobycz. Mon beau-père possède des puits de pétrole. Je suis la seule de la famille à avoir épousé un rabbi. Il a laissé trois commentaires du Talmud et une thèse sur Maïmonide, écrits en allemand. »

Le rabbi de Klintow avait entendu parler du vaste monde — de rabbis qui se coupaient la barbe, de synagogues réformées qui s'appelaient temples, de Juifs riches qui allaient dans les villes d'eau et fréquentaient des chrétiens, d'élèves de yeshivas qui devenaient des professeurs — mais il ne lui était jamais venu à l'esprit qu'il pourrait avoir un rapport quelconque avec de telles gens. Voici que le Mauvais avait fait entrer l'un d'entre eux dans sa maison. Le rabbi voulut se lever pour ouvrir la porte, mais il était gêné de le faire. Il demanda : « Pourquoi es-tu venue ici, dans ce royaume de la pauvreté ?

— Parce que vous êtes mon plus proche parent du côté de ma mère. Je voulais vous voir.

— Qu'y a-t-il à voir ? Le corps devient poussière et l'âme est plongée dans l'iniquité. Bientôt, j'aurai à rendre des comptes au jugement d'En-Haut.

— Vous aussi, vous craignez d'avoir à rendre des comptes ?

— Il n'y a pas de privilège au Ciel.

— Vous avez encore des années et des années. Vous avez l'air, Dieu merci, d'un homme en pleine force. »

Le rabbi resta silencieux. Personne ne lui avait jamais parlé ainsi. Il se leva et ouvrit la porte, mais immédiatement le vent la referma avec fracas.

Binele sourit, amusée. Elle ouvrit son réticule pour y prendre son mouchoir de dentelle, et le rabbi nota qu'elle avait les doigts longs et les ongles polis. Elle dit : « Ne soyez pas inquiet. Je suis une bonne fille juive. Comment va votre femme, la rebbetzin, que Dieu la protège ? »

Le rabbi lui parla des maladies de Menucha Alte et Binele dit : « Si vous l'aviez envoyée à Vienne, on aurait peut-être pu la guérir. Maintenant, il serait trop tard.

— Il est toujours trop tard. Vas-tu parfois voir ta mère ?

— J'y vais, mais il n'y a rien à voir. Elle est toujours d'une beauté éblouissante, mais muette comme un poisson. Elle ne me reconnaît pas. Elle fixe quelque chose au-dessus de ma tête. Une tristesse pareille, je n'en ai jamais vue dans un être humain, excepté chez ceux de notre famille. Toute l'angoisse des générations est dans ses yeux.

— Très probablement elle voit la vérité », dit le rabbi, stupéfait par ses propres paroles.

« C'est possible. Mais tant qu'on vit, on doit vivre. Quand mon mari m'a quittée, j'avais un seul désir : qu'il m'emmène avec lui. Il était tout ce que je pouvais désirer — élégant, bon, sage, un philosophe. On l'invitait à faire des conférences dans des universités. Des prêtres et des religieuses venaient l'écouter. Mais ce que la terre a recouvert, on doit l'oublier. Avant sa mort, il m'appela à son lit et dit : " Binele, c'est mon désir que tu te remaries. " Ce furent ses dernières paroles. » Un sanglot monta à la gorge de Binele. Son visage rougit et des larmes brillantes coulèrent sur ses joues. Elle ouvrit son réticule et commença à y fouiller pour trouver un autre mouchoir.

Rabbi Gabriel dit : « Ce monde n'est pas à nous. Ce que le Créateur a en vue, nous ne le saurons jamais. »

Le soir de ce même jour, Menucha Alte eut une de ses attaques. La garde-malade lui mit une compresse brûlante sur le ventre, mais elle continua de gémir. Le rabbi était couché dans sa chambre à coucher, de l'autre côté du vestibule. « Père du Ciel, guéris-la ou prends-la ! » s'écria-t-il en lui-même. Il savait bien qu'on n'a pas le pouvoir de dire à Dieu ce qu'il doit faire, mais pourquoi devait-elle souffrir si inutilement ? Elle était une sainte, une victime sanctifiée. En même temps que le rabbi était rempli de compassion pour elle, une voix malicieuse parlait : si Menucha Alte devait mourir, il pourrait se marier avec Binele. Le rabbi tira sur ses papillotes. « Vil débauché, en dépit de tes désirs répugnants, elle vivra jusqu'à cent vingt ans ! »

Il se couvrit le visage avec son édredon de plume et tenta de s'assoupir, mais il sentit que son corps était brûlant. Il imaginait Binele se purifiant au bain rituel, pour lui, debout à ses côtés sous le dais, s'accouplant avec lui. « Tu fais mieux que mon mari, soupirait-elle dans ses transports. Tu es plus fort que Samson ! »

« Voilà, je suis en train de perdre le monde à venir, s'admonestait le rabbi. »

« Même la Géhenne est un trop faible châtiment pour moi. Les démons m'entraîneront au désert, derrière les Montagnes Noires où règnent Asmodée et Lilith, au fond des abîmes de souillure, dans les ténèbres sans retour. »

Il s'endormit et Binele se tenait devant lui, nue, les bouts de ses seins rouges comme du feu. Elle l'embrassait, le caressait, nattait sa barbe et ses papillotes. Elle se mettait à quatre pattes et ordonnait : « Chevauche-moi comme l'âme de Balaam. » Le rabbi se réveilla en sursaut. Etait-ce encore la nuit ? Etait-ce déjà l'aube ?

La fenêtre était recouverte d'un volet. De la chambre de sa femme, il entendit la servante parler et un cri de la femme malade. Le rabbi alla près d'elle. La servante s'écarta et Menucha Alte demanda d'une voix étouffée : « Qui était cette femme ? Pourquoi l'as-tu reçue ?

— Elle est Binele, la fille de ma tante Temerl.

— Que veut-elle ? Prendre ma place ?

— Dieu m'en préserve. Tu seras bientôt rétablie.

— Ma fin est venue. Donne-moi la main et jure que tu la renverras. »

Dehors, le jour se levait. Le rabbi put voir Menucha Alte tendre une main osseuse. Son esprit se remplit de colère. Il s'entendit crier : « Tu m'as torturé assez toutes ces années ! Je refuse de jurer. »

Il se précipita vers sa chambre à coucher et dans l'obscurité il se cogna le genou et répandit le bassin de l'eau d'ablutions du matin. Il mit son pied nu dans la flaque qu'elle formait. « Qu'elle meure, ce fléau ! » Il écumait de rage. Il sortit dans la cour et se frappa le crâne contre le montant de la porte, sur l'étui de bois de la mezouza. A l'est le ciel commençait à rougeoyer. Il tombait de la rosée. Des corbeaux croassaient. Le rabbi s'arrêta au puits et remplit un baquet d'eau. Il la versa sur ses doigts mais il n'eut pas le courage de réciter « Je Te remercie ». Peut-être devait-il se jeter dans le puits ? Il fixa le fond et vit son visage, sombre et diffus. Il avait le désir de courir et de hurler. C'est elle qui m'a poussée à ces rêveries impies, en me privant, pensa-t-il. J'aurais dû divorcer dès la première année de notre mariage. Soudain, il se souvint de ce qu'un hassid lui avait dit au sujet de sa propre femme : que ce n'était pas du sang qui coulait dans ses veines, mais de l'eau de vaisselle tiède. Le rabbi rit et grinça des dents. « Je ne lui ferai pas de serment. »

Le soleil sortait, comme une tête ensanglantée d'un ventre. Le rabbi inspira profondément l'air frais. Il se souvint de ce que le Talmud disait de Joseph : Joseph était sur le point de coucher avec la femme de Putiphar, mais l'image de son père se révéla à lui et l'en empêcha. Il y a des passions que même les saints ne peuvent surmonter sans la grâce d'En-Haut. Après un moment, le rabbi retourna à sa chambre. Il mit ses culottes, ses chaussettes, ses franges rituelles et ses chaussons et alla à la maison d'étude. La porte de chêne était fermée et le rabbi frappa trois fois pour avertir les cadavres, qui y priaient pendant la nuit, que le jour était arrivé. A l'intérieur, une bougie commémorative se consumait sur la ménorah, jetant une faible lueur. Dans la maison d'étude, il faisait encore nuit. Le rabbi s'arrêta, perplexe. Avait-il le droit de prier, après des pensées aussi profanes ? Il entendit des pas silencieux. Shmaya se glissa par la porte, un être sans substance, plutôt une ombre.

« Père, la mère est... » Il ne finit pas sa phrase.

Le rabbi haussa un sourcil. « Je sais. Je l'ai tuée. »

Après que la tombe de Menucha Alte fut comblée et que Shmaya eut récité le Kaddish, son père s'approcha de lui et dit à voix haute : « Mazel tov, Rabbi. »

Shmaya se tenait devant lui, stupéfait. Un murmure de protestation s'éleva parmi les hassidim. Des yeux s'exorbitaient ; des barbes et des papillotes tremblaient. Son père dit : « Je n'ai plus le droit d'être un guide pour des Juifs. »

Binele était au cimetière et elle tenta de se frayer un passage vers Rabbi Gabriel, mais deux bedeaux l'en empêchèrent. Plus tard, pendant la période de shivah, ses fidèles tentèrent de le convaincre que permettre à Shmaya de prendre sa place susciterait un scandale dans tous les tribunaux rabbiniques. Les gens suspecteraient Rabbi Gabriel d'avoir commis un péché mortel ; ce serait aussi interprété comme une victoire des modernistes et des anti-hassidim. Il était assis sur un tabouret bas, en chaussettes, le revers de son vêtement déchiré, ce qui est signe de deuil, et un volume du livre de Job sur ses genoux, et il restait silencieux. Beila la cuisinière raconta aux gens que le rabbi ne mangeait plus. Tout ce qu'il prenait dans une journée, c'était un verre de café noir. Binele tenta encore et encore de le voir. Elle offrit même un pourboire aux bedeaux, mais Rabbi Gabriel leur avait donné des ordres stricts de ne pas la laisser entrer. Shmaya, qui faisait shiva lui aussi dans sa mansarde, alla voir son père pour le supplier de conserver sa fonction. Rabbi Gabriel lui dit : « Ton père est un assassin. »

Pendant le shabbat, la shiva est interrompue, et les bedeaux préparèrent le repas d'usage à la maison d'étude pour Rabbi Gabriel et ses hassidim, qui étaient venus de toutes les régions de Pologne afin d'assister aux funérailles de sa femme. Mais Rabbi Gabriel refusa de quitter sa chambre. Il mit la chaîne sur la porte de l'intérieur et rien ne pouvait le convaincre. Avigdor apporta du vin de bénédiction, de la challah, du poisson et de la viande, mais le rabbi mangea seulement un morceau de challah trempé dans du raifort. Quand il se fit tard et que les hassidim réalisèrent qu'il n'y avait rien à faire, ils saisirent Shmaya par le col de son caftan et le placèrent au haut bout de la table. Ils lui versèrent du vin dans un gobelet et il bredouilla la bénédiction. Avec des mains qui tremblaient, il rompit une tranche de challah, en prit un petit morceau et les hassidim ramassèrent les miettes qui en tombèrent et les avalèrent, car le pain avait été sanctifié par la main du nouveau rabbi. Les hassidim chantèrent des chants de table et Shmaya murmura les paroles. Après un moment, il interpréta la Torah, mais on entendait à peine sa voix étouffée.

Le lendemain, ce fut la même chose. Les bedeaux qui avaient servi son père servaient maintenant Shmaya. Il était assis au bout de la table — pâle, le dos courbé, coiffé d'un chapeau de fourrure trop petit pour sa tête — et il était évident pour tous qu'il était dévoré de chagrin. Dans son sermon, il ne prêcha rien de nouveau mais cita des paroles de son saint grand-père, bénie soit sa mémoire, et de son père, que ses jours soient nombreux. Quelques-uns des hassidim plus jeunes soutenaient que Shmaya était plus grand que son père par son humilité.

Le soir du shabbat, après la Havdalah, pour la dernière fois, Binele demanda à être annoncée à Rabbi Gabriel. Quand la porte demeura fermée pour elle aussi, elle donna l'ordre à son cocher d'atteler les chevaux et sa voiture descendit la route de Lublin, puis disparut. Comme le shabbat était terminé, le rabbi retourna faire shivah. Presque tous les hassidim qui étaient venus pour l'enterrement de Menucha Alte partirent la même nuit ou le lendemain matin.

Le lundi, le tribunal était vide. Puisque le rabbi avait cessé d'enseigner à la yeshiva, de nombreux étudiants avaient cessé d'étudier et traînaient dans le village. Chacun à Klintow savait que Shmaya était trop faible pour être le chef de la yeshiva. Il n'avait ni la voix ni l'habileté nécessaires pour faire comprendre aux étudiants un passage difficile de la Guemara. Il y avait eu un temps où quelque quarante vieillards séjournaient au tribunal de Klintow, des disciples qui restaient tout au long de l'année et mangeaient à une marmite commune. La plupart d'entre eux étaient morts. Les propriétaires des tavernes et des auberges se plaignaient que si Shmaya devenait le rabbi, le tribunal perdrait ses fidèles et Klintow deviendrait une bourgade abandonnée.

Les sept jours de deuil avaient passé, puis les trente jours de deuil, mais Rabbi Gabriel restait enfermé chez lui. Il paraissait ne pas dormir ; toute la nuit, on pouvait voir la lueur de sa lampe à pétrole à travers les interstices de son volet. Au mois d'Elul, les journées raccourcissent, les soirées deviennent plus longues, des fils de la Vierge flottent dans l'air, une brise fraîche s'exhale des bois. A la maison d'étude, on sonnait de la corne du bélier chaque matin pour faire croire à Satan que le Messie était sur le point d'arriver et le pousser à s'abstenir de ses manigances contre les Juifs. Les feuilles sur les quelques arbres dans le jardin de Rabbi Gabriel devinrent jaunes comme du safran et tombaient toute la journée et toute la nuit. Shmaya vint se plaindre à son père que la yeshiva était sur le point de cesser d'exister et qu'après les Jours Redoutables, les derniers des étudiants s'en seraient allés. Il dit à son père : « Pardonne-moi, mais une pénitence comme celle-là n'est rien que de l'égoïsme. »

Cette nuit, Rabbi Gabriel ne dormit pas un instant. Il était assis sur le bord de son lit et réfléchit jusqu'à l'aube. Il avait livré combat non seulement à son corps mais aussi à son âme. Les deux ne valent rien, ruminait-il. Le corps est un glouton sur cette terre et l'âme désire engloutir Léviathan au Paradis. Il ne pouvait oublier le visage de Menucha Alte tel qu'il l'avait vu avant son enterrement, blanc comme la craie, la bouche ouverte, le nez crochu comme un bec, un œil ouvert et vitreux. Bien qu'elle n'eût plus une seule dent, ses lèvres paraissaient mordues et blessées. Elle avait l'air de hurler sans voix : « A quoi ont servi mes tourments ? Comment ai-je mérité toute cette peine ? »

Si c'est cela le but de la création, maudite soit la création, décida Rabbi Gabriel. En réalité, le Tout-Puissant n'avait jamais répondu aux interrogations de Job. Tout ce qu'Il avait fait, c'était se vanter de Sa sagesse et de Sa puissance. A l'aube, il s'endormit. Il rêva qu'il était un fiancé et qu'on le conduisait vers le dais nuptial, avec Menucha Alte, dans la cour de la synagogue. C'était une chaude soirée d'été. Une lune verte, aussi grande que le soleil et presque aussi éclatante, brillait. Des filles habillées de blanc tenaient des bougies de cire, des garçons portaient des torches. D'étranges oiseaux, de la taille d'un aigle, faisaient des cercles dans le ciel. Ils battaient des ailes et jetaient des ombres argentées. Tout se passait en même temps. Les musiciens jouaient, les hassidim chantaient, les étudiants de yeshiva discutaient le Talmud. Le vieux bouffon des noces, Reb Getzl, disait des blagues et faisait des galipettes. En même temps, père récitait les bénédictions. Grand-mère dansait une danse cachère avec un essaim de vieilles femmes. Lui, le jeune Gabriel, était à table avec sa nouvelle épouse et ils prenaient le bouillon doré. Il fixait Menucha Alte et ne pouvait croire que c'était elle. Elle était si belle qu'il était saisi d'étonnement. Comment une telle splendeur pouvait-elle exister ? se demandait-il. Elle était à la fois matière et esprit. Une radiance d'un autre monde tombait de ses yeux. Même son voile et sa robe brillaient de leur propre lumière. Pouvait-elle être un ange déguisé en être humain ? La rédemption s'était-elle produite et notre mère Rachel était-elle descendue du Nid de l'Oiseau où elle réside et s'était-elle révélée à lui ?

Rabbi Gabriel se mit à pleurer et il se réveilla tout tremblant. Son lit tremblait avec lui. Le soleil s'était levé et un chariot de feu traversait le ciel de l'est vers l'ouest. Il avait dormi longtemps, il était en retard pour réciter le Shema. Il se rappela le passage des Psaumes : « Les cieux racontent la gloire de Dieu, et le firmament proclame l'œuvre de ses mains... pareil au jeune époux sortant de sa chambre nuptiale... Son point de départ est à l'extrémité des cieux, son orbite embrasse leur étendue. »

Rabbi Gabriel se leva, se lava les mains, s'habilla, sortit dans la cour et prit le chemin de la maison d'étude. « Où donc pourrais-je aller ? se dit-il. A une taverne, à une maison de mauvaise réputation ? » Il s'était réveillé avec une nouvelle vigueur et avec une faim pour l'étude. Un gamin du heder venait à sa rencontre, le visage blanc, les papillotes ébouriffées. Il portait un Pentateuque et un sac de papier avec de la nourriture. Rabbi Gabriel l'arrêta. « Veux-tu gagner deux groschen ? demanda-t-il.

— Oui, Rabbi.

— Que doit faire un Juif qui a perdu le monde à venir ? »

Le gamin parut réfléchir. « Etre un Juif.

— Même s'il a perdu le monde à venir ?

— Oui.

— Et étudier la Torah ?

— Oui.

— Puisqu'il est perdu, pourquoi la Torah ?

— Elle est bonne.

— Elle est bonne, hé ? Aussi bonne que des bonbons ? »

Le gamin hésita un moment. « Oui.

— Eh bien, tu as gagné les deux groschen. » Rabbi Gabriel enfonça sa main dans sa poche droite où il mettait de l'argent pour la charité et donna deux groschen au gamin. Il se baissa vers lui, lui pinça la joue et l'embrassa sur le front. « Tu es plus intelligent qu'eux tous ensemble. Va et achète-toi des sucreries. »

Le gamin s'empara de la piécette et se mit à courir, ses papillotes et ses franges rituelles flottant au vent. Rabbi Gabriel alla droit à la yeshiva. Il craignait que tous les étudiants ne fussent partis, mais il en restait encore quatorze ou quinze. Ils étaient venus étudier à l'aube, comme c'était la coutume à Klintow. Quand ils virent le rabbi, ils se levèrent avec respect. Le rabbi s'exclama : « Le gamin connaît la vérité. »

Et il commença à expliquer le passage qu'il avait abandonné voici plusieurs semaines.

Il n'y a pas de coïncidences

1

Les invitations à une soirée ne me faisaient plus peur, mais je me préparai néanmoins soigneusement pour cette soirée-là. Je me fis couper les cheveux, sortis mon plus beau costume, choisis spécialement une chemise, une cravate et des boutons de manchettes. Je m'étais récemment mis au régime, mais comme je ne voulais pas avoir l'air trop maigre, je l'interrompis. Que devais-je apporter à mes hôtes ? Des fleurs ? Du vin ? Quelle sorte de vin ? Du porto ? Du xérès ? Ou peut-être même du champagne ? Rencontrer des gens nouveaux, c'était toujours pour moi une entreprise de grande envergure.

C'était prévu pour ce samedi et je décidai de prendre un taxi pour la banlieue où la réunion devait avoir lieu. Nous étions au début de l'automne, et le temps avait été doux, mais au matin il se refroidit et devint pluvieux, et en écoutant le sifflement de la vapeur dans mon radiateur, je me crus au milieu de l'hiver. Des arbres, visibles de ma fenêtre et couverts de feuillage hier encore, s'étaient dénudés pendant la nuit. Des nuages boursouflés annonçaient un nouveau changement de temps. J'appris dans mon journal qu'un ouragan qui avait déjà atteint un autre Etat se dirigeait sur New York, bien qu'il pût bifurquer du côté de la mer. La tempête amoncelait les destructions sur son passage. Dans un village, toute une villa avait été arrachée de ses fondations et précipitée dans l'océan avec ses occupants.

Comme j'étais encore au lit, le matin de la réunion, je sentis un changement s'opérer en moi aussi. Une dent branlante, qui ne m'avait pas causé d'ennuis, me fit soudain affreusement mal. D'ordinaire, je ne souffre pas de maux de tête, mais je sentais une douleur sourdre du côté gauche du crâne. Des rêves inquiétants m'avaient valu une nuit sans repos, bien que je ne pusse m'en souvenir que vaguement. Dans l'un des rêves, je m'adressais à quelqu'un en criant et j'étais pris dans une bagarre. Il y avait aussi quelque chose concernant un animal, mais je ne pouvais me rappeler quoi. Ce qui subsista en moi après coup, ce fut la certitude désespérante que nous menons une double vie — chacune hermétiquement séparée de l'autre.

Eh bien, peut-être le courrier apporterait-il quelque bonne nouvelle. C'est vrai, le courrier de la semaine dernière avait été particulièrement léger, excepté quelques réclames que je jetai à la corbeille. Mais généralement, le samedi, mon courrier est plus abondant que les autres jours, et j'espérais que celui d'aujourd'hui contiendrait des choses intéressantes.

De temps en temps il arrivait un chèque en règlement d'un texte reproduit dans une anthologie. Je pouvais même recevoir une lettre de femme. Parfois, le service de coupures d'articles envoyait un compte rendu de livre tardif. Le facteur passe vers dix heures. Bien que ma chambre à coucher soit à quelque distance de l'entrée, j'entends toujours le bruit des lettres glissées sous la porte.

Il n'y avait pas de raison particulière pour moi de me lever tôt ce samedi matin ; je décidai donc de rester au lit jusqu'à l'arrivée du courrier. Entre-temps, je feuilletai un recueil de poésie française moderne qui traînait sur ma table de nuit. Ma connaissance du français est limitée, et comme les poètes choisis étaient tous modernes, leurs textes me parurent presque vides de sens. D'après les notices biographiques, il était clair que les auteurs étaient tous jeunes. Que voulaient-ils dire ? Qu'est-ce qui les tourmentait ? J'étais sûr qu'en plus de ma maigre intelligence de la langue, il m'était difficile aussi de les comprendre parce que je suis d'une autre génération.

Je crus entendre le bruit d'un morceau de papier glissé sous la porte. J'écoutai attentivement et attendis la suite, mais ce fut tout. Sans mettre ma robe de chambre ou mes pantoufles, je me précipitai vers la porte et, à ma déception, trouvait un unique prospectus publicitaire distribué par une quelconque entreprise de nettoyage de tapis. Furieux, je jetai la réclame dans la boîte à ordures en pensant qu'il y a un an ou deux un arbre avait été abattu au Canada pour produire du papier pour ça.

Etant donné que le courrier avait été si peu satisfaisant, j'allai chercher un peu de joie ailleurs et passai dans mon salon-salle à manger. Les rayonnages à livres étaient bourrés. Sur certains rayons les livres étaient placés verticalement, une rangée devant l'autre, et au sommet de chacune j'avais empilé divers périodiques et des volumes de grand format.

Ce matin-là, je n'avais pas d'appétit, ni pour la lecture ni pour le petit déjeuner. Je fixais les livres, essayant d'en trouver un qui capterait mon attention, mais je savais à l'avance que c'était peine perdue. Les œuvres philosophiques, en particulier, me paraissaient sans intérêt. Pas une seule de leurs pensées ne pouvait m'être d'aucun secours pour le moment. De la bibliothèque je flânai vers la cuisine où je regardai avec apathie le lait, les œufs, les flocons d'avoine et les gelées.

Dieu du Ciel, il fut un temps où je rêvais d'avoir mon propre appartement avec ma chambre à coucher, ma bibliothèque et ma cuisine où je pourrais me préparer du thé ou du café. Mais maintenant, tous ces bienfaits perdaient leur signification, du moins pour un temps. La personne responsable était, bien sûr, Esther. Tant qu'elle avait été là, tout avait eu du charme. Mais à qui la faute si elle était partie ? La mienne, je le savais. Maintenant, il était trop tard. Mais je ne devais pas me laisser mourir de faim si je voulais avoir bonne mine à la soirée. Je remplis un bol de céréales, versai du lait dessus et les saupoudrai de raisins secs. Dans la cuisine, comme dans la bibliothèque, il y avait des trésors cachés mais il fallait mordre dedans.

Je passai la journée à faire la sieste et à me promener sous la pluie. Le téléphone ne sonna qu'une fois et c'était une erreur. Après déjeuner, je marchai vingt pâtés de maisons vers le sud, à partir du restaurant où j'avais mangé, puis en sens inverse. Au retour, le vent se battit contre mon parapluie, tentant par tous les moyens de le mettre en morceaux, tandis que j'étais tout aussi déterminé à ne pas le permettre. Par moment, une rafale de vent s'abattait et alourdissait le parapluie dans ma main. A un autre moment, la rafale venait d'en bas et le parapluie tentait de s'envoler. J'imaginais que j'étais un capitaine manœuvrant son bateau à travers une mer démontée. Quand je pénétrai dans le hall d'entrée de mon immeuble, je ressentis la fierté d'un guerrier ayant remporté la victoire. L'eau dégoulinait de mon parapluie pendant que j'attendais l'ascenseur. Seul dans l'ascenseur, j'écrivis mon nom sur le sol, avec le bout du parapluie mouillé, puis l'effaçai.

Quand je regardai la pendule de la cuisine, je réalisai que j'avais encore un peu de temps pour me reposer, mais qu'il fallait songer à me préparer bientôt à partir pour la soirée.

Le chauffeur de taxi me prévint à l'avance qu'il ne connaissait pas bien la banlieue où je demandais à être conduit. Je suggérai qu'il parte à l'aventure et qu'il demande son chemin pendant le trajet. Il me faisait une grande faveur. A plusieurs reprises, il fit entendre qu'il s'attendait à un bon pourboire. « Je me tiens à l'écart de ce genre de quartiers », dit-il avec hauteur, laissant entendre que ceux qui y allaient étaient des gens d'un niveau de vie plus bas que le sien. Il paraissait regretter de m'avoir pris pour client et grommelait sans arrêt dans sa barbe. Le tonnerre et les éclairs se mirent soudain de la partie. Le chauffeur me regardait dans son rétroviseur, furieux, comme si c'était ma faute si la nature agissait ainsi. Comme la tempête s'intensifiait, il devint impossible de repérer notre chemin. Les rues étaient inondées et le taxi semblait être enveloppé de flammes à chaque éclair. Je pouvais pour ainsi dire sentir les millions de volts du courant électrique m'envelopper. Les essuie-glaces marchaient furieusement, mais la visibilité était quasi nulle. Nous pouvions à peine distinguer les phares des voitures venant de face. J'avais, pour comble de malheur, oublié de prendre mon parapluie, celui-là même pour lequel je m'étais tellement battu.

Finalement, le chauffeur parut s'abandonner complètement à son destin et cessa de me lancer des regards chargés de reproche. Pour autant que je pouvais en juger, il avait pris la mauvaise route. Une atmosphère d'hostilité nous enveloppa tous deux, telle qu'elle surgit quand des gens se retrouvent ensemble dans une situation périlleuse. Le taxi fonçait, s'éloignant de New York, s'éloignant de la réunion. Une ou deux voitures nous dépassèrent, apparemment propulsées par une vitesse fataliste. Peut-être étaient-elles égarées aussi.

Un garage surgit indistinctement devant nous et nous nous y dirigeâmes. Le visage sombre d'un homme apparut. En dépit de la fureur des éléments, il paraissait détendu. Mon chauffeur baissa la vitre et demanda son chemin. L'homme du garage, sans même l'honorer d'un regard, lui dit comment se diriger. Ses directives étaient complexes. « Tournez à droite au feu, continuez tout droit, puis tournez encore à droite, puis à gauche, puis tout droit à nouveau, passez trois feux, puis un clignotant, puis bifurquez immédiatement à gauche. » Il était impossible de croire que le chauffeur pouvait tout retenir. Mais il répéta les instructions et il était clair qu'il avait le plan du trajet en tête. Je fus impressionné par la patience de l'homme qui lui parlait. Il était trempé jusqu'aux os.

Cette soirée me coûterait une demi-semaine de salaire. Je m'adossai, fermai les yeux et me résignai, espérant quand même arriver avant que les autres invités ne soient partis.

2

Le chauffeur trouva l'adresse correcte, mais la rue était si étroite et encombrée de voitures garées qu'il lui fut impossible de s'arrêter directement en face de la maison. Je dus sortir du côté opposé de la rue. Une autre voiture me barrait le passage et en quelques secondes sous la pluie, je fus complètement trempé. C'était comme si un farceur céleste m'avait versé un baquet d'eau sur la tête. Tous mes vêtements furent abîmés — le costume repassé, la chemise neuve, la cravate, les chaussures cirées. Des gens s'engouffraient dans l'ascenseur, mais je dus m'attarder un moment pour secouer l'eau. Mes lunettes étaient couvertes de pluie et je glissai la main dans ma poche pour prendre un mouchoir et les essuyer, mais il était trempé. Je me mis à rire, intérieurement, des efforts que j'avais faits en pure perte. L'humidité froide me glaçait le corps et j'eus envie d'éternuer. Ce serait le comble de l'ironie — attraper une pneumonie.

« Eh bien, voilà à quoi me sert de courir après les plaisirs mondains », me réprimandai-je. Je trouvai l'appartement et sonnai à la porte, prêt à rencontrer des gens nouveaux. Les années m'avaient appris à cacher ma timidité. Les autres n'étaient, après tout, que des êtres humains, chacun avec ses faiblesses et ses déficiences. Je m'encourageais moi-même : « Sois aimable avec eux et ils seront aimables avec toi. »

Mon ami B... ouvrit la porte lui-même. Il était sans veston et avait l'air d'avoir bu quelques verres de trop. Il me dévisagea curieusement, comme s'il ne se souvenait pas m'avoir invité. Puis son visage s'épanouit en un sourire engageant.

« Entrez. Oh, vous êtes tout mouillé.

— Je suis venu en taxi, mais les quelques mètres entre...

— Je sais, je sais. Enlevez votre veston. »

Il m'aida à enlever mon veston, et je me trouvai

vêtu de ma chemise mouillée. Je jetai un coup d'œil au miroir de l'entrée et vis une personne aux vêtements en désordre, lugubre, les épaules rentrées, le crâne mouillé et le col froissé. Mon hôte me prit par le bras avec impatience et me poussa avec autorité vers le salon, tandis que je traînais la jambe, tentant de ralentir mon entrée et de réparer quelque peu les dégâts causés par l'ouragan. A travers mes verres mouillés, j'eus la vision d'une pièce aux rideaux tirés, pleine de formes silencieuses. Apparemment la conversation s'était arrêtée à l'entrée de cet invité tardif. Mon hôte me présenta et lorsque je m'approchai de chacun d'un pas hésitant, les hommes se levèrent. Mon nom ne leur était pas familier. La maîtresse de maison apparut, venant de la cuisine.

Elle m'avait évidemment elle aussi oublié, ou avait pensé que je ne viendrais plus. On m'indiqua une chaise. B... me demanda ce que j'aimerais boire et je le lui dis. J'avais faim mais je m'aperçus vite que le repas était du style buffet. Etrange, mais personne ne me dit un mot ou ne fit une remarque sur le fait que j'étais trempé. Eh bien, c'était un groupe littéraire, et l'on n'accordait pas d'importance aux échanges d'amabilités. Après un moment, la maîtresse de maison me tendit une assiette de hors-d'œuvre que j'équilibrai sur mes genoux tout en tenant une flûte de whisky à la main. Au moins le whisky me réchaufferait et m'aiderait à oublier mon embarras. En sirotant la boisson et en grignotant la nourriture sur l'assiette, j'eus envie à la fois d'éternuer et de tousser. Avec la serviette qu'on me remit, j'essuyai mes lunettes et, pour la première fois, je pus voir qui était là. Les réunions littéraires sont toujours bruyantes, tout le monde parlant en même temps, mais ici, une femme parlait et les autres écoutaient. La plupart des invités étaient d'âge mûr, essayant de paraître jeunes. Les fenêtres étaient masquées de tentures et la tempête de l'autre côté du mur pouvait aussi bien ne pas exister. Il faisait sec, il faisait chaud ; en fait, trop chaud.

Maintenant, je commençai à écouter la femme qui dissertait. Elle paraissait jeune, mais je n'étais pas sûr qu'elle le fût réellement. Ses yeux noirs, grands et protubérants, me faisaient l'impression de dire : « J'adore les gens, mais j'exige qu'ils me respectent et m'aiment également. Quand je parle, je présume qu'ils m'écoutent. » Il y avait une sorte d'agressivité dans sa bienveillance et dans le ton doux de sa voix. Son discours avait pour sujet l'étude qu'elle avait faite à la prison de Sing Sing sur les conditions de vie des détenus. Sa harangue était lente et monotone, avec l'auto-assurance de quelqu'un qui sait, de science certaine, que personne n'osera l'interrompre. Chaque phrase exprimait la compassion pour les prisonniers et le mépris, mêlé de dérision, pour les fonctionnaires. J'avais lu assez d'études de ce genre et j'étais certain qu'elle n'avait rien découvert de neuf, mais pour une raison ou une autre la plupart des membres du groupe se tenaient tranquilles, lui permettant de poursuivre un monologue long et fastidieux.

Un moment, j'oubliai mes vêtements mouillés et m'absorbai dans ce qui se passait. En quoi résidait son pouvoir ? me demandai-je. A-t-elle une personnalité si forte ? Je réalisai bientôt ce qui, en elle, produisait un tel effet sur les gens. Tout d'abord l'emplacement où elle était installée : elle était assise sur une chaise qui dominait la pièce. Elle avait choisi le point stratégiquement le mieux placé. En second lieu, elle touchait à un thème lié aux problèmes des droits civiques et de la justice sociale. Ne pas la suivre aurait été comme prendre parti pour la brutalité.

Je notai comment les gens faisaient semblant de s'intéresser à ses propos, posant de brèves questions dont ils connaissaient les réponses, faisant de courts commentaires destinés à exprimer la compassion pour les prisonniers et le dédain pour les gardiens. Il y eut un moment où j'eus envie de demander : « Et les victimes de ces criminels ? Ne méritent-elles aucune sympathie ? » Mais je connaissais sa réponse à l'avance. Je me souvins de la phrase du Talmud : Ceux qui ont pitié des méchants sont cruels pour les justes.

Il y avait une femme assise discrètement de l'autre

côté de la pièce, et je la remarquai pour la première fois. Autant l'emplacement de la conférencière était avantageux, autant le sien ne l'était pas. Au lieu d'une chaise normale, elle était assise sur un tabouret qui pouvait basculer à tout moment. Son visage était menu, ses lèvres fines et ses pommettes saillantes. Bien que son nez eût une bosse au milieu, il était retroussé au bout. Ses yeux vert-or étaient entourés de lignes et de rides fines. Elle devait être sur la fin de la trentaine. On pouvait imaginer qu'elle avait une vie dure derrière elle. Sa bouche et ses yeux exprimaient à la fois l'impatience et la résignation. C'était la seule qui ne faisait pas semblant d'être intéressée par la harangue de la conférencière. Au contraire, elle avait l'air de s'ennuyer. Elle portait une robe noire et avait une mince chaînette d'or autour du cou. Ses cheveux châtains étaient arrangés d'une façon passée de mode. Je me demandais, intrigué, quel genre de personne elle était. Etait-elle un écrivain ? Etait-elle juive ? Son visage reflétait une sorte d'intelligence, mais suggérait aussi l'hystérie. Je sentis que cette femme avait l'esprit perçant, qu'elle devait être capable d'aimer, peut-être de haïr intensément. Quand une telle personne se fâche, elle est capable de lancer des assiettes ou de se jeter par la fenêtre. Probablement, elle faisait l'amour passionnément.

Ce qui me frappa le plus en elle, c'est qu'elle refusait d'être hypnotisée, comme les autres, par ce boniment sentimental. Tout en fumant sa cigarette, elle était absorbée dans ses propres pensées. Je la regardai, me disant : Je suis avec vous. Elle me regarda à son tour, surprise, déjà curieuse, comme si elle me voyait maintenant *moi* pour la première fois. Mais nos sièges étaient placés de telle sorte que toute conversation était impossible entre nous.

J'espérais que quelque chose se produirait qui modifierait les circonstances ou que l'histoire de Sing Sing se terminerait, mais ni l'un ni l'autre n'arrivèrent. Les invités restèrent assis, comme rivés à leurs chaises. Comme j'étais arrivé tard, je réalisai que la soirée était à peu près terminée. Finalement, plusieurs des invités commencèrent à s'en aller. Sans l'ombre d'un doute, la réunion avait été un échec. Comme la « bienfaiseuse » étouffait toute conversation, chacun voulait s'éloigner d'elle dès que possible. Elle regardait avec fureur ceux qui osaient s'en aller, comme un prêcheur de l'Armée du Salut abandonné au milieu d'une hymne. En leur tendant la main au moment de se séparer, son air voulait dire : « Je te pardonne, mais je ne suis pas si sûre que l'humanité te pardonnera. »

Elle continuait à jaser, faisant traîner ses phrases avec la même absence de hâte et le même aplomb qu'avant, bien que son auditoire fondît. Quelques-uns hochaient encore la tête en signe d'approbation. Je regardai mon bracelet-montre, et voyant qu'il était onze heures moins cinq, me levai. A cet instant précis, la femme aux cheveux châtains se leva aussi, elle et moi ayant pris en même temps une décision similaire.

Notre hôte, paralysé pendant toute la soirée par les injustices pénitentiaires, s'arracha à son extase. Il parut surpris de voir ses invités se sauver et tenta de les persuader de rester. Sa femme aussi chuchota qu'il était peut-être trop tôt pour s'en aller. Malgré leur plaidoyer, la femme en robe noire et moi-même répondîmes qu'il était tard et que nous avions un long trajet.

Je dis rapidement au revoir aux gens à qui je n'avais pas même parlé. Lorsque je dis bonne nuit à la conteuse, elle fronça les sourcils et me lança un regard haineux. Peut-être avait-elle su tout le temps que j'échappais à son pouvoir. J'étais le profanateur qui avait bouleversé la séance.

La femme en robe noire et moi nous dirigeâmes vers l'ascenseur ensemble. Nous attendîmes en silence. Rassemblant mon courage, je dis : « Permettez-moi de me présenter ; la protectrice miséricordieuse des prisonniers ne m'a pas permis de parler à qui que ce soit.

— Avez-vous jamais vu une telle chutzpah ? demanda-t-elle. De toute ma vie, je n'ai passé une soirée aussi misérable. Vous avez de la chance d'être arrivé tard. Depuis six heures, personne n'a pu ouvrir la bouche. Elle a ânonné sans arrêt. Quel genre de créature est-ce là ? Qu'est-ce qu'elle s'imagine être ? Et pourquoi les raseurs de ce genre sont-ils invités à des réunions ? Eh bien, je suis contente d'en être sortie. Jamais plus je ne franchirai leur seuil. » Quand elle prononça ces mots, je sus qu'un lien nous unissait.

3

Une demi-heure s'était écoulée et aucun taxi n'était encore passé. Nous abandonnâmes la rue où la réunion avait eu lieu, et un passant nous indiqua une station de taxis mais elle était déserte. Les taxis qui passaient étaient tous occupés. Il était presque minuit, et nous étions échoués dans une banlieue oubliée de Dieu et des hommes. Mes vêtements n'avaient toujours pas séché et je me sentais glacé. Son manteau ne paraissait pas non plus assez chaud pour une froide nuit d'automne. Nous trouvâmes un arrêt d'autobus et nous attendîmes, mais il parut vite évident qu'à cette heure aucun autobus ne fonctionnait. Pour tenter de me réchauffer, je redressai le col de mon veston. Elle frissonnait par moments. Au-dessus de nous, le ciel était chargé de nuages noirs, lourds de pluie et peut-être de neige.

La femme décida de passer outre à sa fierté et se mit à faire des signes aux voitures, mais l'une après l'autre passèrent sans s'arrêter. Nous avions tous deux réalisé le danger : la pluie pouvait recommencer à chaque instant ; il commençait justement à tomber de la bruine. Je sentais le brouillard me mordre le visage. Nous aurions certes pu retourner à la réunion et passer la nuit chez nos hôtes, mais ni elle ni moi n'avions envie de nous imposer à ces gens. En ce qui me concerne, je dormirais dans la rue plutôt que de mettre d'autres dans l'embarras.

C'était bizarre de piétiner là, aux côtés d'une femme dont je ne connaissais pas le nom, partageant avec elle une nuit d'infortune après une misérable soirée. J'espérais toujours qu'un taxi surgirait, sachant bien que les chances étaient minimes. Où est-il écrit que les taxis doivent sillonner Long Island au milieu de la nuit ? Je me rappelai les mots de David Hume : Le fait que le soleil se soit levé tous les matins jusqu'ici ne garantit pas qu'il se lèvera demain encore. Que représente la loi des moyennes, après tout ? De quelle valeur scientifique sont les statistiques ? Il me vint à l'esprit qu'il pouvait y avoir un hôtel à proximité, mais je n'osai pas en parler à ma compagne. Qui sait ce qu'elle pourrait imaginer à mon sujet ? En fait, la seule chose à faire c'était marcher, plutôt que rester sur place. Mais je remarquai qu'elle avait des souliers à talons hauts. Je me souvins avoir lu que des gens étaient morts de froid certaines nuits. Il arrive un moment où le corps n'a plus de résistance, où la température interne commence à tomber. A une température de vingt-sept degrés on est pour ainsi dire perdu.

« Eh bien, quelle soirée ! » dit-elle, s'adressant à moi et se parlant à elle-même. « Dieu sait que je n'avais pas envie de venir, mais ils ont insisté. Ne riez pas, mais je n'ai même pas eu assez à manger.

— Moi non plus.

— Pourquoi les gens organisent-ils des réunions, s'ils n'ont pas la possibilité ou s'ils sont incapables de mettre leurs invités à l'aise ? Je me suis arrêtée une fois pour toutes d'inviter des gens. Je n'ai ni la place ni le loisir de m'occuper des préparatifs. J'ai cru qu'après quelque temps on ne m'inviterait plus, mais les moulins des hommes, comme ceux de Dieu, sont lents à moudre.

— Vous vivez seule, je suppose.

— Oui, seule.

— Moi aussi. »

Un taxi apparut. De loin, je pouvais voir qu'il était occupé, mais ma compagne leva le bras pour lui faire un signe désespéré, comme quelqu'un qu'un miracle seulement, ou une erreur dans l'ordre des choses, peut sauver. Le chauffeur la dévisagea froidement et cria : « Vous êtes aveugle ? »

Je dis : « Je crains que nous ne trouvions jamais un taxi ici.

— Que suggérez-vous ?

— Je pense que nous devrions marcher. Au moins nous ne serions pas glacés.

— Mais pour aller où ? Je ne sais même pas dans quelle direction se trouve New York. Aucun taxi ne viendra par ici, ajouta-t-elle, élevant la voix.

— Il n'est pas si tard que ça.

— Une fois, j'en ai attendu un, Fifth Avenue, plus d'une heure. Voulez-vous une cigarette ?

— Non, merci.

— Prenez-en une. Ça vous tiendra un peu chaud. »

Elle me tendit une cigarette et l'alluma avec son briquet, le tenant plus longtemps que nécessaire, sans doute pour me réchauffer le visage à la flamme.

Comme j'inhalai la première bouffée, il y eut un éclair suivi d'un coup de tonnerre terrifiant. A en juger par le court intervalle entre l'éclair et le tonnerre, la foudre était tombée tout près. Ma nouvelle amie saisit mon bras et s'agrippa à moi. « Oh, c'est terrible !

— Nous devons entrer quelque part.

— Où ? Toutes les maisons sont fermées. »

Nous étions près d'un immeuble, avec des boutiques au rez-de-chaussée, mais sans porche pour nous abriter. Nous commençâmes à marcher et vîmes une maison avec une marquise au-dessus de l'entrée. Nous étions protégés pour un moment, mais après quelques minutes, la bruine s'était transformée en un torrent impétueux qui battait la marquise comme la grêle. La tempête gagnait en intensité et nous mouillait de tous les côtés. Nous nous blottîmes contre la porte pour nous protéger le dos du vent et de la pluie. Chaque degré de chaleur était maintenant de la plus grande valeur. Comme deux bêtes perdues, nous étions serrés l'un contre l'autre. « Si seulement il y avait un hôtel quelque part, dis-je.

— Oui ? Où ? »

Je ne sais pas pourquoi, mais je demandai : « Vous occupez-vous de littérature ? »

Après un moment, elle répondit : « Je suppose que c'est ainsi que ça peut s'appeler.

— Que faites-vous ?

— J'écris des livres pour enfants.

— Vraiment ? Comme c'est intéressant !

— Oui. Je les écrits et je les publie. C'est comme ça que je gagne ma vie.

— C'est un art d'écrire pour les enfants », dis-je, pour nourrir la conversation. En un sens, les mots apportaient de la chaleur.

« Oui, les gens ne le réalisent pas. Ils croient que n'importe qui peut écrire pour les enfants. Chaque année nous recevons des centaines de manuscrits que nous renvoyons, certains d'écrivains célèbres.

— Vous n'avez jamais écrit pour les adultes ? » demandai-je, embarrassé par le ton inquiet de ma voix.

La pluie s'était maintenant stabilisée. Elle tombait régulièrement, sans augmenter.

« J'ai péché dans ce domaine aussi, admit-elle, mais j'ai vite réalisé que la littérature pour adultes n'était simplement pas mon métier. Je n'ai pas la patience. Je ne sais pas pourquoi, j'ai la patience pour les livres d'enfants. C'est un mystère pour moi, en un sens, car je n'aime pas particulièrement les enfants. Je n'en ai même pas. Je suis divorcée.

— Aha.

— Au moins, je n'ai pas gâché la vie d'un enfant innocent. »

Nous surveillions la pluie. Elle se mit à diminuer et tombait comme à travers un tamis, droite et fine. Juste comme elle parut sur le point de s'arrêter, elle augmenta à nouveau et s'abattit plus rapide et plus forte. Elle tombait à verse sur l'asphalte avec l'arrogance d'un élément qui n'est responsable devant personne, oublieux des précédents. De la vapeur s'éleva de la chaussée. L'eau bouillonnante faisait déraper les voitures qui passaient. Je me souvins soudain d'une photo que j'avais vue dans un journal pendant la Seconde Guerre mondiale — une bombe alliée avait fait sauter un barrage allemand. Une voiture qui passait là était poursuivie par un mur d'eau. La photo avait été prise d'avion, une fraction de seconde avant que le chauffeur ne fût englouti.

« Auriez-vous la bonté de me permettre de tenir votre main ? » demanda-t-elle. Je voulus d'abord la sécher, mais il n'y avait rien dont j'aurais pu me servir. Quand je lui donnai ma main, je sentis que la sienne était mouillée aussi, mais plus chaude que la mienne.

A cet instant, il y eut une traînée de foudre comme je n'en avais jamais vue de pareille avant. Un énorme éclair illumina le ciel, le colorant d'un rouge pourpré qui n'était pas de ce monde. Un instant il fit jour — le crépuscule ou l'aurore. Le tonnerre qui suivit immédiatement me secoua le cerveau dans le crâne. Nous étreignîmes nos mains encore plus fort. « Dieu du Ciel, que pouvons-nous faire ? » cria la femme. Elle me regarda avec une expression à la fois de peur et de haine, comme quelqu'un qui sent qu'il doit mourir à cause de la mauvaise fortune d'une autre personne.

Soudain, une vieille voiture s'arrêta au bord du trottoir, du genre de celles qu'utilisent les plombiers ou les réparateurs, et un homme de petite taille, portant un imperméable mais pas de chapeau, sortit. Bien qu'il se précipitât sous la marquise, les quelques instants sous la trombe d'eau suffirent pour le tremper. Il pêcha une clef dans sa poche et demanda, avec un accent italien : « Vous n'attendez pas un taxi, les amis ? Vous pouvez attendre toute la nuit.

— Habitez-vous ici ? cria la femme. Pouvez-vous au moins nous laisser entrer pour un moment ?

— Venez, entrez. Je suis le gardien de nuit de l'endroit. Vous ne devriez pas être dehors par une nuit pareille.

— Oh ! Dieu lui-même vous a envoyé ! »

Il ouvrit la porte et nous le suivîmes. Je me dis que c'est de cette manière que les animaux ont dû entrer dans l'arche de Noé. J'ai lu quelque part que Noé lui-même conduisit les animaux domestiques, mais les bêtes sauvages ne s'y précipitèrent qu'après le commencement du déluge. J'imaginai que j'avais vu jadis une gravure montrant un lion plaidant pour être admis dans l'arche — une bête crottée, moitié courant, moitié nageant.

Pour la deuxième fois en une journée, je laissai des mares derrière moi dans le vestibule. Mes lunettes étaient embuées. A travers le brouillard, j'entendis le veilleur de nuit dire : « Vous savez quoi, les amis ? Descendons l'escalier, j'ai une petite chambre en bas. Je vous ferai du thé et vous pourrez vous reposer.

— Vous êtes un homme merveilleux, dit la femme. Nul autre que Dieu n'a pu vous envoyer.

— Bon, on ne peut pas laisser les gens mourir comme ça. »

Nous prîmes le monte-charge pour la cave, où il y avait des compteurs de gaz, des murs de brique rouge et un plafond inégal. Sur un côté s'élevait une énorme chaudière et, à proximité, un compartiment à charbon. Des malles, des lits pliants et toutes sortes de meubles appartenant aux locataires étaient empilés dans un renfoncement.

Il nous fit entrer dans une petite pièce qui était comme une loge d'artiste d'un théâtre minable. Elle contenait un sofa couvert d'une courtepointe déchirée et un fauteuil dont la bourre se répandait. Des taches de peinture séchée avaient éclaboussé l'ampoule nue pendant du plafond. Des photos jaunies d'actrices de cinéma ainsi que des coupures de magazines et de journaux étaient accrochées aux murs. Sur une table bancale traînaient une théière et un verre avec une cuillère rouillée.

J'avais enlevé mes lunettes et pouvais maintenant voir distinctement notre bienfaiteur. Il était menu, avec des jambes courtes et un ventre proéminent. L'homme n'était plus jeune et ses cheveux étaient striés de gris. Ses yeux surmontés d'épais sourcils exprimaient une qualité, particulière aux Italiens, de bonne humeur et de gentillesse. Il semblait dire : « Je sais ce que vous ressentez. Chair et sang, voilà ce que nous sommes tous, rien de plus. » Il alluma le réchaud à gaz et remplit la bouilloire avec de l'eau. Il prit dans un placard des sachets de thé, un sucrier, un paquet de biscuits et deux tasses. La femme se mit à rire. J'enlevai mon veston et mon chapeau, m'assis et lui dis : « Il subsiste encore du bien en ce monde.

— Oui, je ne l'oublierai jamais, tant que je vivrai ! »

Nous bûmes notre thé, grignotâmes nos biscuits, parlâmes. Nous étions dans un abri sous terre, l'endroit le plus sûr dans une tempête. L'Italien était remonté vers le vestibule, mais il nous avait promis de nous prévenir dès que la tempête se serait apaisée.

Je ne sais pas comment cela a commencé, mais la femme se mit tout à coup à me parler de sa famille, de son ex-mari, comment elle avait été sans le sou à New York et avait trouvé un travail au dernier moment. Sa vie, comme la mienne, était parsemée de miracles. Comme pour le gardien de nuit ce soir, le destin, ou peu importe comment on l'appelle, lui avait envoyé un sauveur lors de chaque crise : chaque fois que l'eau atteignait son menton, son ange gardien était à ses côtés. « N'est-ce pas étrange ? Pourquoi le sort joue-t-il constamment au chat et à la souris avec nous ? Pourquoi nous terrifier et puis, nous sauver au dernier moment ? Simplement, nous expliquons chaque coïncidence heureuse comme étant un miracle et nous attribuons tout le mal à l'aveuglement de la nature. »

Nous parlâmes de choses et d'autres. Je demandai : « Comment définissez-vous la coïncidence ? De tous les mots mal définis, c'est le plus embarrassant.

— Une coïncidence, c'est quand les choses arrivent conformément aux lois de la physique, mais nous les interprétons comme bonnes ou mauvaises. Par exemple : si la foudre nous avait frappés, ç'aurait simplement été parce que la décharge électrique se serait produite quelques mètres plus près de l'endroit où elle a effectivement eu lieu...

— Comment savez-vous qu'il n'y a pas une force consciente qui a dirigé la foudre ? demandai-je.

— Comment pouvez-vous prouver qu'il y en a une ?

— S'il y a une force consciente quelque part dans l'univers, alors l'univers tout entier ne peut être gouverné par des forces aveugles. »

Le gardien de nuit vint nous dire qu'il pleuvait toujours à verse, et pour autant qu'il pouvait en juger, il continuerait de pleuvoir ainsi toute la nuit. Il se grattait la tête et faisait des clins d'œil amusés. Je pensais qu'il était sur le point de dire une plaisanterie, mais il remonta après une courte hésitation.

« Nous lui donnerons un petit quelque chose, suggéra la femme.

— Je l'ai déjà tout prêt, dis-je.

— Pourquoi seulement vous ? Donnons-lui dix dollars. Cinq dollars chacun. »

Nous sourîmes et bavardâmes. Je me dis que s'il devait y avoir quelque chose entre nous, cette cave était l'endroit le plus insolite. Mais étions-nous prêts ? Je la dévisageai, à la recherche de celles des qualités et des caractéristiques qui pouvaient me plaire, mais son visage était trop tendu. Il lui manquait cette naïveté, ces indices d'exaltation qui m'attirent chez une femme. Je savais aussi qu'aucune femme ne m'avait jamais attirée au premier abord. Dans tous mes rapports, j'ai eu à entreprendre un lent processus consistant à détruire mon impression première, ou du moins, à la dépasser et à la corriger. Derrière la façade de la laideur ou de l'égotisme se cachait toujours un autre visage, ou peut-être une autre façade. J'essayai d'évaluer vite, d'enlever la couche extérieure et d'entrevoir ce qu'il y avait dessous.

Entre-temps, je lui dis le peu qu'il y avait à dire sur moi. Plus exactement, elle posa les questions et j'y répondis de bon cœur. J'allai même jusqu'à mentionner Esther.

Vers deux heures du matin, elle appuya sa tête contre le dossier du sofa et dit qu'elle voulait essayer de dormir un peu. Je m'installai confortablement sur la chaise minable, appuyant mes pieds sur une malle, sans m'endormir ni être tout à fait éveillé Je me sentais comme quelqu'un assoupi dans un wagon et j'imaginai même que le débarras bougeait. De vrais rêves et mes rêveries se mêlaient. Après des années de sommeil solitaire, voilà que je dormais près de quelqu'un, pas quelqu'un de proche, mais pas exactement une étrangère non plus. L'éclat de l'ampoule brillait à travers mes paupières. J'eus une idée fantastique, qui n'avait rien à faire avec les circonstances du moment. Il me parut évident que s'il y avait des esprits dans un lieu, des fantômes liés à une maison, un cimetière ou une ruine, ils devaient tourner avec la terre autour de son axe, faire le tour du soleil, accompagner la course du soleil dans la Voie lactée, peut-être faire tout le voyage de notre galaxie à travers l'espace infini. Cela signifierait que les esprits aussi sont soumis à la pesanteur, ont une vitesse et aussi un poids et par conséquent une masse. S'il en était ainsi, ils devaient être soumis à toutes les autres lois physiques. Par contre, si les esprits ne sont pas assujettis aux lois physiques, qu'est-ce qui les maintient sur terre ? Pourquoi ne s'envoleraient-ils pas vers d'autres planètes ou même ne franchiraient-ils pas les frontières du cosmos ?

Ces pensées ne cessaient de me traverser l'esprit avec toutes sortes de variantes, comme si elles étaient le leitmotiv d'une symphonie. J'avais pour ainsi dire oublié la femme couchée sur le sofa, mais pas vraiment. En fait, j'étais pleinement conscient de sa présence. Même les pensées concernant les esprits étaient liées à elle d'une certaine manière, bien que je ne susse pas quel était le rapport.

Je frissonnai et me tournai. Quand je me réveillai, je me sentis drogué, comme si j'avais pris un somnifère. La femme était assise devant la table, son visage et ses cheveux gardaient les traces de son sommeil. Elle me sourit.

« Vous avez dormi profondément, dit-elle.

— Et vous ?

— Peut-être un moment. Je n'arrive même pas à dormir quand les conditions sont parfaites. »

Je restai assis sans parler. Puis je m'entendis dire : « Je ne connais même pas votre nom.

— Je ne me suis pas présentée à vous ?

— Je n'ai pas entendu votre nom distinctement.

— Mon nom est très banal.

— Un nom est un nom.

— Mais le mien est vraiment trop banal. Peut-être pouvez-vous me donner un nom ?

— Peut-être le mien », dis-je, stupéfait par ma folie. Cela revenait à une demande en mariage.

La femme demeura sérieuse un moment, puis elle sourit, tout ensommeillée, paraissant étonnée, mais indulgente pour ce genre de bêtises. Je reconnus cette qualité de beauté que j'avais guettée.

« Quel est votre nom ? » demanda-t-elle. Je lui dis mon nom.

« Pas plus original que le mien. »

Elle se leva, je me levai aussi, exactement comme nous avions fait à la réunion, quand nous avions décidé tous deux, simultanément, de partir. Un moment nous nous regardâmes l'un l'autre avec ce rire étouffé d'amis qui se rencontrent inopinément en quelque lieu exotique et, dans leur extrême confusion, oublient momentanément le nom de l'autre et où et comment ils se sont connus. Soudain, nous tombâmes dans les bras l'un de l'autre, comme des amants qui ont attendu avec impatience une rencontre. Une chaleur nocturne émanait de son corps. Nous nous embrassâmes et elle cria avec passion des mots qui ne me paraissaient pas être de l'anglais, mais quelque langue inconnue. Je la serrai de toutes mes forces. Je sentis quelque chose craquer, ne sachant si c'était sa ceinture ou mon stylo. Je fus alarmé, mais j'étais incapable de desserrer mon étreinte. Tout ne dura pas plus qu'une minute. Puis nous réalisâmes tous deux combien notre conduite était ridicule. Nous nous écartâmes chacun d'un pas, complètement ahuris.

« Que nous est-il arrivé ? Nous avons perdu l'esprit ? demanda-t-elle.

— Il n’y a pas de coïncidence », dis-je d’une voix rauque et tremblante.

La femme me regarda du coin de l’œil. « Le sort avait-il besoin de tout cela pour nous faire agir comme des imbéciles ? »

Pas pour le shabbat

Cet après-midi de shabbat, la conversation, sous le porche, avait pour sujet les instituteurs, les précepteurs et les garçons du heder. Notre voisine Chaya Riva se plaignait parce que son petit-fils avait reçu un tel soufflet de son instituteur, Michael, qu'il avait perdu une dent. Michael avait une réputation non seulement de parfait instituteur, mais aussi de grand gifleur et pinceur. Les gamins du heder disaient que quand il pinçait, on voyait la ville de Cracovie. Il avait un sobriquet : Gratte-Moi. Quand il sentait une démangeaison dans son dos, il donnait sa férule à l'un de ses élèves, avec ordre de le gratter sous sa chemise.

Deux autres femmes étaient assises sous notre porche : Reitze Breindels et ma tante Yentl, qui portait un bonnet et une robe à arabesques en l'honneur du shabbat. Le bonnet était brodé de perles et orné de quatre rubans : jaune, blanc, rouge et vert. J'étais là, à écouter la conversation. Tante Yentl sourit et regarda autour d'elle. Elle me jeta un coup d'œil en biais. « Pourquoi es-tu assis avec les femmes ? demanda-t-elle. Tu ferais mieux d'aller étudier *Les Maximes des Pères.* »

Je compris qu'elle allait raconter une histoire qu'un garçon de onze ans ne devait pas entendre. Aussi j'allai derrière le porche dans la remise où nous entreposions la vaisselle de Pâque, un tonneau rempli de livres déchirés et une taie d'oreiller bourrée de vieux manuscrits de mon père. Les murs avaient de larges fentes, ce qui permettait d'entendre chaque mot prononcé sous le porche. Je m'assis sur un mortier de chêne qu'on utilisait pour moudre la farine de matza. A travers les fentes, le soleil reflétait les couleurs de l'arc-en-ciel dans la poussière flottante. J'entendis ma tante Yentl dire : « Dans les petits villages, les choses ne sont pas encore si terribles. Combien de forcenés peut-on trouver dans une petite ville ? Cinq ou dix — pas davantage. De plus, leurs crimes ne peuvent rester secrets. Mais dans une grande ville, les mauvaises actions peuvent rester cachées pendant des années. Quand j'habitais Lublin, un homme du nom de Reb Yissar Mandlebroit avait un magasin de nouveautés où l'on vendait de la soie, du velours et du satin, ainsi que de la dentelle. Sa première femme mourut, et il se maria avec une jeune coureuse, la fille d'un boucher. Ses cheveux étaient couleur de feu et elle avait la bouche d'une mégère. De sa première femme, Reb Yissar avait des enfants mariés, mais avec la nouvelle — son nom était Dacha — il en eut seulement un, un garçon nommé Yankele. Il ressemblait à sa mère, avec des papillotes rousses et des yeux bleus qui brillaient comme de petits miroirs. Dans cette famille, Dacha était le maître. Quand un vieil homme se marie avec une jeunesse, c'est elle qui dirige.

« Au heder, Yankele avait un instituteur à qui on n'aurait jamais dû permettre d'enseigner. Mais comment les gens pouvaient-ils savoir ? Son nom était Fivke. Il était divorcé ou veuf, un géant d'homme, noir comme un tzigane. Il portait un caftan court et des bottes à tiges hautes, comme un Russe. Il n'était pas de Lublin mais d'une autre région. Il enseignait le Pentateuque, et aussi un peu de russe et de polonais. En ce temps-là, les Juifs riches voulaient que leurs enfants acquièrent un peu de savoir chrétien.

« Tout d'abord, laissez-moi vous raconter ce qui m'est arrivé à moi. Mon précédent mari, bénie soit sa mémoire, était déjà grand-père quand nous nous sommes mariés, mais sa femme lui avait laissé un petit enfant, Chazkele, quand elle est morte, et je l'aimais plus que j'aurais aimé un enfant à moi. Il m'appelait maman. Chaque jour, je lui apportais un bol de soupe chaude et une tranche de pain au heder. J'y allais à deux heures, à la récréation, quand les enfants jouent dans la cour. Je m'asseyais avec Chazkele sur une grosse bûche et lui donnais à manger son déjeuner. Il est père aujourd'hui et vit loin d'ici, mais si je le rencontrais, je voudrais l'embrasser partout. Un jour, j'arrivai avec mon bol de soupe et ma tranche de pain, mais la cour était vide. Seul un petit garçon sortit pour faire pipi. Je lui demandai : “ Où sont tous les garçons ? ” Il dit : “ Aujourd'hui, c'est le jour du fouet. ” Je ne compris pas. La porte du heder était à moitié ouverte et je vis Fivke debout à côté du banc, une lanière à la main, faisant l'appel des garçons, l'un après l'autre, pour être fouettés — Berele, Schmerele, Koppele, Hershele. Chaque garçon s'avançait, baissait son petit pantalon et recevait un coup ou deux sur son derrière nu. Puis il retournait à sa place. Les garçons plus âgés riaient comme si toute l'affaire était un jeu, mais les très jeunes sanglotaient. Si mon cœur ne s'est pas brisé sur place, c'est la preuve que j'étais plus solide que le fer. Je me mis à chercher Chazkele au milieu des enfants. Le cruel instituteur était si occupé à fouetter qu'il ne me vit pas. J'avais décidé que s'il appelait Chazkele, je lui jetterais la soupe brûlante au visage et lui arracherais la barbe. Cependant, mon Chazkele devait déjà avoir reçu ses coups de fouet, car la séance prit fin rapidement.

« Je courus au magasin de mon mari comme un rat empoisonné et lui racontai ce que j'avais vu de mes yeux, mais tout ce qu'il trouva à dire fut : “ On doit punir les enfants de temps en temps. ” Il ouvrit la Bible et me montra ce passage du livre des Proverbes : “ Qui épargne sa verge hait son fils. ” L'enfant ne fit pas d'histoires. C'était une bonne âme et il dit : “ Maman, ça n'a pas fait mal. ” Cependant, j'insistai pour que mon mari retire Chazkele de ces mains perverses. Quand une femme prend fait et cause, un homme écoute. Dieu seul sait combien de larmes j'ai versées.

— Quels sauvages on trouve sur cette terre, remarqua Reitze Breindels.

— J'aurais appelé la police et l'aurais fait enchaîner et envoyer en Sibérie, dit Chaya Riva. Un assassin comme lui devrait moisir en prison.

— C'est plus vite dit que fait, répondit tante Yentl. Pourquoi n'avez-vous pas fait arrêter Michael Gratte-Moi ? Se faire casser une dent, c'est pire qu'être fouetté.

— Oui, tu as raison.

— L'histoire ne fait que commencer, dit tante Yentl sur un ton traînant. Oui, nous avons repris Chazkele et, après les grandes fêtes, il est allé dans un autre heder. Pas plus de deux ou trois mois s'étaient écoulés avant que j'apprenne une histoire horrible. Tout Lublin était en effervescence. Fivke avait son jour de fouet chaque mois. Une fois, quand Dacha, la femme de Reb Yissar Mandlebroit, apporta le déjeuner de son Yankele, elle ouvrit la porte et vit son petit trésor courbé sur le banc et en train d'être fouetté par Fivke. L'enfant pleurait à chaudes larmes. Dacha fit ce que j'aurais dû faire — elle jeta la soupe chaude au visage de Fivke. Tout autre se serait essuyé la bouche et se serait tenu tranquille. Mais Fivke avait la nature d'un cosaque. Il laissa échapper Yankele, sauta sur Dacha et la jeta sur le banc. Il avait la force de dix lions. Pardonnez-moi, mais Fivke souleva sa robe, lui arracha sa culotte bouffante et la fouetta de toutes ses forces. Il utilisa la ceinture de son pantalon, pas la lanière dont il se servait pour les enfants. Vous pouvez imaginer le tumulte. Dacha poussait des hurlements comme s'il l'égorgeait. Lublin, c'est vrai, est une ville bruyante, mais des gens entendirent ses cris et vinrent voir ce qui se passait. La perruque de Dacha tomba et l'on vit ses boucles rousses. Cette peste ne se rasait pas la tête. Quelques-uns des spectateurs tentèrent de retenir Fivke, mais quiconque essayait recevait un coup de ses pieds bottés. Il se trouve qu'il n'y avait que des femmes, et quelle femme pouvait se battre contre un tel brigand ? Il donna à Dacha trente-neuf coups, comme faisaient les bedeaux dans l'ancien temps. Puis il la traîna dehors et la jeta dans le caniveau.

— Père du Ciel, où trouve-t-on de tels bandits chez les Juifs ? demanda Reitze Breindels.

— L'ordure ne fait défaut nulle part, dit Chaya Riva.

— Vous parlez d'or, acquiesça tante Yentl. Si j'essayais de vous raconter ce qui se passa à Lublin ce jour-là, vous n'en croiriez pas vos oreilles. Dacha se précipita chez elle plus morte que vive. Ses hurlements pouvaient s'entendre jusqu'au bout de la rue. Quand Reb Yissar entendit ce qui était arrivé à son épouse chérie, il courut immédiatement chez le rabbi. Il fut question d'excommunication et de bougies noires. Qui avait jamais entendu parler d'un instituteur battant une femme mariée et lui infligeant une telle disgrâce ? Le rabbi envoya son messager à Fivke et le convoqua au tribunal rabbinique, mais Fivke était devant la porte de sa maison, un gourdin à la main et vociférait : “ Si vous voulez vous emparer de moi par la force, essayez ! ” Il eut des paroles obscènes sur le rabbin, les anciens, toute la communauté. Bien entendu, il dut bientôt abandonner le heder. Qui confierait un enfant à une telle brute ? En parler suffit pour que je sente des fourmis me grimper le long de l'échine.

— Peut-être était-il possédé par un dybbuk ? » suggéra Chaya Riva.

Tante Yentl mit ses lunettes cerclées de cuivre, les enleva et les posa sur ses genoux. Elle dit : « Reb Yissar parla à sa femme : “ Dachele, que puis-je faire ? Comme Fivke refuse d'aller chez le rabbin, il sera humilié d'une autre manière. ” Dacha s'exclama : “ Tu es un lâche ! Tu as peur de ta propre ombre — si tu m'aimais réellement, tu te vengerais sur ce criminel ! ” Mais elle réalisa bientôt que son mari était trop vieux et trop faible pour s'attaquer à un sauvage comme Fivke. Elle prit une poignée de pièces d'argent dans son coffre et se rendit à l'endroit où les durs et les voyous se réunissaient. Elle s'écria : " Celui qui veut gagner de l'argent, qu'il prenne un bâton ou un couteau et me suive ! " Et elle lança ses pièces en l'air. Ils se bousculèrent pour les ramasser mais quelques-uns seulement étaient prêts à la suivre. Même la canaille évite d'être mêlée à une bagarre. Un garçon qui avait vu ce qui se passait courut avertir Fivke que des hommes voulaient s'emparer de lui. Fivke hurla : " Qu'ils essaient ! Je suis prêt ! " Quand les hommes approchèrent, il ramassa une hache et les mit au défi : " Venez plus près et vous ne partirez pas sur vos jambes, on devra vous porter ! " Ils eurent peur. On pouvait voir dans ses yeux qu'il était prêt à couper des têtes. Ils prirent leurs jambes à leur cou, et Dacha resta toute seule, avec son argent. Fivke la poursuivit avec la hache. On se serait cru dans une maison de fous. Des femmes allèrent chez le chef de la police pour demander de l'aide, mais il dit : " Qu'il la tue d'abord et puis nous le mettrons en prison. Nous n'avons pas le droit de punir quelqu'un avant qu'il commette le crime. "

« Comme Fivke ne pouvait plus être instituteur et que les gens le fuyaient comme un lépreux, il n'avait rien à faire à Lublin. Je suppose que vous savez toutes qu'il y a un village appelé Piask non loin de Lublin. De mon temps, les voleurs de Piask étaient célèbres dans toute la Pologne. Ils se levaient au milieu de la nuit, harnachaient leurs chevaux, se rendaient dans une petite ville avec leurs briskas et pillaient les magasins. Quelques-uns avaient la tâche de tenir en respect les veilleurs de nuit. Je serai brève. Fivke alla à Piask et y devint instituteur. Mauvais comme ils étaient, les voleurs n'en voulaient pas moins que leurs garçons reçoivent quelque éducation. Il n'était pas facile pour eux de trouver un instituteur, aussi furent-ils heureux quand Fivke arriva. Il n'acceptait dans son heder que les enfants des voleurs. Tôt ou tard, les voleurs sont pris et mis en prison, il y avait donc toujours plus de femmes que d'hommes dans les rues étroites de Piask. Les commerçants leur vendaient des marchandises à crédit jusqu'à la libération de leurs maris, qui remboursaient toujours ce qu'ils devaient. Quelqu'un raconte que Fivke prit les demi-veuves sous sa protection. Il fut pour elles une sorte de guérisseur — leur appliquant des ventouses et leur posant des sangsues quand elles se sentaient malades. Il allait à Lublin et revenait avec des cadeaux qu'il volait pour elles. Mes chères amies, non seulement Fivke devint voleur, mais chef de voleurs. Il allait avec eux dans les foires, et s'il y avait une bagarre avec la police, Fivke était le premier à se battre. Les voleurs ont pour règle de ne pas porter d'arme à feu — c'est une chose de voler et une autre de répandre le sang — mais Fivke se procura un pistolet et devint un voleur de chevaux. Quand des paysans le surprenaient en train de voler, il leur tirait dessus ou mettait le feu à leurs étables. Partout les villageois veillaient sur leurs biens toute la nuit avec des couteaux et des crécelles. D'une manière ou d'une autre, Fivke réussissait à leur échapper. S'il lui arrivait d'être amené au tribunal, il s'en sortait toujours. Vous savez que les juges et les avocats sont du côté du criminel. Ce ne sont pas les victimes qui leur font gagner leur vie. Fivke était un habile causeur et il se tirait d'embarras chaque fois. Les gens commençaient à raconter des prodiges à son sujet. Même si on le mettait en prison, il brisait les barreaux en pleine nuit et s'évadait. Parfois, il libérait les autres prisonniers.

— Qu'est-il arrivé ensuite ? demanda Chaya Riva.

— Attendez. Ma gorge est sèche. Je vais apporter des fruits du shabbat et du jus de prune. »

Je sortis de la remise pour permettre à tante Yentl de m'offrir une galette du shabbat et une poire. Elle demanda : « Où étais-tu ? As-tu étudié *Les Maximes des Pères ?* »

Je dis : « J'ai terminé le chapitre de la semaine.

— Va à la maison d'étude, dit tante Yentl. Des histoires comme celle-là ne sont pas pour toi. »

Je retournai dans la remise et tante Yentl continua : « Reb Yissar Mandlebroit vieillit et ne put plus s'occuper de son commerce. Dacha, cette pie bavarde, se chargea de toute l'affaire. Son fils Yenkele étudiait chez le rabbi. Le soir, Dacha venait chez nous pour un brin de causette. Chaque fois que la conversation tournait autour de Fivke, elle disait : “ Que pensez-vous de mon fouetteur ? ” C'est ainsi qu'elle l'appelait. Ma mère, la paix soit avec elle, avait l'habitude de dire : “ Ça ne vaut pas la peine de parler d'un déchet comme lui. Il y a le grain et il y a la balle. ” Mais Dacha souriait et se léchait les lèvres. “ Comment aurais-je pu savoir qu'un instituteur, un savant, pourrait se conduire d'une manière si éhontée ? ” Elle le maudissait de toutes les malédictions de Dieu mais, en même temps, elle semblait admirer ses prouesses. Quand elle s'en allait, ma mère disait : “ Si elle n'était pas la femme de Reb Yissar, je ne lui permettrais pas de franchir ma porte. Elle est fière d'avoir été maltraitée par ce monstre. ” Ma mère m'interdit d'avoir rien à faire avec elle.

« Un jour Reb Yissar mourut, et comme Yankele était encore mineur, Dacha devint la curatrice de ses biens. Elle congédia aussitôt les employés de son mari et en engagea de nouveaux. Les anciens restaient sans pain, mais cela ne la dérangeait pas. Elle acheta un terrain du côté où habitaient les nobles et se fit construire une maison avec deux balcons et un pignon. Elle se couvrait de tant de bijoux qu'on la voyait à peine. Elle utilisait des parfums et toutes sortes de poudres et de pommades. Les marieurs l'inondaient de propositions, mais elle ne se montrait pas pressée. Elle insistait pour voir chaque candidat et lui parler. Celui-ci n'était pas un homme d'affaires, le suivant n'était pas élégant, le troisième n'était pas perspicace. Il est écrit quelque part dans la Bible que lorsqu'un esclave devient roi, la terre tremble.

« Maintenant, écoutez la suite. Pas très loin de Lublin, il y a un village appelé Wawolic. Ce village est connu pour célébrer Pourim pendant deux jours, le quatorze et le quinze du mois d'Adar. Les gens vivant là avaient trouvé les vestiges d'un mur qu'on disait avoir été construit avant l'époque de Moïse. Ce mur faisait de ce village un cas si spécial que Pourim y était une grande fête. Chacun s'enivrait. C'étaient des conditions idéales pour les voleurs de Piask. Comme c'est le cas à Pourim, la lune était pleine. Tard dans la nuit, quand tout le monde fut endormi, ils arrivèrent avec leurs charrettes et leurs chevaux rapides pour dévaliser les magasins. Ils ne savaient pas que l'armée russe était en manœuvre dans la région. C'était peu après le soulèvement polonais ; les autorités étaient à la recherche des rebelles. Alors que les voleurs étaient en route, un régiment de cosaques vint à leur rencontre, dirigé par un colonel. Quand les voleurs les aperçurent, leur courage s'évanouit. Les Russes demandèrent où ils allaient et Fivke, qui connaissait le russe, dit qu'ils étaient un groupe de marchands se rendant à une foire. Mais le colonel n'était pas stupide — il savait qu'il n'y avait pas de foire dans la région. Il donna l'ordre de mettre les fers aux voleurs et de les conduire en prison à Lublin. Fivke osa résister, mais personne ne peut tenir tête à des cosaques qui ont des fusils et des lances. Il fut ligoté comme un bélier et emmené en prison. Il y avait des receleurs à Lublin qui achetaient les marchandises volées et attendaient que les voleurs arrivent avec leur prise. Mais quand le soleil se leva et comme les charrettes n'étaient pas là, les receleurs devinèrent ce qui s'était passé et se dispersèrent comme des souris. Bientôt, la mauvaise nouvelle parvint aux femmes des voleurs à Piask. Jamais encore autant de voleurs n'avaient été arrêtés en même temps, et pendant qu'on fêtait Pourim à Wawolic, c'était Tisha-b'Av à Piask. Comme si cela ne suffisait pas, un des voleurs, vieux et malade, ne supporta pas les coups et trahit les receleurs. Ils furent eux aussi mis en prison. Quelques-uns d'entre eux étaient assez riches et considérés comme des membres importants de la communauté. Ils étaient tous déshonorés, ainsi que leurs familles. Quand les paysans apprirent que Fivke était dans les fers, ils vinrent en grand nombre témoigner contre lui, et il fut question que Fivke fût pendu.

« A cette époque, il se trouva que j'avais besoin de dentelle pour une robe et j'allai au magasin de Dacha.

Elle ne venait plus chez nous depuis que ma mère était morte. Cependant, on pouvait trouver la meilleure marchandise chez elle. J'entrai dans le magasin, et elle était assise derrière le comptoir, ses cheveux roux non couverts, habillée comme une comtesse. Elle fit semblant de ne pas me connaître. Je lui dis : “ Dacha, tu as attendu longtemps ta vengeance. ” Avec un regard furieux, elle répondit : “ La vengeance n'est pas un trait juif ”, et elle se détourna. J'avais envie de lui demander depuis quand elle était si versée en judaïsme, mais comme elle jouait à la grande dame, je laissai tomber. Un employé me donna ce que je désirais. Dehors, je rencontrai une connaissance et lui dis quels grands airs Dacha se donnait maintenant. Elle me dit : “ Yentl, tu as dormi tout ce temps-ci ? Tu ne sais pas ce qui se passe ? ” Elle me raconta que Dacha était devenue une bienfaitrice. Elle allait à Piask pour apporter du pain et du fromage aux femmes des voleurs, et tout ce dont elles avaient besoin. Elle abandonnait le magasin pendant des heures et se liait avec les femmes des receleurs. Chères amies, elle était tombée amoureuse de ce Fivke, “ mon fouetteur ” comme elle l'appelait, et était résolue à le sauver. La femme me raconta qu'elle avait pris le meilleur avocat de Lublin. Je ne savais pas si je devais rire ou pleurer. Comment était-ce possible ? Vraiment, j'ai peur que ce ne soit pas bien de raconter une telle histoire, un jour de shabbat.

— L'a-t-elle sauvée ? demanda Reitze Breindels.

— Elle s'est mariée avec lui », dit tante Yentl.

Il y eut un silence pendant un moment, puis Chaya Riva demanda : « Comment l'a-t-elle fait sortir ? »

Tante Yentl mit deux doigts devant ses lèvres et réfléchit. « La vérité, personne ne l'a jamais vraiment sue, dit-elle. Ce genre de choses se fait en cachette. J'ai entendu dire qu'elle a donné une forte somme au gouverneur, et elle-même par-dessus le marché. On peut tout croire d'une garce de cette espèce. Quelqu'un l'a vue pénétrer dans le palais du gouverneur, en grand tralala. Elle y est restée environ trois heures.

Ils n'ont certainement pas chanté des psaumes. La seule chose que je sais, c'est que le gouverneur a libéré tous les voleurs excepté deux, qui sont restés en prison quelque temps. On m'a raconté que Dacha a attendu Fivke à la porte de la prison, et quand il est sorti, elle lui est tombée dessus, l'a embrassé et a pleuré. Les truands de Lublin qui étaient présents l'ont injuriée et chahutée.

« Oui, ils se sont mariés, mais ils ont attendu quelques mois. Il avait rasé sa barbe et portait des vêtements chrétiens. Il vendit sa maison de Piask et vécut avec Dacha dans sa nouvelle maison. Yankele refusa de vivre avec sa mère et son beau-père et alla dans une yeshiva. Ceux qui ont vu Fivke devenir commerçant du jour au lendemain n'avaient plus besoin d'aller au théâtre. Il en savait autant sur l commerce des nouveautés que je sais de turc. Si Reb Yissar Mandlebroit avait pu voir ce qui arrivait à sa fortune, il se serait retourné dans sa tombe.

« Au début, il sembla que tout allait pour le mieux dans le couple. Elle l'appelait Fivkele et il l'appelait Dachele. Ils mangeaient dans la même assiette. Comme ils étaient riches, ils devinrent avides d'honneurs. Il s'acheta une place à la synagogue du côté du mur oriental et elle contre la grille dans la section des femmes. En fait, ils n'allaient prier qu'aux grandes fêtes. Elle ne savait pas lire et il disait ouvertement qu'il était incroyant. Elle voulut entrer dans un comité de bienfaisance, mais les femmes ne le permirent pas. On leur donna des sobriquets : le Fouetteur et la Fouetteuse. Quand il parut évident qu'ils ne seraient pas honorés chez les Juifs, ils commencèrent à se mettre au goût des chrétiens. Les nobles polonais les évitèrent comme avaient fait les Juifs, ils se tournèrent donc vers les Russes. Quand on donne des repas savoureux et quantité de vodka à Ivan, il fond comme de la cire. Des officiers et des policiers étaient constamment en visite chez les deux. Le soir, ils faisaient des *vetcherinkas* pour les Russes, ils jouaient aux cartes avec eux et s'enivraient. Dacha s'embourba tellement dans cette débauche qu'elle commença à négliger le magasin. Les employés de Reb Yissar Mandlebroit avaient tous été honnêtes, mais Dacha avait choisi des escrocs pour assistants.

« Tant qu'il n'y eut pas de concurrence, le magasin marcha. Puis un autre magasin de nouveautés s'ouvrit à un demi-pâté de maisons du magasin de Dacha. Le propriétaire était Zelig, de Bechow — un petit homme, un étranger à Lublin. Il se spécialisait dans l'achat de marchandises provenant de faillites. Il réussit dès le premier jour, et dans la mesure où il prospérait, Dacha et Fivke s'enfonçaient. C'était comme une malédiction lancée par un saint. Fivke menaça de mettre le feu au magasin, mais il était si proche du sien qu'un incendie aurait détruit les deux. Il aurait pu tuer Zelig ou l'estropier, mais si la Providence dit non, c'est non. Tout petit et frêle qu'il était, Zelig n'avait peur de personne. Il ne marchait pas ; il courait comme une belette. Il était capable de crier plus fort que Fivke et Dacha réunis. Et il donnait des pots-de-vin aux *nachalniks.* Il engageait les employés que Dacha mettait à la porte, et ils lui divulguaient tous ses secrets d'affaires. La femme de Zelig était une douce colombe et venait rarement au magasin. Elle restait chez elle et mettait au monde un enfant après l'autre. Les gens s'attendaient à voir Dacha et Fivke avoir des enfants, mais pas un enfant n'arriva. Elle n'avait que Yankele. Il se maria avec quelqu'un en Lituanie et n'invita même pas sa mère au mariage. J'ai oublié de signaler que Fivke devint excessivement gras. Il avait un gros ventre et un nez rouge, avec des veines éclatées comme les ivrognes.

« Un matin, quand les employés de Dacha arrivèrent pour ouvrir le magasin, ils trouvèrent les portes entrebâillées. Les voleurs de Piask étaient venus en pleine nuit et avaient vidé tous les rayons — les mêmes voleurs que Dacha avait sauvés de la prison et dont les femmes s'amusaient naguère avec Fivke. Quand les choses commencent à aller mal, il n'y a plus de fin. Fivke hurla qu'il les assassineraient tous, mais il ne pouvait rien faire. Il y a une force cachée dans chaque être humain, et quand elle s'en est allée, les forts deviennent faibles, et humbles les fiers. Il est écrit quelque part dans un livre sacré que chaque animal a son temps. Quand le renard est roi, le lion doit s'incliner devant lui.

— Qu'arriva-t-il alors ? demanda Chaya Riva.

— Ce n'est pas pour le shabbat. Je ne veux pas souiller ma bouche.

— Raconte-le, Yentl. Ne me laisse pas en haleine.

— Elle devint une putain. Les Russes venaient chez elle. Fivke servait de rabatteur. Quand les Polonais apprirent ce qui se passait, ils mirent le feu à sa maison. Il y avait peut-être des assurances contre l'incendie à cette époque, mais Dacha n'en avait pas. Ils perdirent leur magasin et leur maison. Ils déménagèrent dans un faubourg, à proximité des casernes, et leur appartement devint un bordel. Je vous raconterai leur fin terrible une autre fois.

— Qu'est-ce qui est arrivé ?

— Pas un shabbat.

— Yentl, je ne dormirai pas de la nuit. » Chaya Riva avait élevé la voix.

Tante Yentl fit une grimace et cracha dans un mouchoir. « Il la fouettait et elle mourut de ses coups.

— Quelqu'un l'a vu ?

— Personne. Tôt un matin, il arriva en courant à la Congrégation des Enterrements, en pleurant, disant que sa femme s'était soudain évanouie et était morte. Les femmes de la Congrégation allèrent chez eux, et le corps fut emmené à la salle de purification. Quand on la mit sur la table et qu'on vit son corps nu, il y eut un tollé. Elle était gonflée et couverte de traces de coups. Les femmes de la Congrégation des Enterrements n'ont pas le cœur tendre ; pourtant, l'une d'entre elles s'évanouit sur-le-champ.

— Fivke ne fut pas arrêté ?

— Il se pendit. On les enterra tous deux la nuit, de l'autre côté de la clôture. »

Ce fut le silence. Tante Yentl toucha le haut de son bonnet. « Je vous avais dit que ce n'était pas pour le shabbat.

— Quelle signification tout cela a-t-il ? demanda Reitze Breindels.

— Aucune signification. »

J'étais sorti du débarras, mais tante Yentl ne me remarqua pas. Elle se mit à murmurer et à lever les yeux au ciel. « Le soleil se couche, dit-elle. C'est l'heure de réciter “ Dieu d'Abraham ”. »

Le dépôt au coffre

Quelque cinq années plus tôt, le professeur Uri Zalkind avait quitté New York pour Miami, après la mort de Lotte, sa femme, et décidé de ne jamais retourner dans cette ville sauvage. La maladie interminable de Lotte avait brisé son âme. Sa santé aussi, semblait-il. Peu après qu'il l'eut enterrée, il tomba malade d'une double pneumonie et d'une infection rénale. Il avait vécu à New York, enseignant la philosophie pendant presque trente ans, mais il se sentait toujours un étranger en Amérique. Les Juifs allemands ne lui pardonnaient pas d'avoir été élevé en Pologne, d'être le fils d'un rabbin de Galicie et de parler l'allemand avec un accent. Lotte elle-même, qui était allemande, l'appelait *Ostjude* quand elle se querellait avec lui. Pour les Juifs russes et polonais, il était un Allemand, puisque non seulement il était marié à une Allemande, mais avait vécu de nombreuses années en Allemagne. Il s'était lié d'amitié avec des Américains membres de la faculté, ou avec des étudiants, mais on s'intéressait peu à la philosophie à l'université et à la philosophie juive encore moins. Lui et Lotte n'avaient pas d'enfants. Pendant les premières années, ils eurent encore de la famille en Amérique, mais la plupart des plus vieux étaient morts et ils n'entretenaient pas de rapports avec la jeune génération. N'empêche qu'en cette matinée d'hiver, le docteur Uri Zalkind avait pris l'avion pour New York

— un homme de plus de quatre-vingts ans, petit, frêle, le dos voûté, avec une barbiche blanche et des sourcils broussailleux où l'on voyait encore des traces de leur ancienne couleur rousse. Derrière ses lunettes aux verres épais, ses yeux gris étaient enflammés en permanence.

C'était un mauvais jour pour aller à New York. Le pilote avait annoncé qu'une tempête soufflait sur la ville. Des nuages sombres couvraient la région, et pendant les dernières minutes avant l'atterrissage à La Guardia, un silence de mauvais augure pesa sur les passagers. Ils évitaient de se regarder dans les yeux, comme s'ils avaient honte à l'avance de la panique qui pouvait éclater à tout moment. Quoi qu'il arrive, je l'ai bien mérité, se dit le docteur Zalkind. Ses voisins de Miami Beach, dans son immeuble habité par des gens du troisième âge, l'avaient averti que voler par un temps pareil, c'était du suicide. Et pour quoi était-il en train de risquer sa vie ? Pour le manuscrit d'un livre que personne ne lirait, excepté peut-être quelques critiques. Il était content de ne porter aucun autre bagage que sa serviette. Il releva le col de fourrure du pardessus long qu'il avait emporté d'Allemagne et, serrant sa serviette de la main droite et retenant son chapeau à larges bords de la main gauche, il sortit de l'aérogare pour prendre un taxi. Il était resté assis dans la même position pendant trois heures et ses jambes étaient engourdies. La neige tombait de biais, sèche comme du sable. Le vent était glacé. Bien qu'il se fût promis, fermement, ce matin, de ne rien oublier, le professeur Zalkind réalisa maintenant qu'il avait laissé son cache-nez et ses galoches à la maison. Il avait prévu de mettre son gilet de laine dans l'avion, mais il l'avait oublié aussi. Lorsqu'un taxi s'arrêta finalement pour le ramasser, il ne put donner au chauffeur l'adresse de la banque où il désirait se rendre. Il se souvenait seulement qu'elle était dans la Trente-septième Rue, entre la Huitième Avenue et Broadway.

Le professeur Zalkind avait eu plus d'une raison d'entreprendre ce voyage. Tout d'abord, le directeur de la maison d'édition universitaire qui devait publier son livre, *Philon le Juif et la kabbale,* avait téléphoné pour lui dire qu'il serait de passage à New York ces prochains jours. D'après le contrat, le professeur Zalkind aurait dû remettre le manuscrit depuis deux ans déjà. Comme il avait ajouté de nombreuses notes et apporté de multiples modifications au texte, il décida de rencontrer l'éditeur personnellement plutôt que d'envoyer le manuscrit par la poste. Deuxièmement, il souhaitait revoir Hilda, l'unique cousine encore en vie de sa défunte épouse. Il ne l'avait pas vue depuis cinq ans et sa fille lui avait écrit que sa mère était sérieusement malade. Troisièmement, le professeur Zalkind avait lu dans le *Herald* de Miami que le samedi précédent, des voleurs s'étaient introduits dans une banque de New York et, forant un trou dans la porte d'acier conduisant à la chambre forte, avaient fait main basse sur tout ce qu'ils avaient trouvé. C'est vrai, le vol n'avait pas eu lieu dans la banque où Zalkind louait un compartiment de coffre. Mais l'article, intitulé « Un coffre est-il sûr ? », l'avait perturbé au point qu'il ne put fermer l'œil de la nuit, après l'avoir lu. Il avait déposé dans son coffre les bijoux de Lotte, son testament et plusieurs lettres importantes, ainsi qu'un manuscrit d'essais sur la métaphysique qu'il avait écrits quand il était jeune — une œuvre qu'il n'oserait jamais publier de son vivant, mais qu'il n'aurait pas voulu perdre. En plus de son coffre, il avait dans la même banque un compte d'épargne de quelque dix-sept mille dollars, qu'il avait l'intention de retirer et de déposer à Miami. Ce n'est pas qu'il avait besoin d'argent. Il touchait une retraite, après ses années d'enseignement à l'université. Il recevait un chèque de la Sécurité sociale chaque mois depuis qu'il avait soixante-douze ans ; régulièrement, l'argent des réparations venait d'Allemagne, d'où il s'était enfui après l'arrivée au pouvoir d'Hitler. Mais pourquoi garder ses biens à New York, maintenant qu'il habitait la Floride ?

Un autre motif — peut-être le plus important — avait poussé le vieil homme à venir à New York.

Depuis des années, il souffrait de troubles de la prostate, et tous les médecins qu'il avait consultés lui avaient conseillé de se faire opérer. Temporiser pouvait lui être fatal, lui avaient-ils dit. Il avait décidé de rendre visite à un urologue à New York, un médecin d'Allemagne, un réfugié comme lui.

Après avoir traîné un long moment dans les encombrements le taxi s'arrêta dans la Huitième Avenue, à l'angle de la Cinquante-septième Rue. Malgré tous ses efforts, le professeur Zalkind ne parvenait pas à déchiffrer le taximètre. Depuis quelque temps, ses yeux se fatiguaient très vite et il ne pouvait lire qu'avec une forte loupe. Il tendit un billet de dix dollars au chauffeur et attendit la monnaie, mais le chauffeur réclama, ce n'était pas assez. Zalkind lui donna encore deux dollars. La tempête empirait. C'était l'après-midi et il faisait noir comme au crépuscule. Dès que Zalkind ouvrit la porte du taxi, la neige le frappa au visage comme la grêle. Il lutta contre le vent, progressant vers la Septième Avenue. Il n'y avait pas de trace de sa banque. Il continua en direction est, jusqu'à la Cinquième. Un immeuble neuf était en construction. Etait-il possible qu'on eût démoli la banque sans le lui faire savoir ? Dans la tempête, des moteurs vrombissaient, des camions et des voitures faisaient retentir leurs avertisseurs. Il voulut demander aux ouvriers où avait déménagé la banque, mais dans le bruit et les clameurs, personne n'entendit sa voix. Les mots du livre de Job lui vinrent à l'esprit : « Il ne retournera plus dans sa maison et sa demeure ne le reconnaîtra pas. »

Zalkind se trouva devant une cabine téléphonique, il réussit à trouver un jeton dans sa poche et composa le numéro de Hilda. Il entendit la voix d'un étranger et ne réussit pas à comprendre ce qu'on lui disait. Eh bien, tout marche de travers aujourd'hui, se dit-il. Il s'aperçut maintenant qu'il n'avait cherché que d'un côté de la rue, persuadé que la banque était là. Peut-être s'était-il trompé ? Il tenta de traverser la rue, mais ses lunettes étaient devenues opaques et il n'était pas sûr de la couleur des feux. Il réussit finalement à traverser, et bientôt il vit une banque qui ressemblait à la sienne, mais avec un nom différent. Il entra. Il n'y avait pas un seul client. Les caissiers étaient assis sans rien faire derrière leurs petites fenêtres. Un garde en uniforme s'approcha de lui et Zalkind lui demanda si c'était bien sa banque. Tout d'abord, le garde parut ne pas comprendre son accent. Puis il l'assura que c'était la même banque — elle avait fusionné avec une autre et le nom avait changé.

« Comment se fait-il que vous ne m'ayez pas averti ?

— Des avis ont été envoyés à tous nos clients.

— Merci, merci. Vraiment, j'ai cru que je commençais à être sénile, dit Zalkind au garde et à lui-même. Et les coffres ?

— Ils sont toujours où ils étaient.

— J'ai un compte d'épargne dans cette banque, et des intérêts ont dû s'accumuler pendant les années où j'ai été parti. Je voudrais les retirer.

— Comme vous voudrez. »

Le docteur Zalkind s'approcha du comptoir et se mit à chercher son chéquier. Il se souvenait positivement l'avoir mis dans l'une des poches intérieures de son veston. Il vida les deux et trouva tout excepté son chéquier — sa carte de Sécurité sociale, son billet d'avion, de vieilles lettres, des calepins, une facture de téléphone, même un prospectus d'une école de danse qu'on lui avait tendu dans la rue. « Est-ce que je deviens fou ? se demanda le docteur Zalkind. Les démons sont-ils à mes trousses ? Je l'ai peut-être mis dans ma serviette. Mais où est ma serviette ? » Il regarda de gauche à droite, sur le comptoir et sous le comptoir. Pas de trace de serviette. « Je l'ai laissée dans la cabine téléphonique ! dit-il avec un tremblement dans la voix. Mon manuscrit aussi ! » Tout s'assombrit soudain dans la banque et un œil doré s'alluma sur un fond noir — venu d'un autre monde, rayonnant comme en rêve, ses bords déchiquetés, une tache dans la pupille, comme l'œil d'un embryon cosmique en voie de formation. La vision le déconcerta et, un moment, il oublia sa serviette. Il regarda l'œil mystérieux augmenter en dimension et en luminosité. Ce qu'il voyait n'était pas entièrement neuf pour lui. Enfant, il avait vu des entités similaires — parfois un œil, à d'autres moments une fleur de feu ouvrant ses pétales ou un papillon éblouissant ou un serpent non terrestre. Ces apparitions, il les avait toujours dans un moment de détresse, quand on lui donnait le fouet au heder, quand un gamin vicieux l'attaquait ou quand il était malade et fiévreux. Le professeur Zalkind se demanda, en termes platoniciens, si ces hallucinations n'étaient pas des formes incompatibles, créées par l'âme sans être modelées sur aucune Idée. Il s'appuya au comptoir pour ne pas tomber. Je ne vais pas m'évanouir, se dit-il fermement. Son ventre était tout gonflé et un renvoi mêlé d'un hoquet lui sortit de la bouche. C'est ma fin !

Le docteur Zalkind ouvrit la porte extérieure de la banque avec difficulté, déterminé à retrouver la cabine téléphonique. Il regarda de tous côtés, mais il n'y avait pas de cabine téléphonique en vue. Il étouffait dans le souffle du vent. Malgré son angoisse, son cerveau continuait à folâtrer. Le pôle Nord est-il venu rendre visite à New York ? Sommes-nous revenus à l'ère glaciaire ? Le soleil s'est-il éteint ? Souvent, le docteur Zalkind avait vu des aveugles traverser les rues de New York sans guide, agitant une canne blanche. Il ne parvenait pas à comprendre où ils prenaient le courage de le faire. Le vent le repoussait, soulevait les pans de son manteau, tentait d'arracher son chapeau. Non, je ne peux aller à la recherche du fantôme d'une cabine téléphonique dans cette tempête. Il se traîna à nouveau vers la banque, où il se mit à chercher sa serviette, sur les comptoirs et par terre. Il ne possédait pas de copie du texte complet, seulement un tas de feuilles manuscrites — en réalité, rien de plus que des notes. Il aperçut un banc et s'écroula dessus. Il resta silencieux, prêt à la mort qui, selon Philon, libère l'âme de la prison de la chair, des caprices des sens. Bien que Zalkind eût lu tout ce que

Philon avait écrit, il n'avait jamais pu conclure de ses écrits si la matière avait été créée par Dieu ou si elle avait toujours existé — un chaos primordial, le principe négatif de la divinité. Le docteur Zalkind avait trouvé des incompatibilités dans la philosophie de Platon et des énigmes qu'aucun esprit ne pouvait résoudre, tant qu'il était paralysé par les erreurs de la corporalité. « Eh bien, je vais peut-être bientôt contempler la vérité », murmura-t-il. Il s'assoupit un moment et se mit même à rêver. Il se réveilla en sursaut.

Le garde était penché sur lui. « Quelque chose ne va pas ? Je peux vous aider ?

— Oh ! j'avais une serviette et je l'ai perdue. Mon chéquier était dedans.

— Votre chéquier ? Vous pourrez en avoir un autre. Personne ne peut retirer votre argent sans votre signature. Où l'avez-vous perdue ? Dans un taxi ?

— Peut-être.

— Tout ce que vous avez à faire, c'est de notifier la perte de votre chéquier à la banque, et après trente jours ils vous en délivreront un autre.

— Je voudrais me rendre au coffre.

— Je vais vous y conduire en ascenseur. »

Le garde aida le docteur Zalkind à se lever. Il le guida à moitié, le poussa à moitié vers l'ascenseur et appuya sur le bouton du sous-sol. Là, malgré son trouble, le professeur Zalkind reconnut l'employé assis à l'entrée du coffre. Ses cheveux étaient devenus gris, mais son visage restait jeune et coloré. L'homme reconnut aussi Zalkind. Il saisit ses mains et s'écria : « Professeur Zalkind, qu'est-ce que je vois là ! Nous pensions déjà que... vous étiez malade ?

— Oui, non.

— Permettez-moi de voir où en est votre compte », dit l'employé. Il passa dans une autre pièce. Zalkind entendit son nom mentionné au téléphone.

« Tout est en ordre, dit l'employé en revenant. Ce que vous nous devez est plus que couvert par les intérêts de votre compte. » Il donna à Zalkind un bout de papier à signer. Cela prit quelque temps. Sa main tremblait comme celle d'une personne souffrant de la maladie de Parkinson. L'employé tamponna le papier et fit un signe de la tête. « Vous n'habitez plus à New York ?

— Non, à Miami.

— Quelle est votre nouvelle adresse ? »

Le docteur Zalkind voulut répondre, mais il avait oublié la rue et le numéro. La lourde porte s'ouvrit et il donna le papier à un autre employé, qui l'introduisit dans la salle des coffres. Celui de Zalkind était dans la rangée du milieu. L'employé lui fit un signe de la main. « Votre clef.

— Ma clef ?

— Oui, votre clef, pour ouvrir le compartiment. »

Alors seulement, il vint à l'esprit du docteur Zalkind qu'il fallait une clef pour ouvrir un compartiment de coffre. Il chercha dans ses poches et sortit un trousseau de clefs, mais il était sûr qu'elles étaient toutes de Miami. Il était là, perplexe. « Je suis navré, je n'ai pas la clef de mon coffre.

— Mais si, vous l'avez. Donnez-moi ces clefs. » L'homme s'empara du trousseau et en montra une au professeur Zalkind, plus grande que les autres. Il avait traîné sur lui une clef de son coffre pendant des années, sans le savoir. L'employé retira un coffret métallique et fit passer Zalkind par un long corridor, ouvrit la porte d'une pièce sans fenêtres et alluma la lumière. Il mit le coffret sur la table et montra à Zalkind un interrupteur au mur, à utiliser quand il aurait terminé.

Après quelques tâtonnements, Zalkind réussit à ouvrir le coffret. Il s'assit et bâilla. Le temps avait fait de lui un malade, l'avait vaincu, mais le temps n'existait pas pour ces objets dans le coffret. Ils gisaient là depuis des années, sans conscience, sans besoins — matière inerte, à moins que les animistes aient raison, qui considèrent toute substance comme vivante. Pour Einstein, la masse était de l'énergie condensée. Pourrait-elle être aussi esprit condensé ?

Bien que le professeur Zalkind eût laissé la loupe dans sa serviette, il reconnut le paquet de lettres d'amour de Lotte, attachées avec les rubans, son journal et son manuscrit de jeunesse intitulé « Fantaisies philosophiques », une collection d'essais, de feuilletons et d'aphorismes.

Après un moment, il sortit les bijoux de Lotte. Il ne savait pas qu'elle avait possédé tant de colifichets. Il y avait des bracelets, des bagues, des boucles d'oreilles, des broches, des chaînes, des colliers de perles. Elle avait tout hérité de sa mère, de ses grand-mères, peut-être de ses arrière-grand-mères. Cela valait probablement une fortune, mais que ferait-il avec de l'argent, au point où il en était ? Assis sur sa chaise, il récapitulait sa vie. Lotte avait ardemment désiré des enfants, mais il avait refusé d'ajouter à la misère de l'espèce humaine et au malheur des Juifs. Elle avait voulu faire des voyages avec lui. Il l'en avait privée aussi. « Qu'y a-t-il à voir ? avait-il coutume de lui demander. En quoi une haute montagne est-elle plus significative qu'une colline ? L'océan est-il un plus grand miracle qu'un étang ? » Bien que le docteur Zalkind ait eu des doutes sur la philosophie de Platon et se fût senti parfois porté vers le panthéisme de Spinoza ou le scepticisme de David Hume, il avait fait sien le dédain de Philon pour les duperies de la chair et du sang. Il était venu à New York décidé à rapporter tous ces objets à Miami. Mais comment les transporterait-il, maintenant qu'il n'avait plus de serviette ? Et quelle différence cela faisait-il, qu'elles fussent entreposées ici ou ailleurs ?

Comme c'était étrange. Sur le chemin de l'aéroport, ce matin, Zalkind nourrissait encore des ambitions. Il faisait le projet d'apporter les dernières corrections à ses manuscrits. Il caressait l'idée de revoir « Fantaisies philosophiques », pour décider ce qu'on pouvait en faire. Il s'était juré de prendre rendez-vous avec l'urologue le lendemain même. Maintenant, il était terrassé par la fatigue et il dut appuyer son front sur la table. Il s'endormit et se retrouva dans un temple, avec des colonnes, des vases, des sculptures, des escaliers de marbre. Etait-ce Athènes ? Rome ? Alexandrie ? Un homme de grande taille, avec une barbe blanche, vêtu d'une toge et de sandales apparut. Il portait un rouleau. Il récitait un poème ou un sermon. La langue était-elle le grec ? Le latin ? Non, c'était l'hébreu, écrit par un scribe.

« La paix soit avec toi, Philon le Juif, mon père et mon maître, dit le docteur Zalkind.

— Paix à toi, mon disciple Uri, fils de Yedidiyah.

— Rabbi, je désire connaître la vérité !

— Là, dans le livre de la Genèse, est la source de toute vérité : “ Au commencement, Dieu avait créé le Ciel et la terre. Or la terre n'était que solitude et chaos ; des ténèbres couvraient la face de l'abîme, et le souffle de Dieu planait sur la face des eaux. ” »

Philon psalmodiait les mots comme un chantre à la synagogue. D'autres vieillards entrèrent, avec des cheveux blancs et des barbes blanches, vêtus de robes blanches et portant des parchemins. Ils étaient tous là — les stoïciens, les gnostiques, Plotin. Uri avait lu que Philon ne parlait pas bien la langue sacrée. Quel mensonge ! Chaque mot de ses lèvres révélait des secrets de la Torah. Il citait le Talmud, le Livre de la Création, le Zohar, rabbi Moshé de Cordoue, rabbi Isaac Luria. Comment cela pouvait-il être ? Le Messie était-il venu ? La résurrection avait-elle eu lieu ? La terre était-elle montée au ciel ? Metatron était-il descendu sur terre ? Les formes et les statues n'étaient pas de pierre, mais c'étaient des femmes vivantes, aux poitrines nues, et leurs cheveux leur descendaient aux reins. Lotte était parmi elles. Et également Hilda. Une femme avec deux corps ? Un corps avec deux âmes ?

« Uri, mon bien-aimé, j'ai langui pour toi ! s'écria-t-elle. Des idolâtres voulaient me souiller, mais j'ai juré d'être fidèle. »

Au milieu du temple il y avait un lit couvert de couvertures et de coussins ; une échelle était suspendue sur le côté du lit. Uri fut sur le point d'y grimper, quand un flot d'eau se déversa par la porte du temple.

Yahvé avait-il rompu son alliance et envoyé le déluge sur la terre ?

Uri Zalkind se réveilla en sursaut. Il ouvrit les yeux et vit l'employé de banque lui secouer les épaules. « Professeur Zalkind, votre serviette a été retrouvée. Une femme l'a apportée. Elle l'a ouverte, et il y avait votre chéquier dedans.

— Je comprends.

— Etes-vous malade ? » demanda l'employé. Il montra du doigt une tache humide sur le plancher.

Un long moment s'écoula avant que le docteur Zalkind ne répondît. « Je suis kaputt, c'est tout.

— Il est trois heures moins cinq. La banque va fermer.

— Je vais m'en aller tout de suite.

— La femme avec la serviette est là-haut. » L'employé sortit, laissant la porte à moitié ouverte.

Pendant une minute, le docteur Zalkind resta sans bouger, surpris par sa propre indifférence. Sa serviette était retrouvée, mais il n'éprouvait aucune joie. Près du coffret, les bijoux de Lotte étincelaient, reflétant les couleurs de l'arc-en-ciel. Brusquement, le docteur Zalkind se mit à remplir les poches de son manteau avec les bijoux. C'était l'acte spontané d'un garçon du heder. Un passage du Pentateuque lui vint à l'esprit : « Voyez, je suis sur le point de mourir : et de quel avantage me sera ce droit d'aînesse ? » Zalkind répéta même les mots d'Esaü avec des intonations de maître d'école.

L'employé revint accompagné d'une femme portant un balai, une serpillière mouillée et un seau. « Dois-je appeler une ambulance ? demanda-t-il.

— Une ambulance ? Non. »

Zalkind suivit l'employé, qui lui réclama la clef. Elle était sous les bijoux de Lotte, et Zalkind dut faire un effort pour l'extraire. L'employé lui fit prendre l'ascenseur, et la femme avec la serviette était là, petite, noiraude, avec une toque de fourrure noire et un manteau râpé. Quand elle aperçut Zalkind, ses yeux brillèrent.

« Professeur Zalkind ! Je suis allée donner un coup

de téléphone et j'ai vu votre serviette. Je l'ai ouverte, et avec vos papiers, il y avait votre chéquier. Comme c'est votre banque, j'ai pensé qu'ils connaîtraient votre adresse. Et vous voilà. » La femme parlait l'anglais avec un accent étranger.

« Oh, vous êtes quelqu'un d'honnête. Je vous remercie de tout mon cœur.

— Vous croyez que je suis si honnête ? Il n'y a pas d'argent. Si j'avais trouvé un million de dollars, le *yetzer hora* aurait pu me tenter. » Elle prononçait les mots hébreux comme en Pologne.

« Il fait terrible dehors. Peut-être vous devriez l'emmener quelque part », suggéra le garde à la femme.

« Où habitez-vous ? Où est votre hôtel ? demanda-t-elle. J'ai entendu que vous venez d'arriver de Miami. Drôle de moment pour venir de Floride dans votre état. Vous pouvez, Dieu vous en préserve, attraper un rhume de la pire espèce.

— Je vous remercie. Je vous remercie. Je n'ai pas d'hôtel. J'avais prévu d'habiter chez la cousine de ma défunte femme, mais il semble que son téléphone ne marche pas.

— Je vous emmènerai chez moi pour le moment. J'habite dans la Cent sixième Rue. C'est assez loin d'ici, mais si nous trouvons un taxi ce ne sera pas long. Mon dentiste a déménagé dans ce quartier et c'est pour ça que je suis ici. »

L'un des employés de banque s'approcha et demanda : « Dois-je essayer de vous trouver un taxi ? »

Zalkind répondit : « Oui, je ne sais vraiment pas comment vous exprimer ma gratitude. »

D'autres employés s'approchèrent et offrirent leur aide, mais Zalkind nota qu'ils échangeaient des clins d'œil. La porte de la rue s'ouvrit et l'un d'eux cria : « Votre taxi ! »

La neige s'était arrêtée, mais il faisait plus froid. La femme prit le bras de Zalkind et l'aida à monter dans le taxi. Elle monta derrière lui et dit : « Mon nom est Esther Sephardi. Vous pouvez m'appeler Esther.

— Vous êtes sepharade ?

— Non, je suis une fille juive de Lodz. Le nom de famille de mon mari était Sephardi. Il était aussi de Lodz. Il est mort il y a deux ans.

— Vous avez des enfants ?

— Une fille au collège. Pourquoi êtes-vous venu par un temps pareil à New York ? »

Le docteur Zalkind ne savait pas par quoi commencer.

« Vous n'avez pas besoin de répondre, dit la femme. Vous vivez seul, n'est-ce pas ? Aucune femme n'aurait permis à son mari de venir à New York par un jour pareil. Vous ne me croirez pas, dans un froid pire que celui-là, je me suis trouvée dans une forêt au Kazakhstan en train de scier du bois. C'est là que les Russes nous ont envoyés en 1941. Nous devions construire nos baraques nous-mêmes. Ceux qui n'y arrivaient pas mouraient, et ceux qui étaient destinés à vivre vivaient. J'ai emporté votre serviette à l'Automat pour y boire une tasse de café et j'ai regardé vos paperasses. Ce sera un livre ?

— Peut-être.

— Vous êtes professeur ?

— Je l'étais.

— Ma fille étudie la philosophie. Pas exactement la philosophie mais la psychologie. Qu'est-ce qu'on peut bien faire avec autant de psychologie ? Je voulais qu'elle étudie pour devenir médecin, mais de nos jours les enfants font ce qu'ils veulent, et pas ce que leur mère leur dit de faire. Pendant vingt ans, j'ai été comptable dans une grande firme. Puis je suis tombée malade et on a dû me faire une hystérectomie. Docteur Zalkind, je ne voudrais pas vous donner de conseil, mais vous ne devriez pas négliger ce que vous avez. Un de mes oncles avait la même chose et il a traîné jusqu'au moment où il a été trop tard.

— C'est trop tard pour moi aussi.

— Comment le savez-vous ? Avez-vous fait faire des analyses ? »

Le taxi s'arrêta dans une rue à moitié sombre, avec des voitures enterrées sous une couche de neige. Le docteur Zalkind réussit à retirer quelques billets de son portefeuille et les tendit à Esther. « Je n'y vois pas très bien. Soyez gentille, payez-le et donnez-lui un pourboire. »

La femme prit la main de Zalkind et lui fit grimper trois étages. Jusqu'alors, le professeur Zalkind avait cru que son cœur était en bon état, mais il devait être arrivé quelque chose — après un étage, le souffle lui manqua. Esther ouvrit une porte et l'introduisit dans un corridor étroit et de là dans un salon minable. Elle dit : « Nous étions plutôt à l'aise, mais mon mari a eu un cancer, puis je suis tombée malade aussi. Je travaille le jour comme caissière dans un cinéma. Attendez, laissez-moi prendre votre pardessus. » Elle le soupesa, regarda les poches gonflées et demanda : « Qu'est-ce que vous avez là, des pierres ? »

Après quelque discussion, elle lui ôta aussi sa chemise et son pantalon. Il tenta de résister, mais elle dit : « Quand on est malade, il ne faut pas être gêné. De quoi avoir honte ? Nous sommes tous faits de la même pâte. »

Elle remplit la baignoire d'eau chaude et lui apporta des sous-vêtements propres et une robe de chambre qui devait avoir appartenu à son défunt mari. Puis elle fit du thé à la cuisine et réchauffa de la soupe en boîte. Le professeur Zalkind avait oublié qu'il n'avait rien mangé et avala ce qu'elle lui apporta. Tout en le servant, Esther continuait de parler de ses années à Lodz, en Russie, à New York. Son père avait été un homme riche, associé dans une usine textile, mais les Polonais l'avaient ruiné avec leurs impôts élevés. Il en avait été si affecté qu'il devint poitrinaire et mourut. Sa mère vécut quelques années de plus, puis elle mourut aussi. En Russie, Esther attrapa la fièvre typhoïde. Elle travaillait dans une usine où la paie était si médiocre qu'on devait voler ou mourir de faim. Son mari fut ramassé par le N.K.V.D., et pendant des années, elle se demandait s'il avait été tué dans un bagne. Quand ils furent finalement réunis, ils durent attendre deux ans en

Allemagne, dans un camp de D.P., leur visa pour l'Amérique. « Ce que nous avons vécu pendant ces années, seul Dieu miséricordieux le sait. »

Un moment, le professeur Zalkind fut tenté de lui dire que même si Dieu était omniscient, la source de bonté, on ne pouvait Lui reconnaître aucun attribut. Il ne s'occupait pas de l'humanité directement, mais à travers la Sagesse, appelée logos par les Grecs. Mais à quoi bon discuter métaphysique avec cette femme.

Après avoir mangé, le docteur Zalkind ne put plus lutter contre sa fatigue. Il se mit à bâiller ; ses yeux se mouillèrent. Sa tête lui retombait sur la poitrine. Esther dit : « Je vais vous installer un lit sur le sofa. Ce n'est pas confortable, mais quand on est fatigué, on dort sur des pierres. J'en sais quelque chose.

— Je ne pourrai jamais vous rendre votre gentillesse.

— Nous sommes tous des êtres humains. »

Les yeux mi-clos, le docteur Zalkind la regarda étendre un drap sur le sofa, apporter un oreiller, une couverture, un pyjama. « Faites que je ne mouille pas le lit », demanda-t-il dans une prière aux puissances qui régissent le corps et ses besoins. Il alla à la salle de bains et se vit dans un miroir pour la première fois de la journée. En un jour, son visage était devenu jaune et tout ridé. Même sa barbe blanche paraissait rapetissée. En retournant au salon, il se souvint de Hilda et demanda à Esther de l'appeler. Esther apprit par un répondeur que Hilda était partie à l'hôpital la veille. « Eh bien, tout tombe en morceaux », se dit Zalkind. Il remarqua une salière qu'Esther avait oublié d'ôter de la table, et pendant qu'elle traînait dans la salle de bains, il versa un peu de sel sur la paume de sa main et l'avala, car le sel retient l'eau du corps. Elle revint en robe de chambre et en pantoufles. Elle n'est plus si jeune, pensa-t-il avec approbation, mais c'est une femme encore attrayante ; malgré ses misères, il n'avait pas perdu sa virilité.

Dès qu'il s'étendit sur le sofa, il tomba dans un profond sommeil. C'est ainsi qu'il sombrait, quand il était petit garçon, les soirs de Pâque après les quatre coupes de vin. Il se réveilla au milieu de la nuit avec le besoin urgent d'uriner. Dieu merci, le drap était sec. La pièce était dans l'obscurité totale ; les persiennes étaient fermées. Il tâtonna comme un aveugle, heurtant une commode, une chaise, une porte ouverte. Conduisait-elle à la salle de bains ? Non, il toucha la têtière d'un lit et entendit quelqu'un respirer. Il fut saisi de frayeur. Son hôtesse pouvait le soupçonner d'intentions malhonnêtes. En fin de compte, il trouva la salle de bains. Il voulut allumer, mais il ne put trouver l'interrupteur. En revenant, dans le corridor, il toucha accidentellement l'interrupteur et alluma la lumière. Il vit sa serviette appuyée contre le mur, son pardessus pendu à une patère. Oui, les bijoux de Lotte étaient toujours là. Il était tombé entre des mains honnêtes. Il faisait froid dans l'appartement et il mit son manteau sur ses épaules par-dessus son pyjama et emporta sa serviette pour y ranger les bijoux. Il sourit — il avait l'air de quelqu'un sur le point de partir en voyage. Je les donnerai à cette femme au bon cœur, décida-t-il. Du moins une partie. Je n'ai plus besoin des biens de ce monde. Si une partie de l'esprit de Lotte existe encore, elle me pardonnera. Soudain, il sentit un étau de chaleur autour de la tête et il tomba. Il entendit son corps faire un bruit sourd sur le plancher. Puis tout fut silencieux.

Le professeur Zalkind ouvrit les yeux. Il était couché dans un lit avec des barres métalliques des deux côtés. Au-dessus de sa tête, une petite lampe brillait. Il scruta fixement la semi-obscurité, attendant que la mémoire lui revienne. Une poche de glace était posée sur son front. Son ventre était bandé et sa main touchait une sonde. « Suis-je encore vivant ? se demanda-t-il. Ou est-ce déjà l'au-delà ? » Il avait envie de rire, mais il souffrait trop. En un instant, tout ce qu'il avait fait au cours de son voyage lui revint. Cela s'était-il passé aujourd'hui ? Hier ? Des jours plus tôt ? Cela n'avait pas d'importance. Malgré sa souffrance, il ressentit une quiétude qu'il n'avait pas connue avant, la satisfaction sublime de n'avoir rien à craindre, rien à désirer, de n'avoir pas de souci, pas de ressentiment. Cet état d'esprit n'était pas de ce monde, et il se mit à son écoute. C'était à la fois étonnamment simple et au-delà de ce que le langage pouvait véhiculer. Il avait reçu la révélation à laquelle il avait aspiré — la faculté de pénétrer au plus secret de l'être, de voir derrière les rideaux des phénomènes, où toutes les questions reçoivent leurs réponses, où toutes les énigmes sont résolues. « Si je pouvais seulement communiquer la vérité à tous ceux qui souffrent et doutent ! »

Une forme se glissa comme une ombre par la porte à moitié ouverte — la femme qui avait trouvé la serviette. Elle se pencha sur son lit et demanda : « Ah ! vous êtes réveillé ? »

Il ne répondit pas et elle dit : « Dieu merci, le pire est passé. Dans peu de temps, vous serez un homme nouveau. »

Traître à Israël

Que pourrait-on imaginer de meilleur que regarder, du haut de son balcon, la rue Krochmalna tout entière (la partie de la rue où habitent les Juifs), depuis la rue Gnoyna jusqu'à la rue Ciepla et même plus loin, jusqu'à la rue du Fer, où passent les tramways ! Une journée ne s'écoulait pas, pas même une heure, sans qu'il n'arrivât quelque chose. Une fois, on attrapait un voleur, puis Itcha Meyer, l'ivrogne — le mari d'Esther, celle qui tenait la confiserie — devenait fou et dansait dans le caniveau. Quelqu'un se trouvait mal et on appelait une ambulance. Il y avait le feu et les pompiers, portant un casque de laiton et de hautes bottes de caoutchouc, arrivaient avec leurs chevaux lancés au galop. J'étais sur le balcon en cet après-midi d'été, dans mon caftan long, une calotte de velours sur mes cheveux roux, les papillotes en désordre, attendant que quelque chose se produise. J'observais les magasins de l'autre côté de la rue, leurs clients et aussi la place, qui fourmillait de voleurs, de filles légères et de vendeurs de loterie. Vous tiriez un numéro d'un sac, et si vous aviez de la chance, vous pouviez gagner trois crayons de couleur, ou un coq fait de sucre avec une crête en chocolat, ou un clown de carton agitant ses bras et ses jambes quand on tirait sur une ficelle. Un jour, un Chinois avec une natte passa dans la rue. En une seconde, elle fut noire de monde. Une autre fois, un homme à la peau sombre apparut avec un turban rouge à gland, vêtu d'une robe qui ressemblait à un châle de prière, les pieds nus dans des sandales. J'appris plus tard que c'était un Juif de Perse, de la ville de Shushan — l'ancienne capitale où le roi Assuérus, la reine Esther et le vilain Haman vivaient.

Comme j'étais le fils du rabbin, tout le monde dans la rue me connaissait. Quand vous êtes sur un balcon, vous ne craignez personne. Vous êtes comme un général. Quand l'un de mes ennemis passait, je pouvais, moi, cracher sur sa calotte et tout ce qu'il pouvait faire, lui, c'était agiter le poing et me crier des injures. Même l'agent de police n'avait plus l'air si grand ni si redoutable, vu d'en haut. Des mouches au ventre violet, des abeilles et des papillons se posaient sur la balustrade du balcon. J'essayais de les attraper ou je me contentais de les admirer. Comment arrivaient-ils jusqu'à la rue Krochmalna et où prenaient-ils leurs couleurs flamboyantes ? J'avais essayé de lire un article sur Darwin dans le journal yiddish, mais je le comprenais à peine.

Soudain, un tumulte se produisit à nouveau. Deux policiers escortaient un homme de petite taille et des femmes couraient derrière lui en hurlant. A ma surprise, ils passèrent tous notre porche. Je pouvais à peine le croire : les agents de police amenaient le petit homme chez nous, au tribunal de mon père. Il était accompagné par Shmuel Smetena, un avocat sans diplôme, le compère à la fois des voleurs et de la police. Shmuel parlait le russe et souvent il servait aux Juifs de la rue d'interprète auprès des autorités. Je découvris bientôt ce qui s'était passé. Le petit homme, Koppel Mitzner, un colporteur de vieux vêtements, était le mari de quatre femmes à la fois. L'une habitait rue Krochmalna, l'autre rue Smocza, une autre à Praga, la dernière rue Wola. Il fallut un moment à mon père pour saisir la situation. Le policier gradé, avec un insigne sur le képi, expliqua que Koppel Mitzner n'avait pas épousé les femmes légalement, avec un certificat de la mairie, mais seulement selon la Loi juive. Le gouvernement ne pouvait pas le poursuivre, puisque les femmes ne possédaient que des contrats de mariage juifs, mais pas de papiers russes. Koppel Mitzner soutenait qu'elles n'étaient pas ses femmes mais ses maîtresses. D'un autre côté, les autorités ne pouvaient pas lui permettre d'enfreindre la loi sans châtiment. Le chef de la police avait donc donné l'ordre qu'on amenât le coupable devant le rabbin. C'était étrange que moi, un gamin, je puisse saisir toutes ces complications plus vite que mon père. Il était plongé dans ses volumes du Talmud et des Commentaires quand Koppel, ses épouses et la foule des curieux, hommes et femmes, firent irruption dans notre appartement. Certains riaient, d'autres réprimandaient Koppel. Mon père était un homme de petite taille, frêle, vêtu d'un long caftan et d'une calotte de velours sur son front haut ; il avait les yeux bleus et la barbe rousse. Il déposa à regret la plume et le papier sur le pupitre, s'assit au bout de la table et demanda à quelques autres de s'asseoir. Certains s'assirent sur des chaises, d'autres sur le banc qui courait le long du mur garni de livres jusqu'au plafond. Entre les fenêtres, se dressait l'arche aux rouleaux sacrés, avec sa corniche dorée où deux lions serraient les Tables de la Loi avec leurs langues en tire-bouchon.

J'écoutai chaque mot et j'observai chaque visage. Koppel Mitzner, pas plus grand qu'un garçon du heder, tout osseux, avait un visage en lame de couteau, un long nez, et une pomme d'Adam qui saillait. Sur son menton minuscule poussait une barbe clairsemée, couleur de paille. Il portait un veston à carreaux et une chemise dont le col se fermait par un bouton de cuivre ciselé. Il n'avait pas de lèvres, seulement une espèce de fente pour bouche. Son sourire était plein d'astuce et il tentait de crier plus fort que les autres avec sa voix grêle. Selon lui, toute l'affaire n'était qu'une plaisanterie ou une erreur. Quand mon père comprit finalement ce que Koppel avait fait, il demanda : « Comment as-tu osé commettre un tel péché ? Ne sais-tu pas que Rabbi Guershom a décrété une peine d'excommunication pour la polygamie ? »

Koppel Mitzner fit signe à tous de se taire, avec son index. Puis il dit : « Rabbin, tout d'abord, je ne les ai pas épousées de mon plein gré. Elles m'ont pris au piège. Cent fois, je leur ai dit que j'avais une femme, mais chacune s'est collée à moi comme une sangsue. Le fait que je n'aie pas fini à la maison des fous de la rue Bonifrate prouve que je suis plus solide que le fer. Ensuite, je n'ai pas besoin d'être plus pieux que notre patriarche Jacob. Si Jacob s'est marié quatre fois, j'ai le droit, moi, d'avoir dix femmes, peut-être même mille, comme le roi Salomon. Je sais aussi que Rabbi Guershom a édicté sa règle pour mille ans, et que neuf cents de ces mille années se sont écoulées. Il reste encore cent ans. Je prends le péché sur moi. Toi, Rabbin, tu ne rôtiras pas dans ma Géhenne. »

Il y eut un éclat de rire général. Quelques-uns des jeunes gens applaudirent. Mon père se tenait la barbe. « Ce qui se passera dans une centaine d'années, nous ne pouvons pas le savoir. Pour le moment, la décision de Rabbi Guershom est valable et celui qui la viole est un traître en Israël.

— Rabbin, je n'ai pas volé, je n'ai pas commis d'escroquerie. Il y a des riches hassidim qui font faillite deux fois par an, puis vont chez leur rabbi les jours de fête et sont assis à sa table. Quand j'achète quelque chose, je paie comptant. Je ne dois pas un sou à personne. J'entretiens quatre filles juives et neuf braves enfants. »

Ses épouses tentèrent d'interrompre Koppel, mais la police ne le permit pas. Shmuel Smetena traduisit les paroles de Koppel en russe. Je ne comprenais pas la langue, mais il me parut qu'il abrégeait l'argumentation de Koppel — il gesticulait, faisait des clins d'œil, et il me sembla qu'il ne voulait pas que les Russes comprennent tout ce qu'il avançait pour sa défense. Shmuel Smetena était grand et gras et son cou était rouge. Il portait un veston de velours à boutons dorés et, sur son gilet, une chaîne de montre faite de roubles d'argent. Les tiges de ses bottes brillaient comme la laque. Je ne cessais de regarder les femmes de Koppel. Celle de la rue Krochmalna était petite, ventrue comme le pot de ragoût du shabbat, et elle avait un nez en patate et une forte poitrine. Elle paraissait être la plus âgée de la série. Sa perruque était ébouriffée et noire comme la suie. Elle pleurait et essuyait ses larmes avec son tablier. Elle agitait un doigt épais avec un ongle cassé en direction de Koppel, le traitait de criminel, de porc, d'assassin, de débauché. Elle menaçait de lui casser les côtes.

L'une des femmes avait l'air d'une jeune fille. Elle portait un chapeau de paille à ruban vert et tenait une bourse à fermoir de cuivre. Ses joues étaient rouges comme celles des prostituées qui se tiennent sous les porches et attendent les clients. Je l'entendis dire : « C'est un menteur, le plus grand trompeur au monde. Il m'a promis la lune et les étoiles. Un faussaire et un fanfaron comme lui, on n'en trouvera pas un deuxième dans tout Varsovie. S'il ne veut pas m'accorder le divorce sur-le-champ, qu'il moisisse en prison. J'ai six frères, et chacun d'entre eux peut le transformer en chair à saucisse. »

En prononçant ces paroles furieuses, ses yeux souriaient et ses joues se creusaient de fossettes. Elle me paraissait merveilleuse. Elle ouvrit sa bourse, en sortit une feuille de papier et la mit sous les yeux de mon père. « Voici mon contrat de mariage. »

La troisième femme était petite, blonde, plus âgée que celle au chapeau de fourrure, mais beaucoup plus jeune que celle de la rue Krochmalna. Elle dit qu'elle était cuisinière à l'hôpital juif, où elle avait rencontré Koppel Mitzner. Il s'était présenté à elle sous le nom de Morris Kelzer. Il venait à l'hôpital parce qu'il souffrait de terribles maux de tête et le docteur Frankel l'avait gardé deux jours en observation. La femme dit à mon père : « Maintenant, je comprends pourquoi la tête lui faisait mal. Si j'avais concocté une *kasha* à sa façon, ma tête aurait éclaté et je serais devenue folle dix fois par jour. »

La quatrième femme était rousse, son visage était

couvert de tache de rousseur et ses yeux étaient verts comme des groseilles à maquereau. Je remarquai une dent en or sur le côté de sa bouche. Sa mère, qui portait un bonnet garni de perles et de rubans, était assise sur le banc et poussait un cri chaque fois qu'on mentionnait le nom de sa fille. Celle-ci s'efforçait de la calmer avec des sels qu'on utilise à Yom Kippour pour ceux qui ne sont ni assez forts pour jeûner ni prêts à interrompre le jeûne. J'entendis la fille dire : « Maman, pleurer et se lamenter ne servent à rien. Nous sommes dans le pétrin et nous devons nous en sortir.

— Il y a un Dieu, il y a un Dieu, criait la vieille femme d'une voix perçante. Il est patient, mais Il châtie sévèrement. Il verra notre honte et notre disgrâce et Il prononcera sa sentence. Quel malfaiteur, quel coureur de filles, quel abruti ! »

Sa tête retombait en arrière, comme si elle était sur le point de s'évanouir. La fille se précipita à la cuisine et revint avec une serviette mouillée. Elle l'utilisa pour frotter les tempes de la vieille femme. « Maman, reviens. Maman, maman, maman ! »

La vieille femme se réveilla en sursaut et se remit à hurler. « Braves gens, je meurs !

— Tiens, avale ça. » La fille introduisit une pilule entre ses gencives édentées.

Après un moment, les agents de police s'en allèrent, ayant donné l'ordre à Koppel Mitzner de se présenter au quartier général de la police le lendemain, et Shmuel Smetena se mit à abreuver Koppel de reproches. « Comment un homme, un homme d'affaires par-dessus le marché, peut-il faire une chose pareille ? » Mon père dit à Koppel qu'il devait divorcer sans délai d'avec trois épouses et garder la première, celle de la rue Krochmalna. Mon père ordonna aux femmes d'approcher de la table et leur demanda si elles acceptaient le divorce. Mais chacune à sa manière répondit évasivement. Koppel avait six enfants avec la femme de la rue Krochmalna, deux avec la cuisinière de l'hôpital juif et un avec la rouquine. C'est avec la plus jeune seulement qu'il n'en avait pas. J'avais maintenant entendu les noms des femmes. Celle de la rue Krochmalna s'appelait Trina Leah, la cuisinière Gutsha et la rouquine Naomi. La plus jeune avait un nom chrétien, Pola. Habituellement, quand les gens venaient pour un Din Torah, un jugement, mon père décidait d'un compromis. Si l'une des parties réclamait vingt roubles, et si l'autre niait devoir un rouble, le verdict de mon père était d'en payer dix. Mais à quelle sorte de compromis pouvait-on arriver dans cette affaire ? Mon père hocha la tête et soupira. De temps en temps, il jetait un coup d'œil du côté de ses livres et de ses manuscrits. Il détestait être dérangé dans ses études. Il me fit signe, comme pour dire : « Vois où le Malin peut conduire ceux qui n'obéissent pas à la Torah. »

Après un long marchandage, mon père renvoya les femmes à la cuisine pour discuter leurs griefs et les arrangements financiers avec ma mère. Elle avait plus d'expérience que lui dans les affaires de ce monde. Une fois ou deux, elle avait jeté un coup d'œil dans la salle d'audience et regardé Koppel avec mépris. Les femmes se précipitèrent aussitôt à la cuisine et je les suivis. Ma mère, plus grande que mon père, mince, pâle comme une malade, avec un nez fin et de grands yeux gris, lisait comme toujours quelque livre de morale en hébreu. Elle portait un foulard blanc sur sa perruque blonde. Je l'entendis dire aux femmes de Koppel : « Divorcez. Fuyez loin de lui comme on fuit le feu. Je demande pardon de mes paroles, mais qu'est-ce que vous lui avez trouvé ? C'est un débauché ! »

Gutsha, la cuisinière, répondit : « Rebbetzin, c'est facile de divorcer d'un homme, mais nous avons deux enfants. C'est vrai, ce qu'il paie pour leur entretien est dérisoire, mais c'est mieux que rien. Une fois divorcé, il sera libre comme un oiseau. Une enfant a besoin de chaussures, d'une petite jupe. Eh bien, que faudra-t-il leur dire quand elles seront plus grandes ? Il ne venait que le samedi, mais pour les petites filles, c'était quand même papa. Il leur apportait des friandises, un jouet, une galette. Et il faisait semblant de les aimer.

— Vous ne saviez pas qu'il avait une femme ? » demanda ma mère.

Gutsha hésita un moment. « Au début, je ne le savais pas, et quand je l'ai découvert, il était trop tard. Il disait qu'il ne vivait pas avec sa femme, et qu'il était sur le point de divorcer. Il m'éblouissait et m'ensorcelait. C'est un habile causeur, un rusé renard.

— Elle savait, la putain, elle savait ! s'exclama Trina Leah. Quand un homme vient voir une femme le shabbat seulement, il est aussi cascher que le porc. Elle ne vaut pas plus que lui. Les gens de son espèce n'ont qu'une idée, prendre le mari des autres. C'est une mauvaise fille, une rouée. » Et Trina Leah cracha au visage de Gutsha.

Gutsha s'essuya le visage avec un mouchoir. « Qu'elle crache le sang et le pus.

— Vraiment, je ne comprends pas », dit ma mère aux femmes et comme se parlant à elle-même. Puis elle ajouta : « Peut-être pourrait-il être forcé à payer pour les enfants par la loi des chrétiens.

— Rebbetzin, dit Gutsha, si un homme a du cœur pour ses enfants, on n'a pas besoin de le forcer. Celui-ci arrivait chaque semaine avec un autre prétexte. Il lâchait parcimonieusement ses quelques gulden, comme des aumônes. Aujourd'hui, l'agent de police est venu à l'hôpital et m'a emmenée comme une criminelle. Mes ennemis se sont réjouis de me voir tombée si bas. J'ai laissé mes enfants avec une infirmière qui doit s'en aller à quatre heures, puis ils seront seuls.

— Dans ce cas, retourne immédiatement chez toi, dit ma mère. On fera quelque chose. Il subsiste encore un vestige de droiture ici-bas.

— Aucune espèce de droiture. J'ai creusé ma propre tombe. Je dois avoir été folle. Je mérite tous les coups que je reçois. Je suis prête à mourir, mais qui s'occupera de mes chers petits ? Ce n'est pas de leur faute ?

— Elle est autant une mère que je suis une comtesse, cria Trina Leah à tue-tête. Garce, vicieuse, canaille. »

J'avais très pitié de Gutsha, néanmoins, j'étais curieux de savoir ce que faisaient les hommes et je retournai à la chambre où ils étaient en train de discuter. J'entendis Shmuel Smetena dire : « Ecoute-moi, Koppel. Peu importe ce que tu dis, les enfants ne doivent pas être les victimes. Tu devras t'occuper d'eux, autrement les Russes te mettrons en cage pour trois ans, et personne ne versera une larme pour toi. Pas un avocat ne se chargerait d'une telle affaire. Si tu es en colère et que tu poignardes quelqu'un, le juge peut se montrer clément. Mais ce que tu as fait jour après jour, ce n'était pas la façon d'agir d'une personne humaine.

— Je payerai, je payerai, ne fais pas ton petit saint, dit Koppel. Ce sont mes enfants et je ne les laisserai pas aller mendier. Rabbin, si tu le permets, je le jurerai sur le rouleau sacré. » Et Koppel désigna l'arche.

« Jurer ? Que Dieu t'en garde ! répondit mon père. D'abord, tu dois signer un papier pour t'engager à obéir à mon jugement et à remplir tes obligations envers tes enfants. Malheur sur moi ! » Mon père changea de ton. « Combien de temps un homme vit-il, de toute manière ? Ça vaut-il la peine de perdre le monde à venir, pour assouvir ces vilaines passions ? Que devient le corps après la mort ? Il est dévoré par les vers. Tant qu'on respire, il est encore temps de se repentir. Quand on est dans la tombe, on n'a plus le choix.

— Rabbin, je suis prêt à jeûner et à faire pénitence. J'ai une explication : j'ai perdu la raison. Un démon ou un mauvais esprit a pénétré en moi. Je me suis pris comme une mouche dans une toile d'araignée. J'ai peur que les gens ne se vengent sur moi, et que personne ne vienne plus dans ma boutique.

— Les Juifs sont miséricordieux, dit mon père. Si tu te repens de tout ton cœur, personne ne te persécutera.

— Absolument vrai », confirma Shmuel Smetena.

Je quittai les hommes et retournai à la cuisine. La vieille femme, la mère de Naomi, disait : « Rebbetzin, je ne l'aimais pas dès le commencement. Je l'ai regardé une seule fois, et j'ai dit : " Naomi, fuis-le comme la peste. Il ne va pas divorcer d'avec sa femme. Qu'il divorce d'abord ; j'ai dit, après on verra. " Ma bonne dame, nous ne sommes pas des gens venus du ruisseau. Mon défunt mari, le père de Naomi, était un hassid. Naomi était une fille honnête. Elle est devenue ouvrière couturière pour me faire vivre. Mais il a la langue bien pendue et sa bouche débite des paroles sucrées. Plus il cherchait à m'embobiner avec ses flatteries, plus je reconnaissais le serpent qu'il est. Mais ma fille est folle. Si vous lui racontez qu'il y a une foire aux chevaux au Ciel, elle voudra monter là-haut pour acheter un cheval. De plus, elle n'a pas eu de chance. Elle a été mariée et est restée veuve après trois ans. Son mari, une espèce de géant d'homme, est tombé comme un arbre. Quel malheur d'avoir vu tant de malheur dans ma vieillesse. Je voudrais être morte depuis longtemps. Qui a besoin de moi ? Je gaspille le pain que je mange.

— Ne dites pas ça. Dieu nous commande de vivre et nous devons vivre, dit ma mère.

— Pour quoi faire ? Les gens se moquent de nous. Quand elle m'a appris qu'elle était enceinte de cet avorton, je l'ai prise par les cheveux et... Bonnes gens, je meurs ! »

Ce jour-là, les trois femmes acceptèrent de divorcer d'avec Koppel Mitzner. La procédure du divorce devait avoir lieu à la maison. Koppel signa un papier et donna à mon père une avance de cinq roubles. Mon père avait déjà inscrit les noms des trois femmes. Le nom de Naomi était un vrai nom juif. Gutsha était un diminutif de Gutte, autrement dit Tovah. Mais quelle espèce de nom était Pola ? Mon père chercha le nom dans un livre intitulé *Noms de personnes,* mais il n'y avait pas de Pola dedans. Il me demanda de faire venir Isaïe le scribe et ils en discutèrent. Isaïe avait une grande expérience de ces choses. Il dit à mon père qu'il dessinait un rond dans un carnet chaque fois qu'il rédigeait un acte de divorce, et récemment, son fils avait compté huit cents de ces ronds. « D'après la loi, dit Isaïe, un nom chrétien est acceptable dans un acte de divorce. »

Naomi devait être divorcée la première. La cérémonie rituelle devait avoir lieu dimanche. Mais ce dimanche, ni Koppel ni ses femmes ne comparurent. La nouvelle se propagea rue Krochmalna que Koppel Mitzner avait disparu en compagnie de la plus jeune de ses femmes, Pola. Il avait abandonné les trois autres, et elles n'auraient plus jamais le droit de se remarier. Où lui et Pola allèrent, nul ne le sut jamais, mais on supposa qu'ils s'étaient enfuis à Paris ou à New York. « Dans quel autre endroit, disait ma mère, ce genre de charlatans iraient-ils se réfugier ? »

Elle me jeta un regard furieux, comme si elle me suspectait d'envier Koppel et son voyage, et, qui sait, peut-être même sa compagne. « Qu'est-ce que tu fais à la cuisine ? cria-t-elle. Retourne à tes livres. Ces choses dépravées ne sont pas pour toi. »

Tanhum

Tanhum Makover boutonna son caftan et tordit ses papillotes en bouclettes. Il s'essuya les pieds sur le paillasson devant la porte, comme on lui avait dit de faire. Son futur beau-père, Reb Bendit Waldman, lui rappelait souvent qu'on pouvait étudier la Torah et servir le Tout-Puissant sans se conduire en rêveur. Reb Bendit Waldman se donnait lui-même en exemple. Il était quantité de choses à la fois — un lettré, un fervent hassid du rabbi de Sadgora en même temps qu'un marchand de bois prospère, un joueur d'échecs et le propriétaire d'un moulin. On avait du temps pour chaque chose si l'on n'était pas paresseux, disait Reb Bendit — même pour apprendre le russe et le polonais tout seul et jeter un coup d'œil au journal. Comment son futur beau-père réussissait à tout mener de front, cela dépassait Tanhum. Reb Bendit ne donnait jamais l'impression de se presser. Il avait un mot aimable pour tout le monde, même pour un garçon de course ou une servante. Les femmes qui en avaient lourd sur le cœur venaient lui demander conseil. Et il ne négligeait pas de rendre visite aux malades ni — à Dieu ne plaise — d'accompagner un mort. Tanhum prenait souvent la décision de devenir quelqu'un comme son futur beau-père, mais il n'y arrivait tout simplement pas. Il s'absorbait dans quelque livre sacré et, avant de s'en rendre compte, la moitié de la journée s'était écoulée. Il s'efforçait de soigner sa mise, mais parfois un bouton se décousait, se balançait par un fil et finissait par tomber et se perdre. Ses bottes étaient toujours tachées de boue, les cols de ses chemises effrangés. Il avait beau nouer la ceinture de son pantalon, elle se défaisait toujours. Il résolut d'apprendre par cœur deux pages de la Guemara par jour, de sorte à en avoir fini avec le Talmud en trois ans et demi, mais même cela, il n'y réussit pas. S'il se passionnait pour quelque discussion talmudique, il pouvait traîner dessus des semaines et des semaines. Les interrogations et les doutes ne le laissaient pas en repos. Assurément, la miséricorde régnait au Ciel, mais pourquoi les petits enfants et même les animaux devaient-ils souffrir ? Pourquoi l'homme était-il voué à la mort en fin de compte, et le taureau au couteau du sacrificateur ? Pourquoi les miracles avaient-ils cessé de se produire, et le peuple élu de Dieu devait-il subir la souffrance de l'exil depuis deux mille ans ? Tanhum scrutait la littérature hassidique, les volumes de la kabbale, les anciens traités de philosophie. Les questions qu'ils suscitaient en lui le tourmentaient comme des mouches. Certains matins, Tanhum se réveillait les membres alourdis, une douleur aux tempes, et sans éprouver le besoin d'étudier, de prier ou même de faire ses ablutions. Aujourd'hui, c'était un tel jour. Il ouvrit la Guemera et resta assis pendant deux heures sans tourner une page. Durant la prière, il lui sembla ne pas comprendre la signification des mots. En récitant les Dix-Huit Bénédictions, il les intervertit. Et justement aujourd'hui, il était invité chez son futur beau-père.

La maison de Reb Bendit Waldman était construite de telle manière qu'on passait par la cuisine pour atteindre la salle à manger. La cuisine grouillait de femmes : la future belle-mère de Tanhum, ses belles-filles, ses filles, y compris la promise de Tanhum, Mira Fridl. Avant même d'entrer dans la maison, il entendit le vacarme et l'agitation à l'intérieur. Les femmes de la maison faisaient toutes beaucoup de bruit et aimaient rire, et souvent, des voisines étaient là. Elles s'adonnaient furieusement à la cuisine, à la pâtisserie, au tricot, à la broderie et jouaient aux dames, aux osselets, à cache-cache, au loup et au mouton. A Hannukah, elles faisaient fondre de la graisse de poulet ; après Souccoth, elles faisaient de la choucroute et des conserves de concombres ; en été, elles confectionnaient de la confiture. Le feu brûlait sans arrêt dans le poêle et sous un trépied. La cuisine sentait bon le café, la viande braisée, la cannelle et le safran. On faisait cuire des gâteaux et des galettes, le shabbat et les jours de fête, pour accompagner les oies rôties, les poulets et les canards. Un jour on préparait une circoncision et un autre jour la cérémonie du rachat du premier-né ; tantôt quelqu'un de la famille se fiançait, tantôt ils s'en allaient tous ensemble à un mariage. Des tailleurs venaient faire l'essayage de manteaux, des cordonniers mesurer des pieds pour des chaussures. Chez Reb Bendit Waldman, les occasions ne manquaient pas de prendre un verre d'eau-de-vie et de grignoter une galette aux amandes, une babka ou un gâteau au miel.

Reb Bendit se moquait des femmes de la maison et de leur sens exagéré de l'hospitalité, mais il était évident que lui aussi aimait que sa demeure fût pleine de monde. Chaque fois qu'il allait à Varsovie ou à Cracovie, il ramenait divers colifichets pour les femmes — mouchoirs brodés, bagues, châles, broches — et pour les garçons, des canifs, des plumes, des calottes à festons dorés et des sacs à phylactères surchargés d'ornements. En plus des cadeaux de mariage habituels — un Talmud, une montre en or, une coupe à vin, une boîte à épices, un châle de prière à brocart d'argent — Tanhum avait déjà reçu quantité d'autres présents. Quand les anciens condisciples de Tanhum à la yeshiva de Brisk disaient qu'il était tombé dans un pot de sauce, ce n'était pas qu'un mot. La future mariée, Mira Fridl, était considérée comme une beauté, mais Tanhum ne l'avait pas encore vraiment regardée. Comment aurait-il pu ? Pendant la signature du contrat de mariage, le salon des femmes avait été bondé et, à la cuisine, Mira Fridl était toujours entourée de ses sœurs et de ses belles-sœurs.

Quand Tanhum franchissait le seuil, il baissait les yeux. Certes, le destin assigne à chacun de nous son compagnon ; quarante jours avant que lui, Tanhum, ne fût venu au monde, il avait déjà été décidé que Mira Fridl serait son épouse. Cependant, il se tourmentait : était-il à la hauteur pour tenir son rang de gendre de Reb Bendit Waldman ? Tous les membres de la famille étaient exubérants tandis qu'il était taciturne. Il ne comprenait rien aux affaires, il n'avait pas la langue bien pendue et n'était pas gai. Il ne connaissait pas de jeux, il était incapable de faire des acrobaties ou des prouesses de natation à la rivière. A douze ans déjà, il avait dû prendre pension chez des étrangers charitables, dans les villes où on l'envoyait étudier dans les yeshivas. Son père était mort quand Tanhum était encore enfant. Sa mère s'était remariée. Le beau-père de Tanhum était un pauvre colporteur nanti de six enfants d'un précédent mariage. Depuis son enfance, Tanhum était habillé de guenilles. Il se reprochait constamment de ne pas prier avec assez de ferveur ou de ne pas se consacrer suffisamment au judaïsme, et il se battait éternellement contre les mauvaises pensées.

Ce jour-là, le tumulte dans la cuisine était plus bruyant que jamais. Quelqu'un devait avoir dit un bon mot ou fait le bouffon, car les femmes riaient et applaudissaient. D'habitude, quand Tanhum entrait, on s'écartait avec respect pour lui permettre de passer, mais voici qu'il devait se frayer un chemin à travers la foule. Qui sait, peut-être se moquait-on de lui ? Il se sentit le cou chaud et humide. Il devait être en retard, car Reb Bendit était déjà assis à table avec ses fils et ses gendres, attendant que Tanhum apparaisse. Reb Bendit, dans un caftan à dessins à fleurs, sa barbe argentée divisée en deux pointes et une calotte de soie posée sur le sommet du crâne, se prélassait dans son fauteuil, au haut bout de la table. L'homme avait certainement bu un verre, car des carafes et des verres étaient sur la table, avec des galettes à croquer. Ils étaient tous d'humeur joyeuse. Le fils aîné de Reb Bendit, Leibusch Meir, un grand garçon bien en chair avec un ventre proéminent et une barbe rousse arrondie autour de son visage gras, était secoué par le rire. Yoshe, un gendre — petit et rond comme un tonneau, avec des yeux noirs et des lèvres épaisses — gloussait dans un mouchoir. Un autre gendre, Shlomele le farceur, le loustic, le mime, était en train d'imiter avec impudence les gestes de quelqu'un.

Reb Bendit demanda à Tanhum sur un ton affable : « Tu as une montre en or. Pourquoi n'es-tu pas à l'heure ?

— Elle s'est arrêtée.

— Tu ne l'as probablement pas remontée.

— Il a besoin d'un réveille-matin, persifla Shlomele.

— Eh bien, va te laver les mains », et Reb Bendit lui désigna la cuvette.

En se lavant les mains, Tanhum mouilla ses manches. Une serviette pendait au râtelier, mais il regardait, impuissant, l'eau s'égoutter par terre. Il trébuchait souvent, accrochait ses vêtements et se cognait contre les objets, et on devait constamment lui dire où aller et quoi faire. Il y avait un miroir dans la salle à manger, et Tanhum se vit lui-même — une silhouette voûtée aux joues creuses, aux yeux sombres sous des sourcils ébouriffés, une maigre barbe à l'extrémité du menton, un nez pâle et une pomme d'Adam proéminente. Il lui fallut quelques secondes pour comprendre qu'il regardait son propre reflet. A la table, Reb Bendit louait le plat de gruau et demandait à la femme qui l'avait préparé quels ingrédients elle avait utilisés. Leibush Meir demandait qu'on le serve une deuxième fois comme d'habitude. Shlomele se plaignait de n'avoir trouvé qu'un seul champignon dans sa portion. Après la soupe, la conversation prit un ton sérieux. Reb Bendit avait acheté une exploitation forestière en association avec un marchand de Zamość, Reb Nathan Vengrover. Les deux associés s'étaient brouillés et Reb Nathan avait fait citer Reb Bendit devant le rabbi, l'autre samedi soir, pour une audience. Reb Bendit prenait à témoins ses hôtes :

son associé manquait totalement de bon sens, c'était un nigaud, un niais, une espèce d'idiot. Les fils et les gendres se déclarèrent d'accord, c'était un imbécile. Tanhum se sentit pris de terreur. C'étaient de mauvaises paroles, de la diffamation et Dieu sait quoi encore ! D'après la Guemara, parler d'autrui avec un tel manque de respect, c'était perdre le monde à venir. L'avaient-ils oublié ou faisaient-ils seulement semblant d'oublier ? Tanhum voulait les avertir qu'ils violaient la Loi : Ne te conduis pas comme un médisant au milieu des tiens. D'après la Guemara, il aurait dû se boucher les oreilles pour ne pas entendre, mais il ne pouvait pas mettre son futur beau-père dans l'embarras. Il s'enfonça encore davantage dans sa chaise. Deux femmes apportaient maintenant le plat principal : des côtes de bœuf et des poulets rôtis nageant dans une sauce. Tanhum fit une grimace. Comment pouvait-on manger un tel festin un jour de semaine ? Ne se souvenaient-ils pas de la destruction du Temple ?

« Tanhum, tu manges ou tu dors ? »

C'était sa promise, Mira Fridl, qui parlait. Tanhum revint à lui en sursaut. Il la voyait maintenant pour la première fois : de taille moyenne, le teint clair, avec des cheveux d'or et des yeux bleus, vêtue d'une robe rouge. Elle lui souriait méchamment et lui lançait même des œillades.

« Que préfères-tu, le bœuf ou le poulet ? »

Tanhum voulut répondre, mais les paroles lui restèrent dans la gorge. Depuis quelque temps déjà, il éprouvait de l'aversion pour la viande. Sans aucun doute, tout était cascher ici, mais il lui semblait que la viande sentait le sang et qu'il pouvait entendre le beuglement de la vache qui se contortionnait sous le couteau du sacrificateur.

Reb Bendit dit : « Donne-lui des deux. »

Mira Fridl lui servit une côtelette et puis, avec sa cuillère en attente au-dessus du plat de poulet, demanda : « Que voudrais-tu, l'aile ou la cuisse ? »

A nouveau, Tanhum fut incapable de répondre. A

sa place, Shlomele le farceur dit avec un regard polisson : « Il convoite les deux. »

Quand Mira Fridl se pencha vers Tanhum pour déposer une cuisse de poulet sur son assiette, sa poitrine toucha son épaule. Elle ajouta des pommes de terre et des carottes et Tanhum eut un mouvement de recul. Il entendit Shlomele rire sous cape et il fut envahi par la honte. Je ne suis pas comme eux, pensa-t-il. Ils se moquent de moi... Il avait envie de se lever et de fuir.

« Mange, Tanhum, ne lanterne pas, dit Reb Bendit. Il faut être fort pour étudier la Torah. »

Tanhum trempa sa fourchette dans la sauce et y pêcha une tranche de viande, la couvrit de raifort et la saupoudra de sel pour masquer le goût. Il mangea un morceau de pain. Il était intimidé par Mira Fridl. De quoi parleraient-ils après le mariage ? Elle était la fille d'un homme riche, habituée à une vie de luxe. Sa mère lui avait dit qu'un joaillier de Lublin avait monté des bijoux pour Mira Fridl. On était en train de coudre toutes sortes de vestes de fourrure et de capes pour elle, et elle recevrait des meubles, des tapis et de la vaisselle de porcelaine. Comment lui, Tanhum, pourrait-il s'imposer à une créature aussi choyée ? Et pourquoi voulait-elle de lui pour époux ? Son père l'avait sans aucun doute forcée à le prendre. Il voulait un talmudiste pour gendre. Tanhum se vit sous le dais nuptial avec Mira Fridl, dégustant le bouillon doré, dansant la danse du mariage, puis conduit à la chambre nuptiale. Il se sentit pris de panique. Rien de tout cela ne paraissait convenir à son esprit tourmenté. Il commença à se balancer et à prier le Tout-Puissant de le protéger des tentations, des pensées impures, du filet de Satan. *Père du Ciel, sauve-moi !*

Leibush Meir eut un éclat de rire. « Pourquoi tu te balances ? C'est une cuisse de poulet, ce n'est pas un commentaire de Rachi. »

Reb Nathan devait emmener son arbitre Reb Feivel à l'audience. Reb Bendit Waldman avait aussi son arbitre, Reb Fishel, mais néanmoins il invita aussi

Tanhum à assister à la procédure. Il dit que cela ferait du bien à Tanhum d'apprendre quelque chose de pratique. S'il se décidait pour le rabbinat, il aurait à acquérir quelques notions sur les affaires. Il était tout à fait possible que ce scélérat entêté de Reb Nathan refuse tout compromis et insiste sur la lettre stricte de la Loi, et Reb Bendit demanda donc à Tanhum de descendre les livres et de compulser les traités qui contiennent les règles en matière d'associations commerciales. Tanhum accepta de mauvaise grâce. La Torah tout entière était sainte, bien entendu, mais Tanhum ne se sentait pas attiré par les lois concernant l'argent, les manipulations, l'intérêt, l'escroquerie. Des années auparavant, quand il avait étudié ces sujets dans la Guemara, il ne lui était pas venu à l'esprit qu'il y avait réellement des Juifs qui reniaient des accords écrits, volaient, faisaient de faux serments et trompaient. L'idée de rencontrer une personne réelle qui nierait une dette, violerait un engagement et s'enrichirait par la fraude était trop pénible pour être envisagée. Tanhum voulut dire à Reb Bendit qu'il n'avait nulle intention de devenir rabbi et qu'il lui serait difficile de mettre de côté le traité dans lequel il était absorbé et d'aborder des questions qui lui étaient étrangères. Mais comment pouvait-il se dérober à Reb Bendit, qui l'avait sorti de la pauvreté et qui lui avait donné sa fille pour fiancée ? Cela aurait mis sa future belle-mère en colère et tourné Mira Fridl contre lui. Cela aurait provoqué une querelle et suscité de vilains bavardages. On ne pouvait savoir quel conflit en aurait résulté.

Au cours des journées suivantes, Tanhum n'eut pas assez de temps pour approfondir *Le Pectoral du jugement* et ses multiples commentaires. Il examina rapidement le texte de Rabbi Caro et les annotations de Rabbi Moshe Isserles. Il se mordit les lèvres. Evidemment, même dans l'ancien temps, on n'avait manqué ni de fraudes ni de coquins. Etait-ce un miracle ? Même la génération qui avait reçu la Torah avait eu son Korah, son Dathan, son Abiram. Pourtant, comment concilier le vol et la foi ? Comment quelqu'un dont l'âme s'était trouvée au mont Sinaï pouvait-il la souiller par le crime ?

Le Din Torah, l'audience, débuta le samedi soir et il apparut qu'elle durerait toute une semaine. Le rabbin, Reb Efraïm Engel, un patriarche de soixante-dix ans et auteur d'un livre de décisions judiciaires, dit à sa femme d'envoyer tous ceux qui venaient demander conseil sur d'autres sujets au rabbin auxiliaire. Il verrouilla la porte de son cabinet de travail et donna l'ordre à ses bedeaux de ne laisser entrer que les participants. Les bougies qui avaient reconduit le shabbat étaient sur la table. La pièce sentait le vin, la cire et la boîte à épices. La famille ayant décrit Reb Nathan Vengrover comme un homme dur et un spéculateur, Tanhum s'attendait à le voir grand, sombre, avec le regard féroce d'un tzigane, mais on vit entrer un petit bonhomme voûté avec une barbe clairsemée couleur poivre, une cataracte laiteuse sur l'œil gauche, et vêtu d'un caftan usé, d'un chapeau en peau de mouton et de grosses bottes. Des poches de chair bleuâtre se balançaient sous ses yeux et il avait des verrues sur le nez. En tant que plaignant, il parla le premier. Il se mit immédiatement à crier d'une voix rauque, et il ne cessa de crier et de grogner pendant la durée des débats.

Reb Bendit fumait un tabac aromatique dans une pipe couverte d'ambre ; Reb Nathan roulait des cigarettes d'un tabac bon marché qui sentait mauvais. Reb Bendit parlait avec facilité et émaillait ses propos de proverbes et de citations des saints ; Reb Nathan donnait du poing sur la table, arrachait des poils de sa barbe et traitait Reb Bendit de voleur. Il ne permettait même pas à son propre arbitre, Reb Feivel — qui avait la taille d'un garçon du heder, des yeux doux comme ceux d'un enfant et une barbe rousse qui lui descendait jusqu'à la taille — de placer un mot dans la discussion. Reb Bendit citait les détails de leur contrat de mémoire, mais Reb Nathan consultait des piles de papiers couverts de lignes et de lignes d'un gribouillis malhabile et maculés de ratures et de pâtés. Il ne restait pas assis sur la chaise prévue pour lui mais marchait de long en large, toussait et crachait dans un mouchoir. Reb Bendit recevait de chez lui toutes sortes de rafraîchissements et de boissons, mais Reb Nathan ne s'approcha même pas du thé que la femme du rabbin avait servi. Son visage se décomposait toujours davantage, devenait gris comme la poussière et ravagé comme par la phtisie. Dans sa nervosité, il se rongeait les ongles et déchirait ses propres notes en lambeaux.

Pendant les deux premiers jours, Tanhum fut complètement désorienté par ce qui se passait. Le rabbin implora Reb Nathan à plusieurs reprises de s'en tenir au sujet, de ne pas mélanger les dates ou soulever des affaires qui n'avaient pas de rapport avec la cause. Mais tout cela jaillissait de Reb Nathan comme l'eau d'une pompe. Peu à peu, Tanhum commença à saisir que son futur beau-père était accusé d'avoir conservé indûment des profits et falsifié des comptes. Reb Nathan Vengrover soutenait que Reb Bendit avait soudoyé l'intendant du prince Sapieha, pour couper davantage d'acres de bois qu'il avait été stipulé dans le contrat. Et Reb Bendit empêchait Reb Nathan et son associé d'approcher le châtelain ou d'entrer en contact avec les marchands qui achetaient le bois, assemblé en radeau et flotté sur la Vistule jusque Danzig. Reb Bendit aurait cité un prix à Reb Nathan, alors qu'il avait, en réalité, obtenu un prix plus élevé des marchands. Reb Bendit aurait prétendu avoir payé aux courtiers, aux bûcherons et aux scieurs plus qu'il n'avait effectivement payé. Il avait utilisé toutes les astuces et tous les stratagèmes pour expulser Reb Nathan de leur association et s'octroyer tous les profits à lui-même. Reb Nathan souligna que Reb Bendit avait déjà fait faillite à deux reprises et avait ensuite transigé pour un tiers de ses dettes.

Reb Bendit avait gardé le silence tout le temps, attendant son tour de parler, mais en fin de compte, il perdit patience. « Sauvage ! s'écria-t-il. Exalté ! Fou !

— Usurier ! Escroc ! Voleur ! » répondit Reb Nathan.

Le troisième jour, Reb Bendit commença calmement à réfuter les accusations de Reb Nathan. Il prouva que Reb Nathan se contredisait, exagérait et ne pouvait distinguer un sapin d'un chêne. Comment pouvait-on lui permettre d'approcher le châtelain quand son polonais était si lamentable ? Comment pouvait-il prétendre à la moitié du revenu quand lui, Reb Bendit, avait à distribuer des pots-de-vin à la noblesse pour se prémunir contre des décisions défavorables, à inonder des adjoints et des secrétaires de cadeaux payés de ses propres deniers ? Plus Reb Bendit parlait avec aisance, plus il devenait évident pour Tanhum que son futur beau-père avait trahi ses engagements et essayé de dérober ses profits à Reb Nathan, et même une partie de son capital. Mais comment cela se pouvait-il ? Tanhum se posait la question. Comment Reb Bendit, un homme dans la soixantaine, instruit, un hassid, pouvait-il commettre de telles iniquités ? Quelle était sa justification ? Il connaissait toutes les lois. Il savait qu'aucun repentir ne pouvait excuser le péché de vol et d'extorsion, à moins que le dernier sou ne fût remboursé. Le Jour du Pardon n'annulait pas de telles transgressions. Un homme qui croyait au Créateur, à la récompense et au châtiment et à l'immortalité de l'âme, pouvait-il risquer le monde à venir pour quelques milliers de gulden ? Ou bien Reb Bendit était-il, en secret, un hérétique ?

Les derniers jours, Reb Bendit, son arbitre Reb Fishel et Tanhum ne rentrèrent pas à la maison pour dîner — la servante leur apportait de la viande et de la soupe. Mais Tanhum ne toucha pas à la nourriture. Il sentait un tiraillement dans l'estomac. Sa langue était sèche. Il avait un mauvais goût dans la bouche et envie de vomir. Malgré le jeûne ! son ventre était gonflé. Une boule se formait dans sa gorge, qu'il ne pouvait pas avaler. Il ne pleurait pas, mais ses yeux étaient remplis de larmes et il voyait toute chose comme à travers un brouillard. Tanhum se souvint qu'à Souccoth seulement, quand Reb Bendit était allé chez le rabbi de Sadgora, il lui avait apporté une boîte à ethrog en ivoire, décorée d'argent et festonnée d'or. A l'intérieur, sur une litière de lin, reposait un ethrog de Corfou entouré de bourgeons. Les hassidim savaient qu'en plus de ses généreuses offrandes à la communauté, dont il était l'un des anciens, Reb Bendit versait aussi la dîme au rabbi. Mais quel sens cela avait-il de dévaliser une personne pour donner à une autre ? Faisait-il tout cela pour s'entendre louer à la maison d'étude de Sadgora et pour pouvoir s'asseoir à la table du rabbi ? La soif de l'argent et des honneurs l'avait-elle aveuglé au point qu'il ne voyait plus les méfaits qu'il commettait ? Oui, selon toute apparence, car pendant la prière du soir, Reb Bendit se lavait pieusement les doigts dans le bassin, ceinturait ses reins d'une écharpe, se mettait pour prier contre le mur oriental, se balançait, s'inclinait, se frappait la poitrine et soupirait. Plusieurs fois pendant l'audience, il avait invoqué le nom de Dieu.

Jeudi soir, quand le moment fut venu de prononcer le jugement, Reb Nathan Vengrover demanda une décision claire : « Pas de compromis ! Si la Loi veut que ce que mon associé a fait est bien, alors je ne demande pas même un groschen.

— Selon la Loi, Reb Bendit doit prononcer un serment, souligna Reb Feivel, l'arbitre de Reb Nathan.

— Je ne ferai pas de serment, même pour un sac rempli d'or, répliqua Reb Bendit.

— Dans ce cas, remboursez !

— Point, même s'il y allait de votre vie ! »

Les deux arbitres, Reb Feivel et Reb Fishel, commencèrent à discuter de la Loi. Le rabbin prit *Le Pectoral du jugement* dans le casier à livres.

Reb Bendit jeta un regard à Tanhum. « Tanhum, pourquoi ne dis-tu rien en ma faveur ? »

Tanhum avait envie de dire que s'approprier le bien d'autrui était un péché aussi grave que faire un faux serment. Il avait aussi envie de demander : « Pourquoi l'avez-vous fait ? » Mais il se contenta de murmurer : « Puisque beau-père a signé un contrat, il doit l'honorer.

— Ainsi, tu es aussi contre moi, hein ?

— A Dieu ne plaise, mais —

— “ Es-tu des nôtres ou un de nos ennemis ? ” » prononça Reb Bendit, d’une voix sèche, citant le livre de Josué.

« Nous ne vivons pas éternellement, dit Tanhum sur un ton hésitant.

— Toi, retourne à la maison ! » ordonna Reb Bendit.

Tanhum quitta le cabinet de travail du rabbin et rentra droit à sa chambre, à l’auberge. Il ne récita pas le Shema et ne se déshabilla pas, mais resta toute la nuit assis sur le bord de son lit. Quand le jour commença de poindre, il empila son caftan du shabbat, quelques chemises, des chaussettes et des livres dans un panier en osier et descendit la rue de la Synagogue en direction du pont qui menait hors de la ville. Des mois passèrent sans qu’on eût de ses nouvelles. On dragua même la rivière à la recherche de son corps. Reb Bendit Waldman et Reb Nathan Vengrover parvinrent à se mettre d’accord. Le rabbin et les arbitres ne voulaient pas permettre qu’on en arrive aux serments. Mira Fridl fut fiancée à un jeune homme de Lublin, le fils d’un marchand de sucre. Tanhum avait abandonné tous ses cadeaux à l’auberge, et le fiancé de Lublin en hérita. Un jour, en hiver, un commissionnaire apporta des nouvelles de Tanhum : il était retourné à la yeschiva de Brisk, d’où Reb Bendit l’avait, tout au début, fait venir dans sa ville. Tanhum était devenu un reclus. Il ne mangeait pas de viande, ne buvait pas de vin, mettait des cailloux dans ses chaussures et dormait sur un banc derrière le poêle, dans la maison d’étude. Quand on lui proposa un autre parti à Brisk, il répondit : « Mon âme est assoiffée de la Torah. »

Le manuscrit

Nous étions assis à l'ombre d'un grand parasol, prenant un petit déjeuner tardif à la terrasse d'un café de la rue Dizengoff à Tel-Aviv.

Mon invitée — une femme approchant de la cinquantaine, les cheveux fraîchement teints en roux — commanda un jus d'orange, une omelette et du café noir. Elle sucra le café avec de la saccharine, qu'elle cueillit avec ses ongles argentés dans une boîte à pilules minuscule garnie de nacre. Je la connaissais depuis vingt-cinq ans, d'abord en tant qu'actrice du théâtre des variétés de Varsovie, ensuite, comme la femme de mon éditeur, Morris Rashkas, et plus tard comme maîtresse de mon défunt ami, l'écrivain Menashe Linder. Ici, en Israël, elle avait épousé Ehud Hadadi, un journaliste plus jeune qu'elle de dix ans. A Varsovie, son nom de théâtre avait été Shibtah. Shibtah, dans le folklore juif, est un démon femelle qui entraîne les garçons de yeshiva à la luxure et vole leurs bébés aux jeunes mères qui sortent seules la nuit sans double tablier — l'un porté devant et l'autre derrière. Son nom de jeune fille était Kleinmintz.

Au théâtre, quand Shibtah chantait ses chansons grivoises et récitait les monologues que Menashe Linder écrivait pour elle, « les planches prenaient feu ». Les critiques admiraient son joli visage, sa silhouette gracieuse et ses gestes provocants. Mais le théâtre fit faillite au bout de deux saisons. Quand Shibtah essaya de jouer des rôles dramatiques, elle échoua. Pendant la Seconde Guerre mondiale, j'appris qu'elle était morte quelque part, dans le ghetto ou dans un camp de concentration. Mais voici qu'elle était assise en face de moi, vêtue d'une minijupe et d'un corsage blancs, avec des lunettes de soleil à grands verres et un chapeau de paille à large bord. Ses joues étaient fardées, ses sourcils épilés, et elle avait des bracelets et des camées aux deux poignets et de nombreuses bagues aux doigts. De loin, on pouvait la prendre pour une femme jeune, mais son cou était devenu flasque. Elle m'appelait du petit nom qu'elle m'avait donné quand nous étions jeunes tous deux : Loshikl.

Elle dit : « Loshikl, si quelqu'un m'avait dit au Kazakhstan que toi et moi on se retrouverait un jour à Tel-Aviv, j'aurais pris cela pour une blague. Mais quand on survit, tout est possible. Tu m'aurais imaginée dans les forêts, sciant des billes douze heures par jour ? C'est pourtant ce que nous avons fait, par vingt degrés au-dessous de zéro, affamés, dans nos vêtements grouillants de poux. A propos, Hadadi voudrait t'interviewer pour son journal.

— Avec plaisir. Où a-t-il pris ce nom, Hadadi ?

— Comment savoir ? Ils se donnent tous des noms de la Haggadah. Son vrai nom est Zeinvel Zylberstein. Moi-même, j'ai eu une douzaine de noms. Entre 1942 et 1944, j'ai été Nora Davidovna Stutchov. Marrant, n'est-ce pas ?

— Pourquoi Menashe et toi vous êtes-vous séparés ? demandai-je.

— Eh bien, je savais que tu poserais la question. Loshikl, notre histoire est si étrange que j'ai parfois l'impression qu'elle n'est pas réelle. Depuis 1939, ma vie n'a été qu'un long cauchemar. Parfois, je me réveille au milieu de la nuit et je ne me souviens pas qui je suis, quel est mon nom, et qui est couché à côté de moi. J'étends le bras vers Ehud et il commence à grommeler. “ *Mah at rotzah* ”, (“ Qu'est-ce que tu veux ? ") Alors, seulement, quand je l'entends parler hébreu, je me souviens que je suis en Terre sainte.

— Pourquoi t'es-tu séparée de Menashe ?

— Tu veux vraiment le savoir ?

— Absolument.

— Personne ne connaît toute l'histoire, Loshikl. Mais je vais tout te raconter. A qui pourrais-je la raconter, sinon à toi ? Pendant toutes mes pérégrinations, il ne s'est pas passé un jour sans que je pense à Menashe. Je n'ai jamais été attachée à quelqu'un comme à lui, et je ne le serai jamais plus. Je serais passée à travers le feu pour lui. Et ce n'est pas seulement une phrase, mes actes sont là pour en témoigner. Je sais que tu me considères comme une femme frivole. Dans le fond de ton cœur, tu es resté un hassid. Mais la femme la plus pieuse n'aurait pas fait le dixième de ce que j'ai fait pour Menashe.

— Raconte-le-moi.

— Eh bien, après ton départ pour l'Amérique, nos quelques bonnes années ont commencé. Nous savions qu'une guerre affreuse approchait et chaque jour était un don du Ciel. Menashe me lisait tout ce qu'il écrivait. Je tapais ses manuscrits et je mettais de l'ordre dans son chaos. Tu sais à quel point il manquait d'ordre, il n'a jamais appris à numéroter ses pages. Il avait une seule chose en tête : les femmes. J'avais abandonné la lutte. Je me disais : " Il est comme ça et rien ne peut le changer. " Néanmoins, il s'attachait de plus en plus à moi. J'avais trouvé un travail de manucure et je l'entretenais. Tu ne me croiras pas, mais je faisais la cuisine pour ses maîtresses. Plus il vieillissait, plus il devait se convaincre qu'il était toujours un grand don Juan. En réalité, par moments il était complètement impuissant. Un jour c'était un géant, et le lendemain un invalide. Pourquoi avait-il besoin de toutes ces créatures légères ? il n'était rien qu'un grand enfant. Ça a duré ainsi jusqu'au commencement de la guerre. Menashe lisait rarement un journal. Il n'ouvrait guère la radio. La guerre n'a été une surprise complète pour personne — on creusait des tranchées et on élevait des barricades dans les rues de Varsovie en juillet déjà. Même des rabbins prenaient des pelles et creusaient des fossés. Maintenant que Hitler était sur le point de les envahir, les Polonais oublaient leurs vieux comptes avec les Juifs et nous devenions tous, grâce à Dieu, une seule nation. Mais quand les nazis ont commencé à nous bombarder, ce fut un choc. Après ton départ, j'avais acheté quelques nouvelles chaises et un canapé. Notre appartement devenait une vraie bonbonnière. Loshikl, le désastre est venu en quelques minutes. Il y a eu une alerte, et déjà les maisons s'effondraient et les cadavres traînaient dans les caniveaux. On nous dit de descendre dans les caves, mais les caves n'étaient pas plus sûres que les étages. Certaines femmes avaient eu assez de présence d'esprit pour préparer à manger, mais pas moi. Menashe alla dans sa chambre, s'assit dans son fauteuil et dit : “ Je veux mourir. ” Je ne sais pas ce qui se produisit ailleurs — notre téléphone s'arrêta de fonctionner immédiatement. Des bombes explosèrent sous nos fenêtres. Menashe ferma les persiennes et se mit à lire un roman d'Alexandre Dumas. Tous ses amis et admirateurs avaient disparu. Selon des rumeurs, on préparait un train spécial — ou peut-être des wagons spéciaux d'un train — pour permettre aux journalistes de fuir la ville. Dans un tel moment, c'était insensé de s'isoler, mais Menashe ne bougea pas de la maison jusqu'au moment où la radio annonça que tous les hommes valides devaient traverser le pont de Praga. Ça n'avait pas de sens d'emporter des bagages, car les trains ne fonctionnaient pas, et combien en peut-on transporter, quand on va à pied ? Bien entendu, je refusai de rester à Varsovie et je partis avec lui.

« J'ai oublié de te raconter le plus important. Après n'avoir rien fait pendant des années, Menashe avait senti soudain le besoin, en 1938, d'écrire un roman. Sa muse s'était réveillée, et il écrivit un livre qui était, selon moi, ce qu'il avait fait de meilleur. Je le recopiai pour lui, et quand je n'aimais pas certains passages, il les changeait toujours. C'était autobiographique, mais pas entièrement. Quand les journaux apprirent que Menashe écrivait un roman, ils voulurent tous commencer à le publier. Mais il avait pris la décision de ne pas publier une ligne avant d'avoir terminé. Il polissait chaque phrase. Il récrivit certains chapitres trois ou quatre fois. Son titre provisoire était *Echelons* — pas un mauvais titre puisque chaque chapitre décrivait une phase différente de sa vie. Il n'avait terminé que la première partie. Ce devait être une trilogie.

« Quand le moment fut venu d'emballer nos quelques hardes, je demandai à Menashe : " As-tu emballé tes manuscrits ? " Et il dit : " Seulement *Echelons.* Il faudra que les nazis se tapent la lecture de mes autres œuvres. " Il transportait deux petites valises, et j'avais entassé quelques vêtements et des chaussures, autant que j'étais capable d'en porter, dans un sac à dos. Nous nous mîmes en route vers le pont. Devant et derrière nous, des milliers d'hommes cheminaient péniblement. On voyait rarement une femme. C'était comme un immense enterrement — et en fait, c'était bel et bien un enterrement. La plupart d'entre eux moururent, les uns sous les bombes, d'autres du fait des nazis après 1941 et beaucoup dans les bagnes de Staline. Il y avait des optimistes qui emportaient de lourdes malles. Ils durent les abandonner avant même d'atteindre le pont. Tout le monde était épuisé par la faim, la peur, le manque de sommeil. Pour alléger leurs fardeaux, les gens jetaient des costumes, des manteaux, des chaussures. Menashe pouvait à peine marcher, mais il porta les deux valises pendant toute la nuit. Nous nous dirigions vers Bialystok, car Hitler et Staline avaient divisé la Pologne et Bialystok appartenait maintenant à la Russie. En cours de route, nous rencontrâmes des journalistes, des écrivains et des gens qui se considéraient comme des écrivains. Ils transportaient tous des manuscrits, et au milieu de mon désespoir j'avais envie de rire. Qui avait besoin de leurs écrits ?

« Si je te racontais comment nous avons atteint Bialystok, nous serions encore là demain. Menashe avait déjà jeté l'une des valises. Avant de la jeter, il l'ouvrit pour s'assurer que son manuscrit, à Dieu ne plaise, n'était pas dedans. Menashe avait sombré dans un tel accablement qu'il ne parlait plus. Sa barbe se mit à pousser, toute grise — il avait oublié son rasoir. La première chose qu'il fit quand nous nous arrêtâmes finalement dans un village, ce fut de se raser. Des villes étaient déjà détruites par les bombardements nazis. D'autres étaient intactes et la vie y continuait comme s'il n'y avait pas la guerre. Chose étrange, quelques jeunes gens — des fervents de la littérature yiddish — demandèrent à Menashe de leur faire une conférence sur un sujet littéraire. Voilà comment sont les gens — une minute avant leur mort, ils éprouvent encore tous les désirs des vivants. L'un de ces personnages tomba même amoureux de moi et tenta de me séduire. Je ne savais pas si je devais rire ou pleurer.

« Ce qui se passait à Bialystok défie toute description. Comme la ville appartenait aux Soviets et que les dangers de la guerre s'étaient éloignés, les survivants se conduisaient comme s'ils avaient ressuscité. Des écrivains yiddish soviétiques venaient de Moscou, de Kharkov, de Kiev pour saluer leurs collègues de Pologne au nom du parti, et le communisme devint une denrée extrêmement précieuse. Les rares écrivains qui avaient vraiment été communistes en Pologne devinrent si hauts et puissants qu'on avait l'impression qu'ils étaient sur le point d'entrer au Kremlin pour prendre la place de Staline. Mais même ceux qui avaient été anticommunistes se mettaient à faire semblant d'avoir été sympathisants, en secret, ou ardents compagnons de route. Ils se vantaient tous de leurs origines prolétariennes. Chacun réussissait à trouver un oncle qui était cordonnier, un beau-frère cocher, ou un parent qui avait été en prison pour la cause. Quelques-uns découvraient soudain que leurs grands-parents avaient été paysans.

« Menashe était, en fait, fils d'ouvriers, mais il était trop fier pour s'en glorifier. Les écrivains soviétiques le traitèrent avec un certain respect. Il était question de publier une importante anthologie et de créer une maison d'édition pour les réfugiés. Les futurs éditeurs demandèrent à Menashe s'il avait emporté un manuscrit. J'étais présente et je leur parlai d'*Echelons.* Menashe détestait que je dise du bien de lui — nous nous étions disputés souvent à ce sujet — mais je leur dis quand même ce que je pensais de cette œuvre. Ils furent tous vivement intéressés. Des fonds spéciaux étaient prévus pour subventionner ce genre de publications. Il fut décidé que je leur apporterais le manuscrit le lendemain. Ils nous promirent un à-valoir important et aussi un meilleur logement. Cette fois-ci, Menashe ne me reprocha pas d'avoir loué son travail.

« Nous rentrâmes, j'ouvris la valise, et je vis l'enveloppe épaisse avec l'inscription *Echelons* dessus. Je sortis le manuscrit, mais je ne reconnus ni le papier ni la frappe. Mon cher, un quelconque débutant avait donné son premier roman à lire à Menashe, et Menashe l'avait mis dans l'enveloppe où il avait conservé naguère son propre roman. Pendant tout ce temps, nous avions traîné les gribouillages d'un obscur écrivassier.

« Aujourd'hui encore, quand j'en parle, j'ai des frissons. Menashe avait perdu plus de dix kilos. Il était pâle et maladif. J'eus peur qu'il ne devienne fou — il était là, accablé, et dit : “ Eh bien, c'est la fin. ”

« A part le fait qu'il n'avait plus de manuscrit à vendre, il y avait le danger qu'on le soupçonne d'avoir écrit une œuvre anticommuniste qu'il avait peur de montrer. Bialystok fourmillait d'indicateurs. Bien que le N.K.V.D. n'eût pas encore d'adresse à Bialystok, plusieurs intellectuels avaient été arrêtés ou bannis de la ville. Loshikl, je sais que tu es impatient et je te raconterai les faits sans fioritures. Je ne dormis pas de la nuit. Le matin, je me levais et dis : “ Menashe, je vais à Varsovie. ”

« Quand il entendit ces mots, il devint pâle comme la mort et demanda : “ As-tu perdu l'esprit ? ” Mais je dis : “ Varsovie est toujours une ville. Je ne peux pas permettre que ton œuvre soit perdue. Ce n'est pas seulement la tienne, c'est la mienne aussi. ” Menashe se mit à crier. Il jura qu'il se pendrait ou se couperait la gorge si je retournais à Varsovie. Il me frappa même. Notre bataille dura deux jours. Le troisième jour, j'étais en route pour Varsovie. Je dois te dire que beaucoup de ces hommes qui avaient quitté Varsovie tentaient d'y retourner. Leurs femmes, leurs enfants, leur maison leur manquaient — s'ils existaient encore. Ils avaient entendu raconter ce qui se passait au paradis de Staline et avaient décidé qu'ils pouvaient tout aussi bien mourir avec les leurs. Je me dis : Pour sacrifier sa vie à un manuscrit, il faut être cinglée. Mais j'étais habitée par une obsession. Les jours étaient plus froids, et je pris un gilet de laine, des dessous chauds et une miche de pain. J'entrai dans une droguerie et demandai du poison. Le droguiste — un Juif — ouvrit de grands yeux. Je lui dis que j'avais laissé un enfant à Varsovie et que je ne voulais pas tomber vivante aux mains des nazis. Il me donna du cyanure.

« Je ne voyageai pas seule. Quand nous atteignîmes la frontière, je me trouvai avec plusieurs hommes pour compagnons de route. Je leur racontai à tous le même mensonge — que je me languissais de mon enfant — et ils m'entouraient de tant d'amour et d'attentions que j'en fus embarrassée. Ils ne permirent pas que je porte mon baluchon. Ils me couvaient comme si j'avais été une fille unique. Nous savions fort bien ce qui nous attendait si les Allemands nous capturaient, mais dans une situation pareille, on devient fataliste. En même temps, quelque chose en moi tournait en dérision mon entreprise. J'avais une chance contre un million de trouver le manuscrit dans la Varsovie occupée et de revenir à Bialystok vivante.

« Loshikl, je franchis la frontière sans incident, atteignis Varsovie et trouvai la maison intacte. Une chose me sauva : les pluies et le froid avaient commencé. Les nuits étaient noires comme la poix. Varsovie n'avait pas d'électricité. Les Juifs n'avaient pas encore été parqués dans un ghetto. De plus, je n'ai pas l'air particulièrement juive. J'avais mis un foulard sur mes cheveux et on pouvait aisément me prendre pour une paysanne. Je m'efforçais aussi d'éviter les gens. Quand j'apercevais quelqu'un de loin, je me cachais et attendais qu'il fût parti. Notre appartement était occupé par une famille. Ils dormaient dans nos lits et portaient nos vêtements. Mais ils n'avaient pas touché aux manuscrits de Menashe. L'homme lisait les journaux yiddish et Menashe était un dieu pour lui. Quand je frappai à la porte et leur dis qui j'étais, ils eurent très peur, craignant que je ne fusse venue pour reprendre l'appartement. Leur propre logis avait été détruit par une bombe et un enfant avait été tué. Quand je leur dis que j'étais revenue de Bialystok pour le manuscrit de Menashe, ils restèrent sans voix.

« J'ouvris le tiroir de Menashe et le roman était là. Je restai deux jours chez ces gens, et ils partagèrent avec moi leur nourriture. L'homme me donna son lit — je veux dire mon lit. J'étais si fatiguée que je dormis quatorze heures. Je me réveillai, mangeai un peu et me rendormis. Le deuxième soir, j'étais à nouveau en route pour Bialystok. J'avais marché de Bialystok à Varsovie et de Varsovie à Bialystok sans apercevoir un seul nazi. Je ne marchais pas tout le temps. Parfois, un paysan me faisait monter dans sa charrette. Quand on quitte la ville et qu'on se met à vagabonder à travers les champs, les bois et les vergers, il n'y a plus ni nazis ni communistes. Le ciel est le même, la terre est la même et les animaux et les oiseaux sont les mêmes. Toute cette aventure prit dix jours. Je la regardais comme une grande victoire personnelle. Tout d'abord, j'avais trouvé l'œuvre de Menashe, que je portais sous ma blouse. Ensuite, je m'étais prouvé à moi-même que je n'étais pas la poltronne que je croyais. Pour dire la vérité, retraverser la frontière pour rentrer en Russie n'était pas particulièrement dangereux. Les Russes ne faisaient pas de difficultés aux réfugiés.

« J'arrivai à Bialystok le soir. Il s'était mis à geler. Je me dirigeai vers notre logis, qui consistait en une chambre, j'ouvris la porte, et voilà qu'il était là, mon héros, au lit, avec une femme. Je la connaissais assez bien : une poétesse atroce, laide comme un singe. Une petite lampe à pétrole était allumée. Ils avaient trouvé du bois ou du charbon car le poêle chauffait. Ils étaient encore éveillés. Mon cher, je ne hurlai pas, je ne pleurai pas, je ne m'évanouis pas comme on fait au théâtre. Ils me regardèrent bouche bée en silence. Je soulevai le couvercle du poêle, je sortis le manuscrit de ma blouse et le jetai au feu. Je pensai que Menashe se précipiterait sur moi, mais il ne dit pas un mot. Il fallut un moment avant que le manuscrit ne s'enflammât. Avec un tisonnier, je poussai les charbons sur le papier. Je restai là, à regarder. Le feu n'était pas pressé et moi non plus. Quand *Echelons* fut réduit en cendres, je m'approchai du lit, tisonnier en main et dis à la femme : “ Hors d'ici, ou tu es un cadavre. ”

« Elle fit comme je lui dis. Elle mit ses guenilles et se sauva. Si elle avait proféré un son, je l'aurais tuée. Quand vous risquez votre vie, la vie des autres est sans valeur aussi.

« Menashe resta assis en silence pendant que je me déshabillais. Cette nuit, nous ne prononçâmes que quelques mots. Je dis : “ J'ai brûlé ton *Echelons* ”, et il murmura : “ Oui, j'ai vu. ” Nous nous enlaçâmes et nous savions tous deux que c'était pour la dernière fois. Il n'avait jamais été si tendre et si fort que cette nuit-là. Le matin je me levai, emballai mes quelques hardes et m'en allai. Je ne craignais plus le froid, la pluie, la neige, la solitude. Je quittai Bialystok, et c'est la raison pour laquelle je suis encore en vie. J'allai à Vilna et trouvai un travail dans une soupe populaire. Je vis combien nos soi-disant personnages éminents peuvent être petits, à quelle politique et à quelles manœuvres ils se livrent pour un lit où dormir ou un repas à avaler. En 1941, je m'échappai en Russie.

« J'appris que Menashe aussi y était, mais nous ne nous rencontrâmes jamais — et je ne le désirais pas. Il déclara dans une interview que les nazis lui avaient pris son livre et qu'il était sur le point de le récrire. Pour autant que je sache, il n'a jamais rien récrit.

Cela lui sauva en vérité la vie. S'il avait écrit et s'il avait été publié, il aurait été liquidé avec les autres. Mais il mourut de toute manière. »

Pendant un long moment, nous restâmes sans parler. Puis je dis : « Shibtah, je voudrais te demander quelque chose, mais tu n'es pas obligée de me répondre. Je le demande par pure curiosité.

— Que veux-tu savoir ?

— As-tu été fidèle à Menashe ? Je veux dire physiquement ? »

Elle demeura silencieuse. Puis elle dit : « Je pourrais te répondre comme on faisait à Varsovie : " Ça ne te regarde bougrement pas. " Mais comme tu es Loshikl, je te dirai la vérité. Non.

— Mais pourquoi, puisque tu aimais tant Menashe ?

— Loshikl, je ne sais pas. Je ne sais pas non plus pourquoi j'ai brûlé son manuscrit. Il m'avait trompée avec des dizaines de femmes et je ne lui en ai même pas fait le reproche. J'ai compris depuis longtemps qu'on peut aimer quelqu'un et coucher avec quelqu'un d'autre ; mais quand j'ai vu cette monstruosité dans notre lit, l'actrice en moi s'est réveillée pour la dernière fois et je devais faire quelque chose de dramatique. Il aurait pu m'arrêter facilement ; au lieu de quoi il s'est juste contenté de me regarder faire. »

Nous nous tûmes à nouveau. Puis elle dit : « On ne doit jamais se sacrifier à l'être qu'on aime. Une fois qu'on a risqué sa vie, de la manière dont je l'ai fait, il ne reste plus rien à donner.

— Dans les romans, le jeune homme épouse toujours la jeune fille qu'il sauve », dis-je.

Elle parut tendue mais ne répondit pas. Elle avait soudain l'air fatiguée, hagarde, ridée, comme si la vieillesse l'avait saisie en cet instant même. Je ne m'attendais pas à un seul mot de plus, mais elle dit : « Avec son manuscrit, j'ai brûlé en même temps ma capacité d'aimer. »

La puissance des ténèbres

Les docteurs étaient tous d'accord : Henia Dvosha avait une maladie nerveuse, pas une affection cardiaque, mais sa mère, Tzeitel, la femme de Selig le tailleur, confia à ma mère que Henia Dvosha se laissait mourir parce qu'elle voulait que son mari, Issur Godel, épouse sa sœur Dunia.

Quand ma mère entendit cette étrange histoire, elle s'exclama : « Qu'est-ce qui se passe dans cette maison ? Pourquoi une jeune femme, la mère de deux petits enfants, voudrait-elle mourir ? Et pourquoi voudrait-elle que son mari épouse sa sœur, justement ? On ne doit même pas penser à de telles choses ! »

Quand ma mère s'énervait, sa perruque blonde se dépeignait toujours comme si un vent violent s'était levé soudain.

Moi, un gamin de dix ans, j'entendais avec étonnement ce que Tzeitel disait, mais je sentais confusément qu'elle disait la vérité, quelque bizarre qu'elle pût paraître. Je faisais semblant de lire un livre d'histoires, mais je dressais l'oreille pour écouter la conversation.

Tzeitel, une grosse femme au teint mat, avec une grande perruque, une robe très ample ornée de nombreux plissés et des chaussures d'homme, continua : « Ma chère amie, je ne parle pas pour le plaisir de m'entendre parler. C'est une espèce de folie qui la possède Malheur à moi, à qui des choses pareilles arrivent dans mon vieil âge. Je demande une seule chose à Dieu — qu'Il me prenne avant qu'Il ne la prenne, elle.

— Mais à quoi ça rime-t-il ?

— A rien du tout. Elle a commencé à en parler, il y a deux ans. Elle s'est mise dans la tête que sa sœur était amoureuse de Issur Godel, ou que lui était amoureux d'elle. Et comme dit le proverbe : " Une illusion est pire qu'une maladie. " Rebbetzin, il faut que je le dise à quelqu'un : Malade comme elle est, elle confectionne une robe de mariée pour Dunia. »

Ma mère s'aperçut soudain que j'écoutais et s'écria : « Sors de cette cuisine et va dans la chambre. La cuisine est pour les femmes, pas pour les hommes ! »

Je me mis à descendre vers la cour, et en passant devant la porte de l'atelier de Selig le tailleur, qui était ouverte, j'y jetai un coup d'œil. Nous habitions porte à porte avec Selig au 10 de la rue Krochmalna, et son atelier était dans l'appartement où il vivait avec sa famille. Selig était assis devant une machine à coudre et piquait la doublure d'un caftan. Autant sa femme était large, autant il était mince. Il avait des épaules étroites, un nez fin et une barbe grise en pointe. Ses mains étaient fines aussi et ses doigts effilés. Ses lunettes à monture de laiton et à verres en demi-lune étaient remontées sur son front étroit. En face de lui, devant une autre machine à coudre, était assis Issur Godel, le mari de Henia Dvosha. Il avait une barbiche jaune se terminant par deux pointes.

Selig était tailleur pour hommes. Issur Godel faisait des vêtements pour dames. Il était en train de défaire une couture. On disait de lui qu'il avait des mains en or et que s'il avait son propre atelier dans les rues élégantes, il amasserait une fortune, mais sa femme ne voulait pas quitter l'appartement de ses parents. Quand elle avait des douleurs dans la poitrine et n'arrivait pas à respirer, sa mère était là pour prendre soin d'elle. C'était sa mère et à l'occasion sa sœur Dunia qui la soulageaient avec des gouttes de valériane et lui frottait les tempes avec du vinaigre quand elle se sentait mal. Dunia travaillait dans un magasin de confection de la rue du Houblon, portait des vêtements élégants et évitait les filles pieuses du quartier. Tzeitel s'occupait aussi des deux petits enfants de Henia Dvosha : Elkele et Yankele. J'entrais souvent dans l'atelier de Selig le tailleur. J'aimais regarder les machines piquer, et je ramassais les bobines vides par terre. Selig ne parlait pas comme les gens de Varsovie — il venait de quelque part en Russie. Il discutait souvent le Pentateuque et le Talmud avec moi, et il imaginait ce que les saints faisaient au Paradis et comment les pécheurs grillaient dans la Géhenne. Selig était devenu un adepte du progrès et parlait souvent comme un hérétique. Il avait coutume de me dire : « Ta mère et ton père ont-ils été là-haut, au Ciel, et ont-ils vu toutes ces choses de leurs propres yeux ? Peut-être que Dieu n'existe pas ? Et s'il existe, peut-être qu'il est chrétien, pas juif ?

— Dieu, un chrétien ? On ne doit pas dire des choses pareilles.

— Comment sais-tu qu'on ne doit pas ? Parce que c'est écrit dans les livres sacrés ? Ces livres ont été écrits par des *gens,* et les gens aiment aligner toutes sortes de bêtises.

— Qui a créé le monde ? demandais-je.

— Qui a créé Dieu ? »

Mon père était rabbin et je savais qu'il n'aimerait pas que j'écoute de tels propos. Je couvrais mes oreilles avec mes doigts quand Selig se mettait à blasphémer, et je prenais la résolution de ne plus jamais entrer chez lui, mais quelque chose m'attirait dans cette pièce dont un mur était couvert de caftans, de vestes et de pantalons et un autre de robes et de blouses. Il y avait aussi un mannequin sans tête, avec une poitrine et des hanches de bois. Aujourd'hui, j'avais fortement envie de jeter un regard furtif dans l'alcôve où Henia Dvosha était couchée.

Selig entama promptement la conversation avec moi. « Tu ne vas plus au heder ?

— J'ai fini le heder. J'étudie déjà la Guemara.

— Tout seul ? Et tu comprends ce que tu lis ?

— Quand je ne comprends pas, je vérifie dans les commentaires de Rachi.

— Et Rachi, lui, il comprenait ? »

Je ris. « Rachi connaissait toute la Torah.

— Comment le sais-tu ? Tu le connaissais personnellement ?

— Si je le connaissais ? Rachi vivait il y a des centaines d'années.

— Alors comment sais-tu ce qui s'est passé il y a des centaines d'années ?

— Tout le monde sait que Rachi était un grand saint et un savant.

— Qui c'est, tout le monde ? Le portier dans la cour ne le sait pas. »

Issur Godel dit : « Beau-père, laisse-le tranquille.

— Je lui ai posé une question et je voudrais une réponse », dit Selig.

A cet instant, une petite femme ronde comme un tonneau entra pour l'essayage d'une robe. Issur Godel la fit passer dans l'alcôve. J'aperçus Henia Dvosha assise sur son lit en train de coudre une robe de satin blanc qui retombait jusque par terre, des deux côtés du lit. Tzeitel n'avait pas menti. C'était la robe de mariée de Dunia.

Je sortis de l'atelier en courant et dévalai l'escalier. Il fallait que je réfléchisse à tout cela. Pourquoi Henia Dvosha cousait-elle une robe que sa sœur porterait quand elle se marierait avec Issur Godel après qu'elle, Henia Dvosha, serait morte ? Etait-ce par amour pour sa sœur ou par amour pour son mari ? Je pensai à l'histoire de Jacob qui avait travaillé sept années pour Rachel, et comment Laban, son père, trompa Jacob en substituant Leah à Rachel dans l'obscurité. Selon Rachi, Rachel avait donné des signes à Leah, afin qu'elle, Leah, ne fût pas humiliée. Mais quel genre de signes ? J'étais rempli de curiosité pour les hommes et les femmes et leurs secrets extraordinaires. J'avais hâte d'être plus grand. J'avais commencé à regarder les filles. La plupart avaient la même poitrine haute que le mannequin de Selig, des mains et des pieds plus petits que ceux des hommes, et des cheveux arrangés en nattes. Certaines avaient le cou long et fin. Je savais que si je rentrais et demandais à ma mère quels signes Rachel pouvait avoir donné à Leah, elle me gronderait. Je devais tout observer moi-même et me taire.

Je dévisageais les filles qui passaient et croyais apercevoir comme de la moquerie dans leurs yeux. Leurs regards semblaient dire : « Un si petit garçon, et ça veut tout connaître... »

Les docteurs assuraient Tzeitel que sa fille vivrait longtemps et prescrivaient des remèdes pour ses nerfs, mais l'état de Henia Dvosha n'en empira pas moins jour après jour. Nous pouvions entendre ses gémissements de chez nous. Freitag, le barbier-chirurgien, lui fit des saignées. Le docteur Knaister ordonna qu'on l'emmenât à l'hôpital de la rue Czysta, mais Henia Dvosha s'y opposa : on y empoisonnait les malades et on les disséquait quand ils étaient morts.

Le docteur Knaister arrangea une consultation à trois : lui-même et deux spécialistes. Deux voitures s'arrêtèrent devant le porche de notre immeuble, chacune conduite par un cocher en haut-de-forme et en manteau à boutons argentés. Les chevaux avaient des crinières courtes. Pendant qu'ils attendaient, ils ne cessaient de s'agiter, et les cochers devaient tirer d'un coup sec sur les rênes pour les faire tenir tranquilles. La consultation dura un bon moment. Les spécialistes n'arrivaient pas à se mettre d'accord et ils se querellaient en polonais. Après avoir reçu leurs vingt-cinq roubles, ils grimpèrent dans leurs voitures et retournèrent vers les beaux quartiers où ils vivaient et exerçaient.

Quelques jours plus tard, Selig le tailleur passa chez nous en manches de chemise, une aiguille piquée au revers, un dé à coudre sur l'index de la main gauche et dit à mon père : « Rabbi, ma fille désire que vous récitiez la confession avec elle. »

Mon père empoigna sa barbe rousse et dit : « Pourquoi cette hâte ? Avec l'aide du Tout-Puissant, elle vivra cent vingt ans.

— Pas même cent vingt heures », répondit Selig.

Ma mère regarda Selig avec réprobation. Il était juif, mais il parlait comme un chrétien ; ceux qui venaient de Russie n'avaient pas le sensibilité des Juifs polonais. Elle se mit à essuyer ses larmes. Mon père fouilla dans son armoire et sortit *Le Gué du Yabbok*, un livre sur la mort et le deuil. Il tourna les pages et hocha la tête. Puis il se leva et partit avec Selig. C'était la première fois que mon père allait chez Selig. Il ne rendait jamais visite à personne, excepté quand on l'appelait pour célébrer un service religieux.

Il y passa un long moment et quand il revint, il dit : « Oh, quelle espèce de gens que voilà ? Que le Tout-Puissant nous garde et nous protège !

— As-tu récité la confession avec elle ? demanda ma mère.

— Oui.

— A-t-elle dit quelque chose ?

— Elle a demandé si on pouvait se marier tout de suite après le Shiva, les sept jours de deuil, ou si l'on doit attendre jusqu'après les Sheloshim, les trente jours complets. »

Ma mère fit une grimace, comme si elle allait cracher. « Elle n'a pas toute sa tête.

— Non.

— Tu verras, elle vivra encore des années », dit ma mère.

Mais sa prédiction ne se réalisa pas. Quelques jours plus tard, on entendit une lamentation dans le couloir. Henia Dvosha venait juste de mourir. Le salon fut bientôt rempli de femmes. Tzeitel avait déjà recouvert les machines à coudre et drapé le miroir avec un tissu noir. On avait ouvert les fenêtres, conformément à la Loi. Issur Godel apparut dans la foule des femmes. Il était vêtu d'un caftan qui s'arrêtait aux genoux, avec un faux plastron en papier, un col raide, une cravate noire et une petite calotte. Bientôt, il s'en alla au bureau de la communauté afin de faire le nécessaire pour l'enterrement.

Puis Dunia sortit dans la cour avec un chapeau de paille décoré de fleurs et une robe rouge et portant un sac à main, comme une grande dame. Dunia et Issur Godel se rencontrèrent dans l'escalier. Un moment, ils restèrent sans bouger et sans parler, puis ils murmurèrent quelque chose et se séparèrent — il descendit et elle monta. Dunia ne pleurait pas. Son visage était pâle et ses yeux exprimaient comme de la rage.

Pendant la période de deuil, des hommes venaient deux fois par jour prier chez Selig le tailleur. Selig et Tzeitel étaient assis sur des tabourets, en chaussettes. Selig fixait le livre de Job imprimé en hébreu et en yiddish qu'il avait emprunté à mon père. Son revers était déchiré en signe de deuil. Il bavardait avec les hommes de choses ordinaires. Les prix de toutes les denrées augmentaient. Le fil à coudre, le fil d'Ecosse, la doublure, tout coûtait plus cher. « Les gens travaillent-ils réellement à notre époque ? se plaignait Selig. Ils s'amusent. De mon temps, un apprenti arrivait au travail à l'aube. En hiver, il faisait encore noir quand on commençait à travailler. Chaque ouvrier devait fournir une chandelle de suif à ses frais. Aujourd'hui, la machine fait tout et l'ouvrier attend une seule chose : une nouvelle augmentation tous les deux mois. Comment le monde peut-il exister avec tant de fainéants ?

— Ils se précipitent tous en Amérique ! dit Shmule le charpentier.

— En Amérique, il y a la panique. Les gens meurent de faim. »

J'allai prier tous les jours chez Selig le tailleur, mais je n'y rencontrai jamais Issur Godel ou Dunia. Dunia se cachait-elle dans l'alcôve, ou était-elle allée travailler au lieu d'observer le Shiva ? Dès que la période de deuil eut pris fin, Issur Godel se coupa la barbe et troqua sa calotte traditionnelle contre un chapeau mou et le caftan contre un veston court. Dunia déclara à sa mère qu'elle ne porterait pas de perruque quand elle serait mariée.

La veille du mariage, je me réveillai au moment où l'horloge sur le mur sonna trois heures. La fenêtre de notre chambre à coucher était masquée par une couverture, mais le clair de lune passait des deux côtés. Mes parents parlaient à voix basse et leurs voix venaient du même lit. Dieu du Ciel, mon père était au lit avec ma mère !

Je retins ma respiration et j'entendis ma mère dire : « Tout est de sa faute à elle. Ils ne se gênaient pas devant elle. Ils s'embrassaient et Dieu sait ce qu'ils faisaient encore. Tzeitel me l'a dit elle-même. Une telle perversité peut vous briser le cœur.

— Elle aurait dû divorcer, dit mon père.

— Quand on aime, on ne peut pas divorcer.

— Elle parlait de sa sœur avec une telle tendresse, dit mon père.

— Il y a des gens qui embrassent l'épée de l'Ange de la Mort », répondit ma mère.

Je fermai les yeux et fis semblant de dormir. Le monde tout entier n'était évidemment qu'une immense tricherie. Si mon père, un rabbi qui prêchait la Torah et la piété tous les jours, pouvait se mettre au lit avec une femme, que pouvait-on attendre d'un Issur Godel ou d'une Dunia ?

Quand je me réveillai, mon père récitait les prières du matin. Pour la millième fois, il racontait la même histoire : comment le Tout-Puissant avait ordonné à Abraham de sacrifier son fils Isaac sur un autel et comment l'ange s'était exclamé du haut du Ciel : « Ne porte pas la main sur ce jeune homme. » Mon père portait un masque — le jour un saint, la nuit un débauché. Je décidai de m'arrêter de prier et de devenir un hérétique.

Tzeitel mentionna à ma mère que le mariage se ferait sans grand bruit. Après tout, le marié était un veuf, avec deux enfants, la famille était en deuil — pourquoi faire toute une histoire ? Mais pour je ne sais quelle raison, les locataires de la cour conspirèrent pour en faire un mariage bruyant. Des cadeaux se mirent à arriver pour le couple d'un peu partout.

Quelqu'un engagea un orchestre. Je vis un tonneau de bière, avec des cercles de laiton, transporté dans l'escalier et des paniers de vin. Comme nous étions les plus proches voisins de Selig et que de plus mon père officierait à la cérémonie, on nous considéra comme de la famille. Ma mère mit sa robe des jours de fête et fit coiffer sa perruque chez un coiffeur. Tzeitel m'offrit une tranche de gâteau au miel et un verre de vin. Il y avait tant de monde dans l'appartement de Selig qu'il ne restait plus de place pour le dais nuptial et il fallut le dresser dans le cabinet de travail de mon père. Dunia portait la robe de mariée de satin blanc que sa sœur avait cousue pour elle. Les autres femmes qui avaient été mariées dans notre immeuble souriaient, répondaient d'une manière gracieuse aux compliments qu'on leur faisait, riaient et pleuraient. Dunia n'adressait la parole pour ainsi dire à personne et portait la tête haute avec une arrogance de femme du monde.

On murmurait que Tzeitel avait dû discuter avec elle pour qu'elle s'immerge dans le bain rituel. Dunia avait fait venir ses propres invités — des jeunes filles avec des robes courtes et des jeunes gens rasés avec d'épaisses tignasses et des chapeaux mous à larges bords. Au lieu de chemises, ils portaient des blouses noires serrées avec des écharpes. Ils fumaient des cigarettes, faisaient des clins d'œil et parlaient russe entre eux. Les gens dans notre cour disaient qu'ils étaient tous socialistes, comme ceux qui s'étaient révoltés contre le tsar en 1905 et avaient demandé une Constitution. Dunia faisait partie de leur groupe.

Ma mère refusa de goûter à quoi que ce soit : plusieurs invités avaient apporté toutes sortes de mets et de boissons, et on ne pouvait plus être sûr que tout était strictement cascher. Les musiciens jouaient des airs de théâtre, et des hommes dansaient avec des femmes. Vers onze heures du soir, mes yeux se fermaient tout seuls et ma mère me dit d'aller au lit. Je me réveillai la nuit et j'entendis le piétinement, les chants, la musique païenne — des polkas, des mazurkas, des mélodies qui éveillaient en moi des besoins dont je sentais qu'ils étaient mauvais, même si je ne comprenais pas de quoi il s'agissait.

Plus tard, je me réveillai encore et j'entendis mon père citer l'Ecclésiaste :

« A la gaieté j'ai dit : " Tu es folle ! "

« Et à la joie : " A quoi sers-tu ? "

— Ils dansent sur des tombes », chuchotait ma mère.

Peu de temps après le mariage, des scandales éclatèrent chez Selig. Les nouveaux mariés ne voulurent pas rester dans l'alcôve et Issur Godel loua un appartement au rez-de-chaussée, rue Ciepla. Tzeitel vint en larmes raconter à ma mère que sa fille avait coupé les papillotes de Yankele et l'avait enlevé du heder pour l'inscrire dans une école laïque. Elle ne faisait plus de cuisine cascher mais achetait de la viande chez un boucher chrétien. Issur Godel ne s'appelait plus Issur Godel mais Albert. Elkele et Yankele avaient aussi reçu des noms chrétiens : Edka et Janek.

J'entendis Tzeitel mentionner le numéro de la maison où les nouveaux mariés habitaient et j'y allai pour me rendre compte. A droite du portail, pendait un écriteau en polonais : ALBERT LANDAU, TAILLEUR POUR DAMES. Je pouvais apercevoir Issur Godel par la fenêtre ouverte. Je le reconnus à peine. Il s'était débarrassé entièrement de sa barbe et portait maintenant une moustache retroussée ; il était tête nue et avait l'air jeune et chrétien. J'étais en train de le regarder lorsque les enfants rentrèrent de l'école — Yankele en culottes courtes avec une casquette à écusson et un cartable sur les épaules, Elkele en robe courte avec des chaussettes qui lui arrivaient aux genoux. Je les appelai : « Yankele... Elkele... » mais ils passèrent et ne me regardèrent même pas.

Tzeitel venait jour après jour pleurer dans le giron de ma mère : Henia Dvosha était revenue la voir en songe et avait hurlé qu'elle ne trouvait pas le repos dans sa tombe. Son Yankele n'avait pas récité le kaddish pour elle, et on ne lui permettait pas d'entrer au Paradis.

Tzeitel paya un bedeau pour dire le kaddish et étudier le Mishna à la mémoire de sa fille, mais Henia Dvosha n'en revenait pas moins se plaindre à sa mère que son linceul s'était défait et qu'elle était toute nue ; de l'eau s'était infiltrée dans sa tombe ; une femme lubrique avait été enterrée près d'elle, une folle venue d'un bordel qui batifolait avec des démons.

Mon père appela trois hommes pour améliorer le rêve, et ils firent front à Tzeitel, chantonnant : « Tu as eu une *belle* vision ! Quelle belle vision tu as eue ! Qu'elle était belle, la vision que tu as eue ! »

Puis mon père expliqua à Tzeitel qu'on ne devait absolument pas pleurer les morts trop longtemps ou accorder trop d'importance aux rêves. Comme il est dit dans la Guemara, de même qu'il ne peut y avoir de grain sans paille, il ne peut y avoir de rêves sans paroles en l'air. Mais le Tzeitel n'arrivait pas à se dominer. Elle courut chez les dirigeants de la communauté et à la Congrégation des Enterrements, pour demander que le corps fût exhumé et enterré ailleurs. Elle cessa de s'occuper de sa maison et alla tous les jours sur la tombe de Henia Dvosha.

La barbe de Selig devint toute blanche et son visage se couvrit d'un réseau de rides. Ses mains tremblaient et les gens dans la cour se plaignirent qu'il gardait un caftan ou un pantalon pendant des semaines, et quand il les rapportait finalement, ils étaient ou trop courts ou trop étroits ou bien le tissu était abîmé par le repassage. Sachant que Tzeitel ne faisait plus la cuisine pour son mari, ma mère lui envoyait souvent des plats. Il avait perdu toutes ses dents, et quand j'arrivais avec une assiette de gruau, ou avec du bouillon de poulet ou des nouilles à la viande, il me souriait de sa bouche édentée et disait : « Ah, tu m'apportes des cadeaux ? Pourquoi ? Ce n'est pas Pourim.

— On doit manger toute l'année.

— Pourquoi ? On doit s'engraisser pour les vers ?

— L'homme a aussi une âme, dis-je.

— L'âme n'a pas besoin de pommes de terre. Et d'ailleurs, as-tu jamais vu une âme ? C'est une chose qui n'existe pas. Niaiseries que tout cela.

— Alors qu'est-ce qui nous fait vivre ?

— C'est la respiration. L'électricité.

— Votre femme — »

Selig m'interrompit. « Elle est folle ! »

Une nuit, Tzeitel confia à ma mère que Henia Dvosha s'était installée dans son oreille gauche. Elle chantait des hymnes du shabbat et des jours de fête, récitait des lamentations sur la destruction du Temple et même pour le naufrage du *Titanic.* « Si vous ne me croyez pas, Rebbetzin, écoutez vous-même. »

Elle déplaça sa perruque et plaça son oreille contre celle de ma mère.

« Vous entendez ? demanda Tzeitel.

— Oui. Non. Qu'est-ce que c'est ? demanda ma mère, alarmée.

— Ça fait déjà trois semaines. Je me suis tenue tranquille, j'ai imaginé que ça passerait, mais ça empire chaque jour. »

Je fus saisi d'une telle frayeur que je sortis de la cuisine en flèche. La nouvelle se répandit bientôt dans la rue Krochmalna et les rues alentour : un dybbuk s'était installé dans l'oreille de Tzeitel, il psalmodiait la Torah, sermonnait et faisait cocorico comme un coq. Des femmes vinrent mettre leur oreille contre celle de Tzeitel et jurèrent qu'elles entendaient chanter le Kol Nidré. Tzeitel demanda à mon père de mettre son oreille contre la sienne, mais il ne consentit pas à toucher la chair d'une femme mariée. Un spécialiste des maladies nerveuses de Varsovie s'intéressa à ce cas — le docteur Flatan, célèbre non seulement en Pologne, mais dans toute l'Europe et peut-être aussi en Amérique. Et un article sur ce cas parut dans un journal yiddish. L'auteur emprunta son titre à la pièce de Tolstoï, *La Puissance des ténèbres.*

Juste à cette époque, nous déménageâmes dans une autre cour de la rue Krochmalna. Quelques semaines plus tard, à Sarajevo, un terroriste assassina l'archiduc autrichien Ferdinand et sa femme. Cet acte de violence provoqua la guerre, la pénurie de vivres, l'exode de réfugiés des petites villes à Varsovie et on parlait, dans les journaux, de milliers de victimes.

Les gens avaient d'autres sujets de conversation que Selig le tailleur et sa famille. Après Souccoth, Selig mourut brusquement, et quelques mois plus tard, Tzeitel le suivit dans la tombe.

Un jour, cet hiver-là, alors que les Allemands et les Russes se battaient sur la rivière Bzura et que la canonnade faisait trembler les vitres de notre maison, et que nos poêles étaient froids car nous ne pouvions plus nous permettre d'acheter du charbon, une ancienne voisine du numéro dix, Esther Malka, vint voir ma mère. Issur Godel et Dunia étaient en train de divorcer.

Ma mère demanda : « Mais enfin, pourquoi ? On disait qu'ils étaient amoureux. »

Et Esther Malka répondit : « Rebbetzin, il leur est *impossible* de vivre ensemble. Ils disent que Henia Dovsha vient toutes les nuits et se glisse entre eux dans le lit.

— Elle est jalouse même dans la tombe ?

— Ça en a l'air. »

Ma mère pâlit et prononça des paroles que je n'ai jamais oubliées : « Les vivants meurent pour permettre aux morts de vivre. »

L'autocar

Pourquoi ai-je entrepris ce voyage-là en 1956, c'est une chose que je n'ai pas encore comprise à ce jour, pour me traîner en autocar à travers l'Espagne pendant douze jours avec un groupe de touristes. Nous étions partis de Genève. Je montai dans l'autocar vers trois heures de l'après-midi et trouvai presque toutes les places prises. Le chauffeur poinçonna mon billet et m'indiqua une place à côté d'une femme qui portait une croix noire bien en évidence sur la poitrine. Ses cheveux étaient teints en roux, son visage était couvert d'un maquillage épais, les cils de ses yeux bruns étaient barbouillés de bleu et des rides profondes se voyaient sous toutes ces teintures et peintures. Son nez était crochu, ses lèvres rouges comme du charbon ardent et ses dents jaunâtres.

Elle commença à me parler français, mais je lui dis que je ne comprenais pas cette langue et elle passa à l'allemand. Je remarquai que son allemand n'était pas celui d'une vraie Allemande ou d'une Suissesse. Son accent ressemblait au mien et elle faisait les mêmes fautes. De temps en temps, elle disait un mot qui sonnait comme du yiddish. Je découvris rapidement qu'elle était une rescapée des camps de concentration. En 1946, elle était arrivée dans un camp de D.P. près de Landsberg et là, par le plus pur des hasards, s'était liée d'amitié avec un Suisse, un directeur de banque de Zurich. Il tomba amoureux d'elle et lui proposa le mariage, mais à condition qu'elle devienne protestante. Elle s'était appelée Celina Pultusker. Elle était maintenant Celina Weyerhofer.

Soudain, elle se mit à me parler en polonais, puis en yiddish. Elle dit : « Comme je ne crois pas en Dieu de toute manière, quelle différence cela fait-il que ce soit Moïse ou Jésus ? Il voulait que je me convertisse, je me suis donc convertie un peu.

— Alors pourquoi portez-vous une croix ?

— Pas pour des raisons qui ont affaire avec la religion. Elle m'a été donnée par un mourant, quelqu'un que je n'oublierai jamais, jusqu'à ma fin.

— Un homme, n'est-ce pas ?

— Qui d'autre, une femme ?

— Votre mari n'a rien contre ça ?

— Je ne le lui demande pas. Le voici. »

Mme Weyerhofer désigna un homme assis de l'autre côté de l'allée. Il paraissait plus jeune qu'elle, il avait la peau du visage claire et lisse, des yeux bleus et le nez droit. A mes yeux, c'était le banquier typique — sobre, aimable, les pantalons repassés avec soin et remontés pour préserver le pli, les chaussures fraîchement astiquées. Il portait un panama. Ses manières exprimaient l'ordre, la discipline. Il avait la *Neue Zürcher Zeitung* sur les genoux et je remarquai qu'elle était ouverte aux pages financières. Il prit un bout de tissu dans sa poche intérieure et nettoya ses lunettes. Cela fait, il regarda sa montre-bracelet en or.

Je demandai à Mme Weyerhofer pourquoi ils n'étaient pas assis ensemble.

« Parce qu'il me hait », dit-elle en polonais.

Sa réponse me surprit, mais pas tellement. L'homme me regarda du coin de l'œil, puis détourna le visage. Il se mit à parler avec une dame occupant le fauteuil côté fenêtre près du sien. Il enleva son chapeau, découvrant une calvitie brillante entourée par une collerette de cheveux blond pâle. « Qu'est-ce que ce Suisse pouvait avoir trouvé dans la personne à mes côtés ? » me demandai-je, mais ce genre de chose, on ne pouvait vraiment pas le comprendre.

Mme Weyerhofer dit : « Pour autant que je puisse

en juger, vous êtes le seul Juif dans le car. Mon mari n'aime pas les Juifs. Il n'aime pas les chrétiens non plus, d'ailleurs. Il a un million de préjugés. Quoi que je puisse dire, ça lui déplaît. S'il en avait le pouvoir, il tuerait la majeure partie de l'humanité et n'épargnerait que ses chiens et les quelques banquiers avec lesquels il est intime. Je suis prête à lui accorder le divorce, mais il est trop avare pour payer une pension alimentaire. Pour le moment, il me donne à peine de quoi rester en vie. Mais il est très intelligent, l'un des hommes les plus cultivés que j'aie rencontrés. Il parle six langues à la perfection, mais, Dieu merci, le polonais n'en fait pas partie. »

Elle se tourna vers la fenêtre et je n'eus plus envie de lui parler davantage. J'avais mal dormi la nuit précédente, et dès que je m'adossai, je m'assoupis, bien que mon esprit continuât de fonctionner comme à l'état de veille. J'avais rompu avec une femme que j'aimais — ou désirais, du moins. Je venais de passer trois semaines seul dans un hôtel à Zakopane.

Je fus réveillé par le chauffeur. Nous étions arrivés à l'hôtel où nous devions dîner et dormir. J'étais incapable de m'orienter et de décider si nous étions toujours en Suisse ou si nous avions atteint la France. Je n'avais pas saisi le nom de la ville annonçée par le chauffeur. On me donna la clef de ma chambre. Quelqu'un y avait déjà déposé ma valise. Un peu plus tard, je descendis à la salle à manger. Toutes les tables étaient occupées, et je n'avais pas envie de m'asseoir avec des étrangers.

Comme j'attendais, un garçon qui paraissait avoir quatorze ou quinze ans s'approcha de moi. Il me faisait penser à la Pologne d'avant la guerre, avec ses culottes courtes et ses bas de laine, son veston au col rabattu. C'était un bel adolescent — cheveux noirs coupés très court, yeux sombres et brillants, une peau d'une blancheur inhabituelle. Il claqua les talons comme au garde-à-vous et demanda : « Monsieur, parlez-vous anglais ?

— Oui.

— Vous êtes américain ?

— Je suis citoyen américain.

— Peut-être aimeriez-vous vous joindre à nous ? Je parle anglais. Ma mère le parle un peu aussi.

— Votre mère sera-t-elle d'accord ?

— Oui. Nous vous avons remarqué dans le car. Vous lisiez un journal américain. Quand j'aurai terminé ce que vous appellez la *high school,* je voudrais étudier dans une université américaine. Vous n'êtes pas professeur par hasard ?

— Non, mais j'ai fait des conférences à l'université, une ou deux fois.

— Oh, je vous ai regardé une seule fois, et je l'ai su immédiatement. Je vous en prie, voici notre table. »

Il m'emmena vers où sa mère était assise. Elle devait avoir environ trente-cinq ans, elle était boulotte mais avait un joli visage. Ses cheveux noirs étaient ramassés en deux chignons, un de chaque côté du visage. Elle portait des vêtements coûteux et de nombreux bijoux. Je dis *hello* et elle sourit et répondit en français.

Son fils lui parlait anglais : « Mère, ce monsieur vient des Etats-Unis. Il est professeur, comme je l'ai prédit.

— Je ne suis pas professeur. J'ai été invité par une université en tant qu'écrivain en résidence.

— Asseyez-vous, s'il vous plaît. »

J'expliquai à la femme que je ne connaissais pas le français, et elle se mit à me parler dans un mélange d'anglais et d'allemand. Elle se présenta sous le nom d'Annette Metalon. Le nom du garçon était Mark. Les serveurs n'avaient pas encore pu servir toutes les tables et tandis que nous attendions, je racontai à la mère et au fils que j'étais juif, que j'écrivais en yiddish et que je venais de Pologne. Je le fais toujours aussitôt que possible, pour éviter des malentendus plus tard. Si la personne à laquelle je parle est snob, elle sait que je n'essaie pas de me faire passer pour ce que je ne suis pas.

« Monsieur, je suis juif aussi. Par mon père. Ma mère est chrétienne.

— Oui, mon défunt mari était sepharade, dit

Mme Metalon. Le yiddish est-il une langue ou un dialecte ? me demanda-t-elle. En quoi se distingue-t-il de l'hébreu ? Est-il écrit en caractères latins ou hébraïques ? Qui parle cette langue et a-t-elle un avenir ? » Je répondis brièvement à chaque question. Après quelque hésitation, Mme Metalon me dit qu'elle était arménienne et qu'elle vivait à Ankara mais que Mark allait à l'école à Londres. Son mari avait été originaire de Salonique. Il avait été dans l'import-export des tapis d'Orient et avait eu d'autres affaires aussi. Je remarquai une bague avec un gros diamant à l'un de ses doigts, et des perles magnifiques à son cou. Le serveur arriva finalement et elle commanda du vin et du steak. Quand le serveur apprit que j'étais végétarien, il fit la grimace et m'informa que la cuisine ne préparait pas de repas végétariens. Je lui dis que je mangerais n'importe quoi — des pommes de terre, des légumes, du pain, du fromage. Ce qu'il m'apporterait.

Dès qu'il se fut éloigné, les questions commencèrent sur mon végétarisme : Etait-ce pour raison de santé ? Pour une question de principe ? Cela avait-il un rapport avec manger cascher ? J'avais l'habitude de m'expliquer, non seulement avec des étrangers, mais même avec des gens qui me connaissaient depuis des années. Quand je dis à Mme Metalon que je n'appartenais à aucune synagogue, elle posa la question à laquelle je ne trouvais jamais de réponse — en quoi consistait mon judaïsme ?

A en juger par la façon dont le serveur avait réagi, je pensais quitter la table affamé, mais il m'apporta une assiette de légumes cuits, une omelette aux champignons, ainsi que des fruits et du fromage. La mère et le fils goûtèrent tous deux mes plats, et Mark déclara : « Mère, je veux devenir végétarien.

— Pas tant que tu vivras chez moi, répondit Mme Metalon.

— Je n'ai pas envie de rester en Angleterre et sûrement pas en Turquie. J'ai décidé de devenir américain, dit Mark. J'aime la littérature américaine, la sincérité et la démocratie américaines et le sens des affaires des Américains. En Angleterre, il n'y a aucune chance pour ceux qui n'y sont pas nés. Je veux épouser une jeune fille américaine. Monsieur, quels papiers faut-il pour obtenir un visa pour les Etats-Unis ? J'ai un passeport turc, pas un passeport anglais. Monsieur, m'enverriez-vous un affidavit ?

— Oui, avec plaisir.

— Mark, qu'est-ce qui ne va pas ? Tu rencontres un monsieur pour la première fois et aussitôt tu lui demandes des choses.

— Qu'est-ce que je demande ? Une attestation n'est qu'un morceau de papier avec une signature. Je veux étudier à l'université Harvard ou à l'université de Princeton. Monsieur, laquelle de ces deux universités a la meilleure faculté de commerce ?

— Je n'en sais vraiment rien.

— Oh, il a déjà tout décidé tout seul, dit Mme Metalon. Un garçon de quatorze ans, mais avec une tête de vieux. Sur ce point, il ressemble à son père. Il planifiait toujours tout jusqu'au moindre détail et des années à l'avance. Mon mari avait quarante ans de plus que moi, mais nous avons vécu heureux ensemble. » Elle sortit un mouchoir à dentelle et tamponna une larme invisible.

La routine de l'autocar voulait que les passagers changent de place chaque jour. Cela permettait à chacun d'être assis à l'avant. La plupart des couples restaient ensemble, mais les personnes seules changeaient tout le temps de compagnon. Le troisième jour, le chauffeur me mit à côté du banquier de Zurich, qui était apparemment déterminé à ne pas s'asseoir à côté de sa femme.

Il se présenta : docteur Rudolf Weyerhofer. Le car avait quitté Bordeaux, où nous avions passé la nuit, et approchait de la frontière espagnole. Tout d'abord, aucun de nous deux ne parla ; puis le docteur Weyerhofer commença à parler de l'Espagne, de la France, de la situation de l'Europe. Il me posa des questions sur l'Amérique, et quand je lui dis que j'appartenais à la rédaction d'un journal yiddish, sa conversation glissa sur les Juifs et le judaïsme.

N'était-ce pas étrange qu'un peuple eût conservé son identité pendant deux millénaires d'errance à travers tous les pays de la terre, et qu'après tout ce temps, fût revenu au pays et à la langue de ses ancêtres ? L'unique exemple dans l'histoire de l'humanité. Le docteur Weyerhofer me dit qu'il avait lu l'*Histoire des Juifs* de Graetz et même quelque chose de Dubnow. Il connaissait les œuvres de Martin Buber et *Jésus de Nazareth* de Klausner. Malgré tout cela, l'essence de l'être juif ne lui paraissait pas claire. Il posa des questions sur le Talmud, le Zohar, les hassidim, et je répondis du mieux que je pouvais. J'étais sûr qu'il ne tarderait pas à parler de sa femme.

Mme Weyerhofer avait déjà réussi à irriter les autres passagers. A Lyon et à Bordeaux, l'autocar avait été obligé de l'attendre — une demi-heure à Lyon et une heure à Bordeaux. Ces retards bouleversaient notre programme. Elle était partie faire des achats et revint chargée de paquets. Etant donné la façon dont elle avait décrit son mari, un avare qui lui mesurait un quignon de pain, je ne pouvais comprendre où elle prenait l'argent pour acheter tant de choses. Les deux fois elle s'excusa et dit que sa montre était arrêtée, mais une Suissesse affirma qu'elle avait délibérément retardé les aiguilles de sa montre-bracelet en or. Par sa conduite, Celina Weyerhofer humilia non seulement son mari, qui l'accusa en public de mentir, mais moi aussi, car il était évident pour tous dans le car que nous étions, elle et moi, Juifs de Pologne.

Je ne me souviens plus comment cela arriva, mais le docteur Weyerhofer se mit à me raconter ses peines. Il dit : « Ma femme m'accuse d'antisémitisme, mais quel genre d'antisémite suis-je, moi qui ai épousé une femme juive qui venait de sortir d'un camp de concentration ? Je voudrais que vous sachiez que ce mariage m'a causé d'énormes difficultés. A cette époque, beaucoup de gens dans les milieux financiers étaient infectés par le poison nazi, et j'ai perdu des contacts importants. J'ai sérieusement envisagé d'émigrer dans votre Amérique ou même en Afrique du Sud, puisque j'avais été pratiquement excommunié par les milieux d'affaires chrétiens. Comment vous appelez cela, vous autres… cherem ? Mes bienheureux parents vivaient encore et ils étaient tous deux des chrétiens fervents. Vous pourriez écrire un gros livre sur ce que j'ai enduré.

« Bien que ma femme se soit convertie, elle l'a fait de telle manière que toute la chose est devenue une farce. Cette femme se fait des ennemis partout où elle va, mais le pire de ses ennemis c'est sa propre langue. Elle a le don de dresser contre elle tous ceux qu'elle rencontre. Elle a tenté d'entretenir des rapports avec la communauté juive de Zurich, mais elle a fait des déclarations si choquantes, et avec une telle insistance, que les gens n'ont pas voulu avoir affaire avec elle. Elle allait chez un rabbin et se présentait comme une athée ; elle entamait une discussion avec lui sur la religion et le taxait d'hypocrisie. Tandis qu'elle accuse tout le monde d'antisémitisme, elle dit elle-même des choses sur les Juifs qui seraient dignes de Goebbels. Elle joue le rôle d'une féministe acharnée, elle se joint aux protestations contre le gouvernement suisse parce qu'il refuse le droit de vote aux femmes, mais en même temps elle critique les femmes de la façon la plus virulente.

« J'ai remarqué qu'elle vous a parlé quand vous étiez assis ensemble, et je sais qu'elle vous a raconté comme je suis mesquin pour l'argent. Mais cette femme a la manie des achats. Elle achète des choses qui ne seront jamais utilisées. J'ai un grand appartement qu'elle a encombré d'une telle quantité de meubles, de tant de bibelots et de tableaux idiots que vous ne pouvez presque pas y bouger. Pas une servante ne veut travailler chez nous. Nous mangeons au restaurant alors que je déteste ne pas manger à la maison. Il faut que je sois fou pour avoir accepté de faire ce voyage avec elle. Mais il est évident que nous ne tiendrons pas ces douze jours. Pendant que je suis en train de discuter avec vous, je pense à quitter le car avant même que nous arrivions en Espagne. Je sais que je ne devrais pas étaler mes problèmes personnels comme ça, mais comme vous êtes écrivain, peut-être pourrez-vous en tirer parti. Je me dis que les camps et ses pérégrinations lui ont complètement détruit les nerfs, mais j'ai rencontré d'autres femmes qui ont survécu à l'enfer hitlérien, et ce sont des personnes calmes, civilisées, agréables.

— Comment se fait-il que vous ne l'ayez pas remarqué avant ? demandai-je.

— Comment ? C'est une bonne question. Je me le demande aussi. Le fait même que je vous raconte tout cela est pour moi un mystère, car nous autres Suisses sommes réticents. Probablement, dix ans de vie avec cette femme ont modifié mon caractère. C'est soi-disant elle qui s'est convertie, mais c'est comme si je m'étais pour ainsi dire transformé en Juif polonais. Je lis toutes les informations sur les Juifs, surtout tout ce qui concerne l'Etat juif. Je critique souvent les dirigeants juifs, mais pas en tant qu'étranger — plutôt comme quelqu'un du dedans. »

Le car s'arrêta. Nous étions arrivés à la frontière espagnole. Le chauffeur descendit avec nos passeports au poste frontière et y traîna un long moment.

Le docteur Weyerhofer se mit à parler bas, presque à chuchoter : « Je veux rester dans la vérité. Il y avait une chose de bonne en elle — elle était capable d'attirer un homme. Sexuellement, elle était exceptionnellement douée. Je n'arrive pas à croire moi-même que je sois en train de parler de ces choses — dans mon milieu, parler du sexe est tabou. Mais pourquoi ? L'homme y pense du berceau à la tombe. Elle est douée d'une imagination puissante, d'une fantaisie perverse. J'ai de l'expérience avec les femmes et je sais. Elle me disait des choses qui me mettaient hors de moi. Elle connaît plus d'histoires que Shéhérazade. Nos journées étaient maudites, mais nos nuits sauvages. Elle m'épuisait au point que je ne pouvais plus travailler. Est-ce une caractéristique des femmes juives d'Europe orientale ? Les Juives de Suisse ne sont pas beaucoup plus intéressantes que les chrétiennes.

— Vous savez, docteur, il est impossible de généraliser.

— J'ai l'impression que beaucoup de Juives de Pologne sont de cette espèce. Je le vois dans leurs yeux. J'ai fait un voyage d'affaires en Israël et j'ai même rencontré Ben Gourion et d'autres dirigeants israéliens. Nous avons fait des affaires avec la Bank Leumi. Je me suis donné une explication selon laquelle la femme juive d'aujourd'hui veut se dédommager de siècles de ghetto. De plus, les Juifs sont un peuple doué d'imagination, même s'ils n'ont pas encore produit de grandes œuvres dans la littérature moderne. J'ai lu Jakob Wassermann, Stefan Zweig, Peter Altenberg et Arthur Schnitzler, mais ils m'ont déçu. Je m'attendais à quelque chose de mieux des Juifs. Existe-t-il des écrivains intéressants en yiddish ou en hébreu ?

— Les écrivains intéressants sont rares dans tous les peuples.

— Voilà notre chauffeur avec les passeports. »

Nous franchîmes la frontière et, une heure plus tard, le car s'arrêta et nous allâmes déjeuner dans un restaurant espagnol.

A l'entrée, Mme Weyerhofer s'avança vers moi et dit : « Vous étiez avec mon mari ce matin et je sais qu'il a parlé de moi tout le temps. Je peux lire sur les lèvres comme un sourd-muet. Il faut que vous sachiez que c'est un menteur pathologique. Pas un mot de vrai ne franchit ses lèvres.

— Il se trouve qu'il a dit du bien de vous. »

Celina Weyerhofer parut tendue. « Qu'a-t-il dit ?

— Que vous étiez exceptionnellement intéressante en tant que femme.

— Il a dit ça ? C'est impossible. Il est impuissant depuis plusieurs années et vivre à côté de lui m'a rendu frigide. Physiquement et spirituellement, il m'a rendue malade.

— Il a vanté votre imagination.

— Je n'ai plus rien, excepté mon imagination. Il a sucé mon sang comme un vampire. Sexuellement, il n'est pas normal. C'est un homosexuel latent — pas tellement latent — même s'il s'en défend avec véhémence quand je le lui dis. Il ne cherche qu'à être avec des hommes, et à l'époque où nous partagions une chambre à coucher, il passait des nuits entières à me poser des questions sur mes relations avec d'autres hommes. Je devais inventer des liaisons pour le satisfaire. Plus tard, il m'a jeté ces péchés imaginaires au visage et m'a injuriée d'une manière ordurière. Il m'a forcée à avouer que j'avais eu des rapports avec un nazi, et Dieu sait que j'aurais préféré qu'il m'écorche vive. Peut-être pourrions-nous nous trouver une table ensemble ?

— J'ai promis à une dame et à son fils de manger avec eux.

— Celle avec qui je vous ai vu hier dans la salle à manger ? Son fils est splendide, mais elle est trop grasse et, en vieillissant, elle s'en ira en morceaux. Avez-vous remarqué la quantité de diamants qu'elle porte ? Un magasin de bijoux — sans goût, écœurante. A Lyon et à Bordeaux, personne n'a eu de salle de bains, sauf elle. Si elle est si riche, pourquoi voyage-t-elle en autocar ? On ne lui a pas donné une chambre ordinaire mais une suite. Elle est juive ?

— Son défunt mari était juif.

— Une veuve, hein ? Elle cherche probablement chaussure à son pied. Les diamants sont plus que probablement faux. Elle est quoi, française ?

— Arménienne.

— Des hommes idiots se tuent et laissent des fortunes énormes à ces garces. Elle vit où ?

— En Turquie.

— Soyez sur vos gardes. Un coup d'œil m'a suffi pour reconnaître que c'est une araignée. Les hommes sont aveugles. »

Je ne pouvais y croire, mais je réalisai peu à peu que Mark essayait d'arranger un mariage entre sa mère et moi. Chose étrange, la mère jouait un rôle aussi passif dans cette affaire qu'une vieille fille à qui ses parents cherchent à trouver un mari. Je me dis que tout se passait dans mon imagination. Que ferait une veuve riche, une Arménienne vivant en Turquie, d'un écrivain yiddish ? Quelle sorte d'avenir aurait-elle avec lui ? Bien sûr, j'étais américain, mais il ne devait pas être difficile pour Mme Metalon d'obtenir un visa pour l'Amérique sans moi. Je décidai que son garçon de quatorze ans avait hypnotisé sa mère — qu'il la dominait comme son père l'avait probablement dominée avant lui. Je caressais aussi l'idée que l'âme de son mari était entrée en Mark et que lui, le sepharade disparu, voulait que sa femme épouse un coreligionnaire, un Juif. Je tentai d'éviter de me trouver à table avec eux, mais chaque fois Mark me trouvait et disait : « Monsieur, ma mère vous attend. »

Ses mots impliquaient un ordre. Quand c'était mon tour de commander mes plats végétariens, Mark prenait l'initiative de dire au serveur ou à la serveuse exactement quoi m'apporter. Il connaissait l'espagnol, car son père avait eu un associé avec lequel il parlait ladino. Je n'ai pas l'habitude de boire du vin aux repas, mais Mark en commandait sans me consulter. Quand nous arrivions dans une ville, il s'arrangeait toujours pour que sa mère et moi restions seuls ensemble pour aller à la chasse aux affaires et aux souvenirs. Chaque fois, il me recommandait sévèrement de ne rien dépenser pour sa mère, et quand je l'avais fait, il exigeait de connaître le montant et disait à sa mère de me rembourser. Quand je protestais, il fronçait les sourcils : « Monsieur, nous n'avons pas besoin de cadeaux. Un écrivain yiddish n'est sûrement pas riche. » Il ouvrait le portefeuille de sa mère et en sortait la somme nécessaire.

Mme Metalon souriait d'un air penaud et ajoutait, moitié plaisantant, moitié sérieuse, que Mark la traitait comme si elle était sa fille. Mais, de toute évidence, elle avait pris son parti de ce type de rapport.

Est-elle si faible ? me demandais-je. Ou bien cela cache-t-il un plan ?

La situation me parut d'autant plus étrange que la mère et le fils n'étaient ensemble que pendant les vacances. Elle passait le reste de l'année à Ankara tandis qu'il étudiait à Londres. Pour autant que je pouvais le déterminer, Mark dépendait de sa mère ;

quand il avait besoin de quelque chose, il devait demander de l'argent.

Au début, tous deux étaient assis ensemble dans le car, mais un jour, après déjeuner, Mark me dit que je devais m'asseoir à côté de sa mère. Il s'assit lui-même à côté de Celina Weyerhofer. Il avait tout arrangé lui-même sans la permission du chauffeur, et je ne pense pas qu'il en avait discuté avec sa mère.

J'avais été assis à côté d'une touriste hollandaise, et ce changement de places provoqua des chuchotements parmi les passagers. A partir de ce jour-là, je devins le compagnon de Mme Metalon non seulement dans la salle à manger, mais aussi dans le car. Des gens se mirent à faire des clins d'œil, des remarques, à prendre des airs narquois. La plupart du temps, je regardais par la fenêtre. Nous passâmes par des contrées qui me rappelaient le désert et le pays d'Israël. Des paysans chevauchaient des ânes. Nous traversâmes une région où des bohémiens habitaient dans des cavernes. Des jeunes filles transportaient des jarres d'eau sur la tête. Des grand-mères traînaient des paquets de bois et d'herbe enveloppés de linges sur les épaules. Nous passâmes devant des oliviers antiques et des arbres qui ressemblaient à des parapluies. Des moutons broutaient parmi les mottes de terre crevassées dans la plaine à moitié calcinée. Un cheval tournait autour d'un puits. Du ciel bleu pâle émanait une chaleur de feu. Quelque chose de biblique planait sur le paysage. Des passages du Pentateuque me revinrent à l'esprit. J'avais l'impression de me trouver quelque part dans la plaine de Mamre, et à l'instant, les tentes d'Abraham surgiraient, et l'ange apporterait à Sarah la bonne nouvelle qu'elle serait mère d'un enfant mâle à quatre-vingt-dix ans. Dans ma tête tourbillonnaient les histoires de Sodome, du sacrifice d'Isaac, d'Ismaël et de Agar. Les gerbes de blé dans les champs moissonnés me rappelèrent les rêves de Joseph. Un matin, nous passâmes devant une foire aux chevaux. Les chevaux et les hommes étaient immobiles, pétrifiés en silence comme les fantômes d'une foire des temps anciens. Il était difficile de croire que quinze ans plus tôt, la guerre civile avait ravagé ce même pays et que des staliniens avaient fusillé des trotskystes.

Une semaine à peine s'était écoulée depuis notre départ, mais je me sentais comme si j'avais été en route depuis des mois. A force d'être assis si longtemps dans la même position, j'étais envahi d'un désir qui n'était pas l'amour ni même une passion sexuelle mais quelque chose de purement animal. Apparemment, ma compagne partageait les mêmes sensations, car d'elle se dégageait une chaleur particulière. Quand elle touchait ma main par accident, elle me brûlait.

Nous restions assis pendant des heures sans dire un mot, puis nous devenions bavards et nous disions tout ce qui nous montait aux lèvres. Nous nous confiâmes l'un à l'autre des choses intimes. Nous bâillions et nous continuions à nous parler, à moitié endormis. Je lui demandai comment il se faisait qu'elle avait épousé un homme plus vieux qu'elle de quarante ans.

Elle dit : « J'étais orpheline. Les Turcs ont assassiné mon père, et ma mère est morte peu après. Nous étions riches, mais ils nous ont tout pris. Je le rencontrai à son bureau, où j'étais employée. Il avait des yeux sauvages. Il me regarda, et je sus qu'il me voulait et qu'il était prêt à m'épouser. Il avait une volonté de fer. Il avait aussi la force d'un géant. S'il n'avait pas fumé des cigares depuis tôt le matin jusque tard dans la nuit, il aurait vécu jusqu'à cent ans. Il pouvait boire quinze tasses de café amer par jour. Il m'a épuisée au point de me donner du dégoût pour l'amour. Quand il est mort, je me suis consolée avec l'idée que j'aurais la paix, pour changer. Maintenant, tout a commencé à s'éveiller à nouveau en moi.

— Etiez-vous vierge quand vous vous êtes mariée ? demandai-je, à moitié en songe.

— Oui, j'étais vierge.

— Avez-vous eu des amants après sa mort ?

— Beaucoup d'hommes me voulaient, mais j'avais été élevée de telle façon que je ne pouvais vivre avec un homme hors du mariage. Dans mon milieu, en

Turquie, une femme ne peut se permettre d'être légère. Tout le monde sait ce que chacun fait. Une femme doit veiller à sa réputation.

— Qu'avez-vous besoin de la Turquie ?

— Oh, j'ai une maison là-bas, des domestiques, une affaire.

— Ici en Espagne vous êtes libre de faire comme bon vous semble », dis-je, et je regrettai mes mots instantanément.

« Mais j'ai un chaperon avec moi, dit-elle. Mark me surveille. Je vais vous dire une chose qui va vous paraître folle. Il veille sur moi même quand il est à Londres et que je suis à Ankara. Souvent, je sens qu'il voit tout ce que je fais. Je me rends compte que ce n'est pas lui mais son père.

— Vous y croyez ?

— C'est un fait. »

Je me retournai et vis Mark m'observer intensément, comme s'il tentait de m'hypnotiser.

Quand nous nous arrêtions à l'hôtel pour la nuit, il nous fallait d'abord faire la queue pour les toilettes, puis attendre longtemps le dîner. Dans les chambres qu'on nous donnait, les plafonds étaient hauts, les murs épais, et il y avait des lavabos de style ancien, avec des cuvettes et des brocs d'eau.

Ce soir-là, nous nous arrêtâmes tard, de sorte que le dîner ne fut servi qu'après dix heures. Une fois encore, Mark commanda une bouteille de vin. Je ne sais pas pourquoi, mais je me laissai induire à boire plusieurs verres. Mark me demanda si j'avais eu l'occasion de prendre un bain pendant le voyage, et je lui dis que je me lavais tous les matins dans la cuvette, à l'eau froide, tout comme les autres voyageurs.

Il jeta un regard à sa mère, moitié interrogateur, moitié impératif.

Après quelque hésitation, Mme Metalon dit : « Venez chez nous. Nous avons une salle de bains.

— Quand ?

— Ce soir. Nous repartons à cinq heures du matin.

— Monsieur, faites-le, dit Mark. Un bain chaud, c'est bon pour la santé. En Amérique, tout le monde a une salle de bains, même les porteurs et les concierges. Les Japonais prennent leur bain dans des baignoires de bois, toute la famille ensemble. Venez une demi-heure après le dîner. Se baigner immédiatement après le repas du soir, ce n'est pas bon.

— Je vous dérangerai tous deux. Il est évident que vous êtes fatigués.

— Non, monsieur. Je ne vais jamais me coucher avant une ou deux heures. J'ai l'intention de me promener en ville. Je dois me dégourdir les jambes. Rester assis toute la journée dans le car, ça leur donne des crampes et les raidit. Ma mère se couche tard aussi.

— Vous n'avez pas peur de vous promener seul, la nuit, dans une ville étrangère, demandai-je.

— Je n'ai peur de personne. J'ai suivi des cours de lutte et de karaté. Je prends aussi des leçons de tir. Ce n'est pas permis aux garçons de mon âge, mais j'ai un professeur particulier.

— Oh, il suit plus de cours que je n'ai de cheveux sur la tête, dit Mme Metalon. Il veut tout connaître.

— En Amérique, j'étudierai le yiddish, annonça Mark. J'ai lu quelque part qu'un million et demi de gens parlent cette langue en Amérique. Je voudrais vous lire dans l'original. C'est bon aussi pour les affaires. L'Amérique est une vraie démocratie. Vous devez y parler aux clients dans leur propre langue. Je veux que ma mère vienne en Amérique avec moi. En Turquie, une personne d'origine arménienne a tout à craindre pour sa vie.

— Mes amis sont tous turcs, protesta Mme Metalon.

— Une fois que les pogroms commenceront, ils ne seront plus tes amis. Ma mère essaie de me le cacher, mais je sais très bien ce qu'ils ont fait aux Arméniens en Turquie et aux Juifs en Russie. Je désire visiter Israël. Les Juifs de là-bas ne baissent pas la tête comme ceux de Russie et de Pologne. Ils résistent. Je veux apprendre l'hébreu et étudier à l'université de Jérusalem. »

On se dit au revoir, et Mark écrivit le numéro de

leur chambre sur un feuillet qu'il arracha d'un calepin. Je montai à ma chambre pour un somme. Dans l'escalier, mes jambes vacillaient. Je m'étendis sur mon lit tout habillé, avec l'intention de me reposer une demi-heure. Je fermai les yeux et tombai dans un profond sommeil. Quelqu'un me réveilla : c'était Mark. Jusqu'à ce jour, j'ignore comment il a fait pour pénétrer dans ma chambre. J'avais peut-être oublié de la fermer à clef, ou il a donné un pourboire à la femme de chambre pour lui ouvrir.

Il dit : « Monsieur, excusez-moi, mais vous avez dormi une heure. Vous avez sans doute oublié que vous venez chez nous pour votre bain. »

J'assurai Mark que je serais devant sa porte dans dix minutes, et après quelque hésitation, il partit. Me déshabiller et déballer ma valise pour trouver un peignoir de bain et des pantoufles ne me fut pas facile. Je maudis le jour où j'avais décidé de prendre ce tour, mais je n'avais pas le courage de dire à Mark que je ne viendrais pas. Malgré ses airs délicats et sa politesse, il se dégageait de Mark une espèce de brutalité enfantine.

Je mis mon manteau de demi-saison sur mon peignoir de bain, et d'un pied incertain je commençai à grimper les deux étages menant à leur chambre. J'étais encore à moitié endormi, et pendant un moment, j'eus l'impression d'être sur un bateau. Quand j'arrivai à l'étage des Metalon, je ne pus retrouver le bout de papier avec le numéro de la chambre. J'étais sûr que c'était le 43, mais la petite ampoule tout au haut du plafond était cachée par un abat-jour sombre et ne donnait presque pas de lumière. Dans la pénombre, je n'apercevais pas ce numéro. Je tâtonnai un long moment avant de le trouver et je frappai à la porte.

La porte s'ouvrit, et, à ma stupéfaction, je vis Celina Weyerhofer en chemise de nuit, le visage enduit d'une couche épaisse de pommade. Ses cheveux paraissaient mouillés et fraîchement teints.

J'étais si confus que je n'arrivais pas à parler. Finalement, je demandai : « Est-ce le 43 ?

— Oui, c'est le 43. Chez qui allez-vous ? Oh, je comprends. Il me semble que votre dame aux diamants est quelque part sur cet étage. J'ai vu son fils. Vous vous êtes trompé.

— Madame, je ne souhaite pas vous retenir. Je voudrais seulement vous dire qu'ils m'ont invité à prendre un bain chez eux, c'est tout.

— Un bain, hein ? Eh bien, disons que c'est un bain. Je n'ai pas pris de bain moi-même depuis plus d'une semaine. Qu'est-ce que ce tour où certains obtiennent des faveurs et d'autres sont défavorisés ? La publicité n'a pas parlé de deux classes de voyageurs. Mon cher monsieur — quel est votre nom ? — je vous ai averti que cette personne vous mettrait le grappin dessus, et je vois que la chose s'est produite plus vite que je ne l'avais imaginé. Attendez une minute — votre bain ne va pas se sauver. Depuis quand appelle-t-on ça un bain ? Nous avons un autre mot pour ça. Ne vous en allez pas. Comme vous avez oublié le numéro, il vous faudra frapper à des portes étrangères et réveiller des gens. Tout le monde est mort de fatigue. Dans ce tour, avant d'avoir réussi à vous coucher, vous devez déjà vous relever. Mon mari dort bien. Il se couche, ouvre un livre, et deux minutes après il ronfle comme un dieu. Il emporte son réveille-matin. Moi, je me suis complètement arrêtée de dormir. Littéralement. C'est ma maladie. Je ne dors plus depuis des années. J'en ai parlé à un docteur à Berne — c'est un professeur en médecine — et il m'a traitée de menteuse. Les Suisses peuvent être très grossiers quand ils veulent. Il avait étudié quelque chose dans un livre de médecine ou il avait une théorie, et parce que les faits ne s'accordaient pas avec sa théorie, j'étais une menteuse. Je vous ai observé quand vous étiez avec cette femme. A la façon dont elle riait sans arrêt, on aurait dit que vous lui racontiez des blagues. Mon mari a été assis à côté d'elle une fois, avant qu'elle ne vous monopolise, et elle lui a raconté des choses que pas une femme honnête ne dirait à un étranger. Je la soupçonne d'être la madame d'un bordel en Turquie. Ou quelque chose du même genre. Pas une femme respectable ne porte autant de bijoux. Vous pouvez sentir son parfum à un kilomètre. Je ne suis même pas sûre que ce garçon est son fils. On a l'impression qu'il y a une espèce de relation contre nature entre eux.

— Madame Weyerhofer, qu'est-ce que vous êtes en train de dire ?

— Je ne suis pas en train de dire des choses en l'air. Dieu m'a affligée d'yeux capables d'y voir. Je dis " affligée ", car c'est pour moi une malédiction plutôt qu'une bénédiction. Si vous devez absolument prendre un bain, comme vous appelez ça, allez-y et prenez votre plaisir, mais faites attention — ce genre de personne peut facilement vous infecter avec Dieu sait quoi. »

A ce moment précis, la porte d'en face s'ouvrit, et je vis Mme Metalon dans une chemise de nuit splendide et des pantoufles couleur or. Ses cheveux étaient dénoués ; ils lui tombaient sur les épaules. Elle était maquillée, aussi. Les deux femmes se jetèrent des regards féroces ; puis Mme Metalon dit : « Où êtes-vous allé ? Je suis au 48, pas au 43.

— Oh, je me suis trompé. C'est vrai, je ne sais plus du tout où j'en suis. Je suis terriblement confus —

— Allez prendre votre bain ! » dit Mme Weyerhofer, et elle me poussa légèrement. Elle grommela des mots en français que je ne compris pas, mais je sus qu'ils étaient insultants. Elle ferma sa propre porte en la claquant.

Je me tournai vers Mme Metalon, qui demanda : « Pourquoi êtes-vous allé chez elle, justement ? Je vous ai attendu et attendu. De toute manière, il n'y a plus d'eau chaude. Et où Mark a-t-il disparu ? Il est parti se promener et n'est pas rentré. Cette nuit est complètement perdue pour moi. Cette femme — quel est son nom ? Weyerhofer — est une faiseuse d'histoires, et cinglée par-dessus le marché. Son propre mari a admis qu'elle souffre de troubles émotifs.

— Madame, j'ai fait une terrible erreur. Mark m'a

inscrit le numéro de votre chambre, mais en changeant de vêtements j'ai perdu le morceau de papier. Tout ça, c'est parce que je suis si fatigué —

— Oh comme cette garce à cheveux roux va me traîner dans la boue devant tout le monde ! C'est un serpent dont chaque mot est du venin.

— Je ne sais vraiment pas comment m'excuser. Mais —

— Ce n'est pas votre faute. C'est Mark qui a tout manigancé. Le chauffeur m'a dit de garder pour moi que nous avions une salle de bains. Il ne veut pas créer de jalousie parmi les passagers. Maintenant, il va être furieux contre moi et il aura raison. Je ne peux pas rester plus longtemps dans ce tour. Je vais le quitter avec Mark à Madrid et retourner en train ou en avion jusqu'à la frontière ou même jusqu'à Paris. Entrez pour un moment. Je suis de toute façon compromise. »

J'entrai et elle m'emmena à la salle de bains pour me montrer que l'eau chaude ne coulait plus. La baignoire était en étain. Elle était exceptionnellement haute et longue. A l'extérieur pendait une sorte de pieu servant à retenir et à laisser sortir l'eau. Les robinets étaient en cuivre. Je m'excusai encore une fois, et Mme Metalon dit : « Vous êtes une victime innocente. Mark est un génie, mais comme tous les génies, il a ses états d'âme. C'était un prodige. A cinq ans, il connaissait les logarithmes. Il lisait la Bible en français et retenait tous les noms. Il m'aime et il est déterminé à me faire rencontrer quelqu'un. Au fond, il cherche un père. Chaque fois que je viens le retrouver pour des vacances, il se met à me chercher un mari. Il crée des complications embarrassantes. Je n'ai pas envie de me marier — certainement pas avec quelqu'un que Mark me choisirait. Mais il veut imposer sa volonté. Il a des crises d'hystérie. Je ne devrais pas vous le dire, mais quand je fais une chose qui lui déplaît, il me houspille. Après il le regrette et se frappe la tête contre le mur. Que puis-je faire ? Je l'aime plus que ma vie. Je me fais du mauvais sang pour lui, jour et nuit. Je ne sais pas exactement pourquoi vous lui avez fait tant d'effet. Peut-être parce que vous êtes juif, écrivain, et que vous venez d'Amérique. Mais je suis née à Ankara et j'y suis chez moi. Que ferais-je en Amérique ? J'ai lu des tas d'articles sur l'Amérique, et ce n'est pas un pays pour moi. Chez nous, les domestiques sont bon marché, et j'ai des amis qui me conseillent sur les questions financières. Si je quittais la Turquie, je devrais tout vendre pour une bouchée de pain. Je vous le dis seulement pour vous montrer qu'il ne peut jamais y avoir quoi que ce soit entre nous. Vous n'aimeriez pas plus vivre en Turquie que je n'aimerais vivre à New York. Mais je ne veux pas bouleverser Mark et c'est pourquoi j'espère que pendant la durée du voyage vous pourrez être aimable avec moi — vous asseoir avec nous à table et tout le reste. Quand le voyage sera terminé et que vous rentrerez chez vous, que ce ne soit rien de plus pour vous qu'un épisode. Il doit rentrer bientôt. Dites-lui que vous avez pris le bain. Vous pourrez en avoir un à Madrid. Nous y passerons presque deux jours, et on m'a dit que l'hôtel est moderne. Je suis sûr que vous avez quelqu'un à New York que vous aimez. Asseyez-vous un moment.

— Je viens justement de rompre avec une femme.

— Rompre ? Pourquoi ? Vous ne l'aimiez pas ?

— Nous nous aimions, mais nous ne pouvions pas vivre ensemble. Au cours de cette année, nous nous sommes disputés constamment.

— Pourquoi ? Pourquoi les gens ne peuvent-ils vivre en paix ? Il y avait un grand amour entre mon mari et moi bien que, il faut l'admettre, je devais lui céder en toute chose. Il m'a tellement malmenée que je ne peux même pas dire non à mon propre enfant. Oh, je suis inquiète. Il n'est jamais resté absent si longtemps. Il veut probablement que vous me fassiez une déclaration d'amour de sorte que tout soit réglé entre nous quand il reviendra. C'est un enfant, un enfant sauvage. Ma plus grande peur, c'est qu'il tente de se suicider. Il a menacé de le faire. » Elle prononça ces derniers mots tout d'une haleine.

« Pourquoi ? Pourquoi ?

— Sans raison. Parce que j'ai osé être en désaccord avec lui sur une bagatelle. Dieu tout-puissant, pourquoi je vous raconte tout cela ? Seulement parce que mon cœur est lourd. N'en parlez pas, à Dieu ne plaise ! »

La porte s'ouvrit et Mark entra. Quand il me vit assis sur le sofa, il demanda : « Monsieur, avez-vous pris votre bain ?

— Oui.

— C'était bon, n'est-ce pas ? Vous avez l'air plus frais. De quoi parlez-vous avec ma mère ?

— Oh, de choses et d'autres. Je lui ai dit qu'elle est l'une des plus jolies femmes que j'aie jamais rencontrées, dis-je, étonné de mes paroles.

— Oui, elle est jolie, mais elle ne doit pas rester en Turquie. En Orient, les femmes vieillissent vite. J'ai lu un jour qu'une actrice de soixante ans a joué le rôle d'une jeune fille de dix-huit ans à Broadway. Envoyez-nous un affidavit et nous viendrons vous rejoindre.

— Oui, je le ferai.

— Vous pouvez embrasser ma mère pour lui souhaiter bonne nuit. »

Je me levai et nous nous embrassâmes. Mon visage devint chaud et humide. Mark se mit à m'embrasser aussi. Je dis bonne nuit et commençai à descendre l'escalier. A nouveau, j'eus la sensation d'être sur un bateau. Les marches couraient à la rencontre de mes pieds. Je me trouvai soudain dans le hall. Dans ma confusion, j'étais descendu d'un étage de trop. Il faisait presque noir ; l'employé de la réception sommeillait derrière le comptoir. Mme Weyerhofer était assise dans un fauteuil de cuir, en robe de chambre, les jambes croisées, enveloppée de ténèbres. Elle fumait une cigarette.

Quand elle me vit, elle dit : « Comme je ne dors pas de toute manière, autant que je passe la nuit ici. Un lit sert à dormir ou à faire l'amour, mais si vous ne pouvez pas dormir et n'avez personne à aimer, un lit devient une prison. Que faites-vous ici ? Vous ne pouvez pas dormir non plus ? »

Elle inhala profondément la fumée, et le rougoiement de la cigarette, un moment, éclaira ses yeux. Ils reflétaient à la fois la curiosité et le malaise.

Elle dit : « Après ce genre de bain, un homme devrait pouvoir dormir à poings fermés au lieu d'errer comme une âme en peine. »

Mark se mit à raconter à tout le monde dans le car que sa mère et moi étions fiancés. Il avait formé le projet qu'une fois le car de retour à Genève, je demanderais au consul américain des visas pour lui-même et sa mère, de sorte que nous puissions nous envoler tous trois pour l'Amérique. Mme Metalon lui dit à plusieurs reprises que ce serait impossible — elle avait un rendez-vous d'affaires à Ankara. J'inventai que je devais aller en Italie pour mes activités littéraires. Mais Mark objecta que sa mère et moi pouvions retarder quelque temps nos occupations. Il me parlait comme si j'étais déjà son beau-père. Il énumérait les possessions de sa mère. Son père avait assuré une rente à Mark et avait laissé le reste de ses biens à sa femme. Selon les calculs de Mark, elle ne valait pas moins de deux millions de dollars — peut-être davantage. Mark voulait que sa mère liquide tous ses avoirs en Turquie et transfère son argent en Amérique. Il irait étudier en Amérique avant même de terminer le lycée. Les intérêts du capital de sa mère nous permettraient de vivre dans le luxe.

Mark avait décidé que nous nous installerions à Washington. C'était puéril et idiot, mais ce garçon me glaçait de peur. Je savais qu'il serait difficile de me libérer de son emprise. Sa mère avait fait allusion au fait qu'une nouvelle déception pourrait le pousser à se tuer. Elle suggéra : « Vous pourriez peut-être passer quelque temps en Turquie avec moi ? La Turquie est un pays intéressant. Vous auriez matière à écrire pour votre journal. Vous pourriez y passer deux ou trois semaines, puis retourner en Amérique. Mark ne viendra pas nous rejoindre. Peu à peu, il réalisera que nous ne sommes pas destinés l'un à l'autre.

— Que ferais-je en Turquie ? Non, c'est impossible.

— Si c'est une question d'argent, je serai heureuse de couvrir les dépenses. Vous pourriez même habiter chez moi.

— Non, Mme Metalon, c'est hors de question.

— Eh bien, quelque chose va sûrement arriver. Que vais-je faire de ce garçon ? Il me rend folle. »

Nous eûmes deux jours à Madrid, un jour à Cordoue et nous étions en route pour Séville, où nous devions nous arrêter deux jours. Le programme du voyage y promettait la visite d'une boîte de nuit. Nous devions passer par Malaga, Grenade et Valence pour rejoindre Barcelone, et de là Avignon avant de rentrer à Genève.

A Cordoue, Mme Weyerhofer retarda le car de près de deux heures. Elle disparut de l'hôtel avant notre départ et toutes les recherches pour la retrouver furent vaines. A cause d'elle, les passagers avaient déjà manqué une course de taureaux. Le docteur Weyerhofer demanda au chauffeur de continuer et de laisser sa femme lunatique seule en Espagne, comme elle le méritait, mais le chauffeur ne pouvait se résoudre à abandonner une femme dans un pays étranger. Quand elle apparut finalement, chargée de baluchons et de paquets, le docteur Weyerhofer la gifla deux fois. Ses paquets tombèrent à terre et un vase se brisa. « Nazi ! s'exclama-t-elle. Pédéraste ! Sadique ! » Le docteur Weyerhofer dit à haute voix, de sorte que tous puissent l'entendre : « Eh bien, Dieu merci, c'est la fin de mon martyre. » Et il leva les bras au ciel, comme un Juif pieux faisant un serment.

Le tumulte entraîna un retard supplémentaire de trois quarts d'heure. Quand Mme Weyerhofer monta finalement dans le car, personne ne voulut s'asseoir à côté d'elle, et le chauffeur, qui nous avait vus parler ensemble plusieurs fois, me demanda si j'acceptais, puisqu'il n'y avait pas de place libre. Mark tenta de me placer près de sa mère et de prendre ma place, mais Mme Metalon lui cria de rester près d'elle, et il céda.

Pendant un long moment, Mme Weyerhofer regarda par la fenêtre et m'ignora comme si j'étais, moi, responsable de sa disgrâce. Puis elle se tourna vers moi et dit : « Donnez-moi votre adresse. Je désire que vous témoigniez pour moi au procès.

— Témoigner ? Si vous en arrivez là, le tribunal décidera en sa faveur et, vous m'excuserez, à juste titre.

— Pas possible ? Oh, je comprends. Maintenant que vous vous préparez à épouser l'héritière arménienne, vous vous mettez déjà du côté des antisémites.

— Madame, votre conduite fait plus de tort aux Juifs que tous les antisémites.

— Ce sont mes ennemis, des ennemis mortels. Votre madame de Constantinople rayonnait de joie quand ces démons m'ont humiliée. Je suis revenue où j'étais — dans un camp de concentration. Vous êtes sur le point de vous convertir, je le sais, mais moi je reviendrai au Dieu des Juifs. Je ne suis plus sa femme et il n'est plus mon mari. Je lui laisserai tout, et je vais fuir, avec ma vie seulement, comme j'ai fait en 1945.

— Pourquoi faites-vous attendre le car dans chaque ville ? Ça n'a rien à faire avec le fait d'être juif.

— C'est un complot, je vous le dis. Il a tout organisé jusqu'au moindre détail. Toute la nuit, je ne dors pas, mais quand vient le matin, juste quand je fais un petit somme, il retarde la montre. Quand vous avez frappé à ma porte l'autre nuit — quel était le nom de la ville ? — quand vous êtes allé prendre un bain chez cette putain turque, c'était aussi l'une de ses ruses. C'était un coup monté pour qu'il me surprenne avec un amant. Ça crève les yeux. Il veut me chasser sans une chemise sur le dos, et il a atteint son but, le rusé renard. Ils ne me permettront pas de rester en Suisse, mais qui m'acceptera ? A moins que je ne trouve le moyen d'aller en Israël. Maintenant, je comprends tout. Vous allez témoigner pour *lui,* pas pour moi.

— Je ne témoignerai pour personne. Ne dites pas de bêtises.

— Il est évident que vous me croyez folle. C'est cela son but — me faire enfermer. Depuis des années il en parle. Il l'a déjà essayé. Il m'envoie sans arrêt voir des psychiatres. Il a essayé de m'empoisonner, aussi. Trois fois, il a mis du poison dans mes aliments, et trois fois, mon instinct — ou peut-être c'était Dieu — m'a donné un avertissement. Ah, j'y pense, je veux que vous sachiez que ce garçon, Mark, qui veut désespérément vous placer à côté de cette concubine turque, n'est pas son fils.

— Alors, qui est-ce ?

— C'est son amant, pas son fils. Elle couche avec lui.

— Vous y étiez pour le voir ?

— Une femme de chambre à Madrid me l'a dit. Elle s'est trompée et a ouvert la porte de leur chambre le matin et les a trouvés au lit ensemble. Il existe des femmes, des malades de cette espèce. L'une veut un chien de salon, une autre un jeune garçon. Vraiment, vous vous vautrez dans la boue.

— Je ne me vautre nulle part.

— Vous l'emmenez en Amérique ?

— Je n'emmène personne.

— Eh bien, je ferais mieux de me taire. » Mme Weyerhofer se détourna de moi.

J'appuyai ma tête contre le dossier et fermai les yeux. Je savais que cette femme était paranoïaque ; n'empêche que ses derniers mots m'avaient donné un choc. Qui sait ? Ce qu'elle m'avait dit pouvait être la vérité. La perversion sexuelle est la clef de bien des mystères. Je me sentis presque pris de nausée. Oui, pensai-je, elle a raison. Je suis en train de m'enfoncer dans le pétrin.

Je n'avais plus qu'un seul désir : quitter ce car le plus vite possible. Il me vint à l'esprit qu'en dépit de toute mon intimité avec Mme Melaton et Mark, jusqu'ici je ne leur avais pas donné mon adresse.

Je m'assoupis, et quand j'ouvris les yeux Mark

m'informa que nous étions à Séville. J'avais dormi plus de trois heures.

Malgré notre départ tardif, il nous restait encore le temps pour un repas rapide. J'étais comme d'habitude avec Mme Melaton et Mark. Mark avait commandé une bouteille de malaga et j'en avais bu une bonne moitié. Les vapeurs de l'ivresse montaient de mon estomac vers mon cerveau.

Le sujet de conversation à toutes les tables était le docteur et Mme Weyerhofer. Toutes les femmes avaient décidé que le docteur Weyerhofer, qui endurait une telle horreur, était un saint.

Mme Metalon dit : « J'aimerais croire que c'est la fin de cette femme. Même la patience d'un saint doit se briser à un moment donné. C'est un banquier et un bel homme. Il ne restera pas seul longtemps.

— Je ne voudrais pas de lui pour père », dit Mark.

Mme Metalon sourit et me fit un clin d'œil. « Pourquoi pas, mon fils ?

— Parce que je veux vivre et étudier en Amérique, pas en Suisse. La Suisse n'est bonne que pour faire de l'escalade et du ski.

— Ne t'en fais pas, il n'y a aucun danger. »

En prononçant ces mots, Mme Metalon fit une chose qu'elle n'avait jamais faite avant — elle pressa son genou contre le mien.

Des fiacres attendaient devant l'hôtel pour nous emmener au cabaret. Des bougies tremblotaient dans leurs lanternes, jetant des lumières et des ombres aux formes mystérieuses. Je n'avais pas roulé dans une voiture à cheval depuis que j'avais quitté Varsovie. Toute cette soirée fut comme un enchantement magique — le trajet de l'hôtel jusqu'au cabaret avec Mme Metalon et Mark, puis le spectacle. Dans la voiture, tandis que nous passions par les rues mal éclairées de Séville, Mme Metalon serrait ma main. Mark était assis en face de nous et ses yeux brillaient comme ceux d'un oiseau de nuit. L'air embaumait, il était lourd des senteurs de vin, d'huile d'olive et de gardénias. Mme Metalon ne cessait de s'exclamer :

« Quelle nuit splendide ! Regardez le ciel si plein d'étoiles ! »

Je touchai sa poitrine et elle trembla et serra mon genou. Nous étions tous deux ivres, pas tant de vin que de fatigue. A nouveau, je sentis la chaleur de son corps.

Quand nous descendîmes de la voiture, Mark marcha à quelques pas devant nous et Mme Metalon chuchota : « Je voudrais avoir un autre enfant.

— De qui ? demandai-je.

— Essayez de deviner », dit-elle.

Je ne sais si les acteurs et les actrices et la musique et la danse ont été aussi merveilleux que j'imaginai, mais tout ce que je vis et entendis ce soir-là me ravit — la musique semi-arabe, la façon presque hassidique dont les danseurs frappaient des pieds, le claquement plein de signification des castagnettes, leurs costumes bizarres. Des mélodies qui se voulaient érotiques me rappelaient les liturgies qu'on chante la nuit de Kol Nidré. Mark trouva un siège inoccupé près de la scène et nous laissa seuls. Nous nous embrassâmes avec l'ardeur d'amants séparés depuis longtemps. Entre un baiser et l'autre, Mme Metalon (elle m'avait demandé de l'appeler Annette) me pressait de l'accompagner à Ankara. Elle était même prête à venir en visite en Amérique. J'avais remporté l'une de ces victoires que je ne pourrai jamais expliquer, excepté par le fait que dans le duel de l'amour, la victime est souvent aussi impatiente de se rendre que l'attaquant de conquérir. Cette femme avait vécu seule pendant plusieurs années. Elle était habituée aux étreintes d'un homme âgé. Tout en pensant à ces choses, je me dis que Mark ne nous permettrait pas une simple liaison.

De temps en temps, il nous jetait un coup d'œil inquisiteur. Je ne croyais pas à la fable calomnieuse de Mme Weyerhofer sur la mère et le fils, mais il était évident que Mark était capable de tuer quiconque la déshonorait à ses yeux. Les paroles de cette femme sur un autre enfant qu'elle désirait annonçaient le danger. Quelque fort que fût mon désir de son corps, je savais que je n'avais pas d'affinité spirituelle avec elle, qu'après un moment les malentendus, l'ennui et les regrets prendraient la relève. D'ailleurs, j'avais toujours eu peur des Turcs. Tout enfant, j'avais entendu le récit détaillé des sauvageries d'Abdul Hamid et des pogroms contre les Arméniens. Dans ce trou perdu d'Ankara, on pouvait aisément monter de toutes pièces une accusation contre moi, prendre mon passeport américain et me jeter en prison, d'où je ne sortirais pas vivant. Comme c'était étrange : quand j'étais un petit garçon au heder, j'avais un rêve, j'étais dans une prison turque, ligoté avec de grosses cordes, et, pour une raison de moi inconnue, je n'ai jamais oublié ce rêve.

Pendant le trajet de retour de la boîte de nuit, la mère et le fils me demandèrent tous deux si j'avais une baignoire dans ma chambre. Je leur dis non et aussitôt ils m'invitèrent à prendre un bain dans leur suite. Mark ajouta qu'il allait faire une promenade en ville. Le fait que nous devions rester à Séville la nuit suivante signifiait que nous n'aurions pas à nous lever tôt le lendemain matin.

Mme Metalon et Mark avaient reçu une suite de trois chambres. Je promis de les rejoindre, et Mme Metalon dit : « Ne venez pas trop tard. L'eau chaude pourrait se refroidir vite. » Ses mots semblaient chargés d'une signification symbolique, comme s'ils sortaient d'une parabole.

Je montai à ma chambre, qui était juste sous le toit. Elle exsudait une chaleur torride. Le soleil l'avait écrasée toute la journée, et j'allumai le plafonnier et restai immobile un long moment, accablé par la chaleur et les événements de la journée. J'avais l'impression que des flammes allaient jaillir de tous côtés et que la chambre allait s'embraser comme une lanterne de papier. Sur un lit de cuivre, il y avait un grand oreiller et une couverture rouge pleine de taches. J'avais besoin de m'étendre, mais le drap avait l'air sale. J'imaginais sentir l'odeur de sperme que Dieu sait combien de touristes avaient répandu là. Mon peignoir de bain et mon pyjama étaient dans ma valise, et je n'avais pas la force de l'ouvrir. Eh bien, à quoi me servirait un bain, si aussitôt après j'avais à me coucher dans ce lit sale ?

Dans la voiture et au cabaret, tout en moi avait bouillonné de passion. Maintenant que j'avais l'occasion d'être seul avec cette femme, la passion s'évaporait. J'en voulais au contraire à cette veuve turque pleine d'argent et à son fils mitonné. Je fis en sorte que Mark ne puisse me réveiller. Je fermai la porte en tournant la lourde clef et la verrouillai pour plus de sûreté. J'éteignis la lumière et m'étendis tout habillé sur le matelas à ressorts, résolu à résister à toute tentation.

L'hôtel était situé dans un quartier bruyant. Des jeunes gens parlaient en hurlant et des filles riaient, impudiquement. De temps en temps, je distinguais un cri d'homme suivi par un soupir. Etait-ce dehors ? Dans une autre chambre ? Quelqu'un avait-il été assassiné ? Torturé ? Qui sait, des échos de l'Inquisition pouvaient encore traîner par ici. Je sentis des piqûres et je me grattai. La sueur coulait de mes pores mais je ne fis aucun effort pour l'essuyer. « Ce voyage a été pure folie, me dis-je. Toute cette situation est remplie de menace. »

Je m'endormis et cette fois Mark ne vint pas me réveiller. A l'aube il fit froid et je me couvris de la même couverture qui m'avait rempli d'un tel dégoût quelques heures plus tôt. Quand je me réveillai, le soleil était déjà brûlant. Je me lavai avec l'eau tiède du broc sur le lavabo et m'essuyai avec une serviette usagée. J'avais l'impression d'avoir résolu tous mes problèmes au cours de mon sommeil. En traversant la ville en voiture, la nuit précédente, j'avais remarqué les bureaux des voyages Cook et de l'American Express. J'avais un billet de retour pour l'Amérique, un passeport américain et des chèques de voyage.

Quand je descendis avec ma valise dans le hall, on me dit que j'avais manqué le petit déjeuner. Les passagers étaient tous partis visiter des églises, un palais maure, un musée. Dieu merci, il m'avait été épargné de tomber sur Mme Metalon et son fils et d'avoir à me justifier. Je laissai un pourboire pour le chauffeur au caissier de l'hôtel et allai droit chez Cook. Je craignais des complications, mais ils acceptèrent mes chèques et me vendirent un billet de train pour Genève. J'abandonnais quelque deux cents dollars à la compagnie d'autocars, mais c'était ma faute, pas la leur.

Tout se passa sans aléas. Un train devait partir peu après pour Biarritz. J'avais loué un wagon-lit dans une voiture Pullmann. Je m'installai et commençai à corriger un manuscrit comme si rien ne s'était passé. Vers le soir j'eus faim, et le contrôleur m'indiqua le wagon-restaurant. Toutes les voitures de deuxième classe étaient vides. Je jetai un coup d'œil au wagon-restaurant. Et voici, à une table près de l'entrée était assise Celina Weyerhofer, se bagarrant avec une poularde.

Nous nous regardâmes un long moment en silence ; puis Mme Weyerhofer dit : « Si cela est possible, alors même le Messie peut venir. D'un autre côté, je savais que nous nous reverrions.

— Qu'est-il arrivé ? demandais-je.

— Mon brave mari m'a tout simplement chassée. Dieu sait que j'en avais jusque-là de ce voyage. » Elle montra son cou.

Elle m'offrit de m'asseoir à sa table et me servit d'interprète pour commander un repas végétarien. Elle paraissait plus équilibrée et plus calme qu'elle n'avait été avant. Elle avait même l'air plus jeune dans sa robe noire. Elle dit : « Vous vous êtes enfui, hein ? Vous avez bien fait. Vous auriez été pris dans un piège dont vous ne vous seriez jamais libéré. Elle était aussi faite pour vous que le docteur Weyerhofer était fait pour moi.

— Pourquoi avez-vous fait attendre le car dans chaque ville ? » demandai-je.

Elle réfléchit. « Je ne sais pas, dit-elle enfin. Je ne le sais pas moi-même. Il y avait des démons après moi. Ils m'ont égarée avec leurs ruses. »

Le serveur apporta mes légumes. Je mâchai et regardai par la fenêtre. La nuit tombait sur les champs moissonnés. Le soleil se coucha, petit et rougeoyant.

Il descendit vite, comme un morceau de charbon venu d'une conflagration céleste. Des ténèbres nocturnes planèrent sur le paysage, une éternité qui était lasse d'être éternelle. Dieu du Ciel, mon père et mon grand-père avaient raison d'éviter de regarder les femmes ! Chaque rencontre entre un homme et une femme conduit au péché, à la déception, à l'humiliation. Je fus saisi de terreur à l'idée que Mark chercherait à me trouver et à se venger de moi.

Comme si Celina avait lu dans mes pensées elle dit : « Ne vous en faites pas. Elle se consolera vite. Pour quelle raison avez-vous pris ce tour ? Juste pour voir l'Espagne ?

— Je voulais oublier quelqu'un qui ne se laisse pas oublier.

— Où est-elle ? En Europe ?

— En Amérique.

— On ne peut rien oublier. »

Nous restâmes tard et Mme Weyerhofer me développa sa théorie fataliste : toute chose est prédestinée ou fixée — chaque acte, chaque mot, chaque pensée. Elle-même mourrait sans peur, et pas un docteur, pas un sorcier ne pourrait l'aider. Elle dit : « Avant que vous arriviez, je rêvais que j'arrangeais mon suicide avec quelqu'un. Après une nuit d'amour, il me plongerait un couteau dans la poitrine.

— Pourquoi un couteau justement ? demandai-je. Ce n'est pas un fantasme de Juif. Je serais incapable de le faire, même à Hitler.

— Si une femme le désire, cela pourrait être un acte d'amour. »

Le serveur revint et grommela quelque chose.

Mme Weyerhofer expliqua : « Nous sommes les seuls au wagon-restaurant. Ils veulent fermer.

— Je suis au bout de mon rouleau, dis-je. Gastronomiquement et autrement.

— Ne soyez pas pressé, dit-elle. A la différence du chauffeur de notre car, qui était parti sous une mauvaise étoile, les forces qui nous mènent à la folie ont infiniment de temps. »

Glossaire

CABANES (*fêtes des*) ou Souccoth, fête de la récolte, qui dure sept jours. Elle rappelle la protection miraculeuse dont Dieu a favorisé Israël pendant sa marche dans le désert. Pendant les sept jours, on échange son habitation habituelle contre une soukka (*plur. souccoth*), fragile cabane couverte uniquement de feuillage. Le fidèle affirme ainsi sa dépendance à l'égard de Dieu et donne une preuve de sa confiance en la Providence.

ELUL : mois de l'année juive qui précède Yom Kippour.

GEFILTE FISH : carpe farcie.

HANNUKAH : fête de l' « inauguration de l'autel », fête des lumières, qui dure huit jours et commémore, avec les victoires des Macchabées sur les troupes syriennes d'Antiochus Epiphane, de 167 à 165 avant l'ère chrétienne, la réinauguraticn du temple de Jérusalem.

HASSID (*plur. Hassidim*) : littéralement « pieux ». Le mouvement hassidique se développa à partir de 1740 environ en Pologne. Les hassidim accordaient au sentiment religieux une importance infiniment plus grande qu'à la connaissance et à la pratique de la Loi.

HEDER : jadis école primaire juive en Europe centrale.

KABBALE : la tradition mystique juive.

KADDISH : prière en langue araméenne que l'on récite à la fin des passages importants de l'office. Elle est récitée aussi par les orphelins qui expriment en la prononçant leur confiance et leur soumission à la volonté divine.

KETOUBA : contrat de mariage.

KIDDOUSH : sanctification, particulièrement au début du shabbat et des fêtes.

L'chaïm ! : à la vie ! (l'équivalent de « à votre santé »).
Matza : pain azyme.
Midrash : commentaire homilétique de la Bible.
Mishna : code de la Loi orale (*voir Talmud*).
Nissan : mois de l'année juive.
Phylactères : petits étuis de cuir qui renferment, transcrits sur des feuillets de parchemin, le texte du Shema (*voir Shema*) sur un petit rouleau de lanières, l'un au bras gauche (en face du cœur) et l'autre au front (en face du cerveau).
Pourim : la fête des Sorts qui rappelle l'histoire de la reine Esther qui sauva son peuple.
Rosh Hashana : fête du Nouvel An juif.
Shavouot : *pluriel de shavua,* « semaines ». Nom hébreu de la Pentecôte.
Simhath Torah : fête de la « réjouissance en la Torah » (*voir Torah*), dernier jour des fêtes de Souccoth.
Shiva : « sept ». Les sept jours de deuil strict qui suivent le décès d'un parent proche.
Soucca (*plur. souccoth*) : *voir Cabanes,* fête des.
Talmud : code de la Loi orale, comprenant la Mishna et la Guemara. Il comporte deux aspects, l'un législatif (la Halakka), l'autre édifiant (la Haggada).
Torah : la doctrine, la Loi. Au sens étroit, le Pentateuque. Au sens général, l'ensemble de la Loi juive.
Yenuha : enfant prodige.
Yeshiva (*plur. Yeshivoth*) : école talmudique.
Yom Kippour : le Grand Pardon, jour d'expiation exclusivement consacré à la prière et à la pénitence.
Zohar : le livre de la splendeur ; œuvre maîtresse de la kabbale.

Ce glossaire avait été établi pour un précédent ouvrage d'Isaac Bashevis Singer, *Le Blasphémateur* (Stock, 1973), avec l'aide du très regretté grand rabbin E. Guggenheim et de M. le rabbin D. Messas.

Table des matières

Achevé d'imprimer le 16 août 1982
sur presse CAMERON,
dans les ateliers de la S.E.P.C.
à Saint-Amand-Montrond (Cher)
pour le compte des Éditions Stock
14, rue de l'Ancienne-Comédie, 75006 Paris

Imprimé en France.
Dépôt légal : août 1982.
N° d'Édition : 4507. N° d'Impression : 1214.
54-06-3163-02

ISBN 2-234-01521-9

H/54-3163-0